整本读经典

①

读书 破 内卷

王召强 ———

著

中国出版集团 东方出版中心

图书在版编目（CIP）数据

读书破内卷：整本读经典.1 / 王召强著. －上海：
东方出版中心, 2023.7
　ISBN 978－7－5473－2012－9

Ⅰ.①读… Ⅱ.①王… Ⅲ.①文学欣赏 Ⅳ.①I06

中国国家版本馆CIP数据核字（2023）第119475号

读书破内卷——整本读经典1

著　　者　王召强
责任编辑　陈明晓
封面设计　钟　颖

出版发行　东方出版中心有限公司
地　　址　上海市仙霞路345号
邮政编码　200336
电　　话　021－62417400
印 刷 者　山东韵杰文化科技有限公司

开　　本　890mm×1240mm　1/32
印　　张　11
字　　数　204千字
版　　次　2023年7月第1版
印　　次　2023年7月第1次印刷
定　　价　59.00元

自　序

唯有读书，可破内卷

我在小学阶段，几乎没有读过一本完整的课外书，那时我家里唯一的藏书，是一本我父亲在煤矿上培训时发放的有关爆破的油印资料，被我母亲拿来夹带"鞋样子"。我那时根本看不懂里面的化学符号，也就只能拿来随便翻翻，欣赏里面母亲收集的各式各样的"鞋样子"。

到了初中，我才有机会接触课外读物，我初一的语文老师家里有很多藏书，我跟初中同学一起到他家里玩时，才发现他是一个藏书颇丰的人。我当即鼓足勇气，向他借阅了一套《水浒传》。那时山东电视台经常播放自制的电视连续剧《武松》(1983)，让我们这些自诩为"山东好汉"的毛头小子对《水浒传》产生了浓厚的兴趣。

真没想到，我这辈子读的第一部小说竟然就是《水浒传》，这可能是我们山东人的宿命，仿佛冥冥之中自有天意。"少不读《水浒》，老不读《三国》"，这种告诫完全不适用于我们。这次阅读《水浒传》的经历，让我对中国古代的历史文化产生了浓厚的兴趣，对我后来走上文科生的道路产生了深远的影响。可惜这位语文老师只教了我们一年，后来我就只能向同学借阅图书了。

考上高中以后，我才有意识地拓展课外阅读。为此，舅舅特地带我去了一趟城里的新华书店，我绕开那些莫名其妙的教辅书，直奔外国文学书架而去。直到现在我还记得，我买的第一批书里就有《简·爱》这部小说。

从此以后，我就打开了一个课外阅读的新天地，像《简·爱》《爱玛》《巴黎圣母院》《悲惨世界》《罗宾汉的故事》《钢铁是怎样炼成的》《欧阳海之歌》《童年》《在人间》《我的大学》《穆斯林的葬礼》《三国演义》《红楼梦》《西游记》《王朔文集》这类作品，我就是在高中紧张的学习生活中抽空读完的。高中三年，我从来没有因为语文成绩而苦恼过，几乎每次考试都是名列前茅。即便是在高考复习极度紧张的高三学年，我还是坚持读完了雨果的长篇小说《悲惨世界》。

我现在还清楚地记得高一时每周日晚上回到家后夜读《三国演义》的情景。那时我读的是寄宿制高中，每周只有小半天的休息时间，周日下午回到家时已是四五点钟，吃完晚饭后，我就开始独享"阅读的至乐"了。

我当时读的是繁体字的竖排本，居然没有碰到什么阅读障碍，就这样津津有味地读了进去。《三国演义》是半文半白的文体，对于培养阅读文言文的语感，是再好不过的了。我相信我高中三年语文成绩比较突出，主要跟我在阅读"四大名著"时养成的语感有关。

就阅读状态而言，我现在最怀念高中时期阅读小说的情景。因为那时我还处于庄子所描述的浑沌状态，无论何种类型、何种题材的小说，于我而言都是陌生而新鲜的，我都是带着一颗赤子之心贪婪地阅读着，没有任何功利性的目的。

我当时语文成绩很好，并不指望课外阅读来帮我提高分数，反而每每为了提高数学成绩而挤压课外阅读的时间。考进大学中文系以后，读书时间虽然得到了充分的保障，图书馆里的图书也基本上满足了我读书的需求，但是读书的功利性、目的性明显增强了许多，再也回不到那个"无目的阅读"的自然状态。

我在大学期间紧跟着大学老师讲述文学作品选和文学史的节奏，阅读了古今中外大量的文学作品，单就小说而言，我尤其钟爱20世纪以降的西方现代派作品。虽然我也是一个在野地里生长起来的孩子，原本应该更亲近《边城》这种现实题材的作品，但奇怪的是，我对现代派小说情有独钟，像法国的新小说、美国的黑色幽默小说、拉丁美洲的魔幻现实主义小说等等，一读起来就有种舍不得读完的感觉。即便是卡夫卡那些未完成的小说片段，我都能津津有味地读进去。

不过，在大三大四的时候，我又回归了中国古典小说的阅读，当时我选修了一门陈大康老师的《红楼梦》导读课，在陈老师的指导下，细读了一遍《红楼梦》，并把王国维、胡适以来研究红学的重要著作，几乎都通读了一遍。我这才发现《红楼梦》的博大精深之处，只怪我高中时年少无知，错过了细读《红楼梦》的时机。

我在教学过程中开始整本书阅读教学的摸索，是在我工作的第二年（2004），当时我在上海市松江二中开设的一门自主选修课程，就是《红楼梦》导读，对于一个新教师而言，其难度之大可想而知。在还没有听闻过"整本书阅读"这个教学理念的当时，我就像一头闯进瓷器店里的大象，茫然不知所措，现在回想起来，真是令人汗颜。

我原本打算以《红楼梦》第五回"游幻境指迷十二钗 饮仙醪曲演红楼梦"中的判词为纲，逐一梳理"金陵十二钗"的命运遭际和性格特点，从而引导学生共同探讨《红楼梦》在人物形象塑造上的艺术成就。没想到具体操作起来，简直是难于上青天。选修这门课的学生只有一个人在选课之前完整地读过一遍《红楼梦》，其他学生根本没有精力在短时间内把《红楼梦》通读一遍，所以这门"人物形象"课最终就演变成了我对"红学"的梳理课。好在"红学"博大精深，足以填满一个学期的选修课时。

2017年，《普通高中语文课程标准》出来以后，我非常惊喜地发现"整本书阅读"被纳入了18个学习任务群，而在统编本中学语文教材中，"四大名著"赫然在列。这就意味着今后每一位中学生都要在语文老师的指导下，整本书阅读"四大名著"了。遥想当初我开设《红楼梦》导读的选修课的惨痛经历，我不禁感叹：整本书阅读"四大名著"谈何容易！

其实从2004年开始，我就一直在思考这个问题：究竟如何开展整本书阅读教学？在过去六年的教学实践中（2017年9月至今），我总算摸索出了一点整本书阅读教学的门道。自2017年9月开始，我就在教学过程中有意识地探索如何开展"整本书阅读与研讨"，当初我碰到的第一个问题就是阅读篇目的选择问题。作品本身的经典性，当然是我考虑的首要之义。

开学之初，我给学生做了一个名为"为什么读经典"的指导讲座，关于经典阅读的理论知识，基本上照搬了卡尔维诺《为什么读经典》一书的前言部分。他给经典一连下了十四个描述性的定义，其中第一个定义还启发了台湾作家唐诺，给他的新书命名为《重读》——这本书在台湾地区出版时名为《在咖啡馆遇见14个作家》，因为卡尔维诺把经典描述为那些读者不断"重读"而不是"在读"的书。

英国文学批评家约翰·凯里曾经写过一本《阅读的至乐》，向读者推荐了20世纪50本最令人愉悦的书，试图帮助读者重新点燃阅读好书的快乐。你绝对想不到他选取的第一本书竟然是柯南·道尔的《巴斯克维尔的猎犬》。柯南·道尔的《福尔摩斯探案集》虽则经典，但毕竟属于通俗文学中的推理小说范畴，估计很少有人会把它列为经典。

不过，我非常赞同褚树荣老师的观点，整本书阅读应该纳入"让心灵愉悦"的"消遣休闲性阅读"。台湾作家唐诺和詹宏志就是两位推理小说迷，都曾经写过推理小说导读的专著，唐诺的《八百万零一种死法》就是一本推介推理小说的专著，其书名取自著名美国推理小说家劳伦斯·布洛克的作品《八百万种死法》。詹宏志的《侦探研究》则对推理小说中的主人公的感情生活、驻在城市、心智结构和职业世界展开了具体而微的研究。

在统编本的初中语文教材中，我们也可以看到像《三体》《哈利·波特与魔法石》《基地》这些科幻小说被列入了"整本书阅读与研讨"的推荐书目之中，这是非常有意义的创举。这些书虽则没有"四大名著"那么经典，但是它们都很符合初中生的阅读心理，足以用来激发中学生的阅读兴趣，从而培养中学生良好的阅读习惯。因此，开展整本书阅读，不妨从"好看"的作品读起，让学生从中享受到"阅读的至乐"，才能做到"读书破内卷"。

我在这本书中导读的十一本书，无论是小说、散文、诗歌还是文史著作，都是我的案头挚爱，它们都曾经给我带来源头活水般的读书至乐，因此我把这些读书心得整理出来，仅供各位读者批评指正，希望能够起到"疑义相与析"的效果。

卡尔维诺在《为什么读经典》的前言中有一段关于阅读的经典表白：

我特别爱司汤达，因为只有在他那里，个体道德张力、历史张力、生命冲动合成单独一样东西，即小说的线性张力。我爱普希金，因为他是清晰、讽刺和严肃。我爱海明威，因为他是唯实、轻描淡写、渴望幸福与忧郁。我爱史蒂文森，因为他表现为他愿意的那样。我爱契诃夫，因为他没有超出他所去的地方。我爱康拉德，因为他在深渊航行而不沉入其中。我爱托尔斯泰，因为有时我觉得自己几乎是理解他的，事实上却什么也没有理解。我爱曼佐尼，因为直到不久前我还在恨他。我爱切斯特顿，因为他愿意做天主教徒伏尔泰而我愿意是共产主义者切斯特顿。我爱福楼拜，因为在他之后人们再不能试图像他那样做了。我爱《金甲虫》的爱伦·坡。我爱《哈克贝利·费恩历险记》的马克·吐温。我爱《丛林之书》的吉卜林。我爱尼耶沃，因为我每次重读他，都有初读般的快乐。我爱简·奥斯汀，因为我从未读过她，却只因为她存在而满足。我爱果戈理，因为他用洗练、恶意和适度来歪曲。我爱陀思妥耶夫斯基，因为他用一贯性、愤怒和毫无分寸来歪曲。我爱巴尔扎克，因为他是空想者。我爱卡夫卡，因为他是现实主义者。我爱莫泊桑，因为他肤浅。我爱曼斯菲尔德，因为她聪明。我爱菲茨杰拉德，因为他不满足。我爱拉迪盖，因为青春再也不回来。我爱斯维沃，因为他需要变得年老。我爱……

我希望有朝一日，当通读完本书推荐的经典作品之后，我们也可以非常流畅地写上这样一段话。

最后，本书得以顺利出版，首先要感谢悦悦图书的邹斌先生、罗红女士以及悦悦图书的小伙伴们，感谢他们过去几年间在"整本读经典"项目上的默默付出；其次要感谢东方出版中心的万骏先生和陈明晓女士，感谢他们在本书出版的每一个环节上兢兢业业的辛勤工作。感谢！

目 录

张爱玲《金锁记》

因为懂得，所以慈悲

张爱玲（1920—1995），原名张煐，笔名梁京，祖籍河北丰润，生于上海，中国现代女作家。7岁开始写小说，12岁开始在校刊和杂志上发表作品。1943至1944年，创作和发表了《沉香屑·第一炉香》《沉香屑·第二炉香》《茉莉香片》《倾城之恋》《红玫瑰与白玫瑰》等小说。1955年，张爱玲赴美国定居，创作英文小说多部，但仅出版一部。1969年以后主要从事古典小说的研究，著有红学论集《红楼梦魇》。1995年9月在美国洛杉矶去世，终年75岁。有《张爱玲全集》行世。

《**金锁记**》是张爱玲创作的中篇小说，发表于1944年上海《天地》上，后收入小说集《传奇》。《金锁记》主要描写一个小商人家庭出身的女子曹七巧的心灵变迁历程。七巧做过残疾人的妻子，欲爱而不能爱，几乎像疯子一样在姜家过了三十年。在财欲与情欲的压迫下，她的性格终于被扭曲，行为变得乖戾，亲手毁掉自己儿女的幸福。张爱玲另辟蹊径，讲述了一个母亲对自己亲生儿女进行迫害摧残的传奇故事，从而反映了特定的社会环境和具体的生活环境怎样把一个原本性格温和的正常女人变成一个阴鸷狠毒的"吃人者"。

在我读大学的时候，张爱玲的作品还很难买到，只有一套《张爱玲文集》，看着有点像盗版书，还是我化了很大的力气才弄到的。这次为了讲《金锁记》，我把能买到的周边的一些著作几乎都读过了，算是把一些比较基本的问题都搞清楚了，在此和大家分享。

"因为懂得，所以慈悲"，这句话很有名，出自张爱玲写给胡兰成的情书，说得很伤感。要了解张爱玲的生平，可以从电影《滚滚红尘》入手，这部电影由三毛编剧，可以视作张爱玲的传记片，不过涉及胡兰成的部分，多少有些美化汉奸的感觉，因此招致了各种批评。需要注意的是，这部电影虽然以张爱玲和胡兰成的故事为原型，但很多情节实际上跟他们两个人的经历不一样，因此需要我们进行甄别。电影由林青霞、秦汉、张曼玉主演，张曼玉饰演的角色近乎革命女青年，但实际上张爱玲身边没有这样的人，她的知己好友，一位是大学同学炎樱，炎樱的父亲是阿拉伯裔锡兰人（今斯里兰卡），母亲是天津人，另一位就是苏青，抗日战争结束以后也被打为女汉奸，因为她跟汉奸陈公博的关系比较密切。胡兰成此人可以说是集汉奸与"渣男"于一身，所以电影里稍微有点正面呈现都会引起反感，更何况秦汉是如此富有魅力。

张爱玲1995年去世，与我们一般的印象很不一样。这是因为她在1949年后较早离开内地，先是去了香港，后来去

严浩导演电影《滚滚红尘》

了美国，所以我们印象中的张爱玲停留在了20世纪40年代，其实她晚年还写了不少小说，有些至今都没出版。张爱玲生于1920年，成名非常早，二十出头就登上文坛，暴得大名，所以张爱玲说过一句名言："出名要趁早。"对此她深有体会。当时正值抗日战争时期，有人劝张爱玲暂时不要写作，或暂时先不发表，但她没有听从，一方面因为她有自己的文学追求，当然还因为她在上海有生存压力，需要靠稿费养活自己。

胡兰成比张爱玲大十余岁，看上去颇为儒雅。从张爱玲晚年作品《小团圆》中，我们可以看出她一直很欣赏胡兰成的文采。胡兰成是一个实打实的汉奸，曾担任汪伪政权宣传部的副次长，甚至差点在武汉成立一个伪政权，后来因为日

张爱玲

寇兵败如山倒没有实现。他晚年尝试过去台湾，后受到围剿，只好老老实实待在日本。

人们常常觉得不可思议：张爱玲怎么会爱上汉奸？我在阅读美国学者傅葆石《灰色上海，1937—1945：中国文人的隐退、反抗与合作》的时候注意到，张爱玲成名的这段时期，稍微正直一些的知识分子基本都逃离上海或隐居起来了，剩下来活跃在文坛上的几乎都是汉奸，张爱玲基本上只能跟他们打交道。

张爱玲和胡兰成的故事，我们有两本书可以互相对照着看，一本是胡兰成的《今生今世》，一本是张爱玲晚年写的《小团圆》，这样对照起来看，两人的爱情故事就比较完整了。

1944年，胡兰成写过一篇文章《论张爱玲》，那时两人已在热恋期，他对张爱玲可以说是比较了解了：

　　张爱玲先生的散文与小说，如果拿颜色来比方，则其明亮的一面是银紫色的，其阴暗的一面是月下的青灰色。

　　是这样一种青春的美，读她的作品，如同在一架钢琴上行走，每一步都发出音乐。……她所寻觅的是，在世界上有一点顶红顶红的红色，或者是一点顶黑顶黑的黑色，作为她的皈依。

　　胡兰成文章的风格就是这样，比较抽象，比较模糊，看不透他真正想表达的意思。他说：

　　和她相处，总觉得她是贵族。其实她是清苦到自己上街买小菜。然而站在她跟前，就是最豪华的人也会感受威胁，看出自己的寒伧，不过是暴发户。这决不是因为她有着传统的贵族的血液，却是她的放恣的才华与爱悦自己，作成她的这种贵族气氛的。（同上）

　　张爱玲的出身确实比较高贵，但到她这一代已经没落了。她和单身的姑姑一起租住在常德公寓，姑姑跟家里人闹翻了，跟她的大伯打官司输了，没有拿到多少钱。张爱玲自己父母离异，母亲留洋，有很多恋情，所以张爱玲也没有什么钱。那个时候胡兰成为日本人做宣传工作，还是能赚到不少钱的，他为了和张爱玲结婚，花了两笔钱打发掉了之前的两位妻子，又给了张爱玲一笔钱，用张爱玲的话来说，是给了她一箱子钱，张爱玲将它们换成黄金，准备还给母亲，因为此前是母亲出资送她去香港读书的。

　　张爱玲祖父叫张佩纶，是晚清的清流名臣，后来再娶了李鸿章的女儿李菊藕，生了张爱玲的父亲和姑姑。但张佩纶此前是有妻子的，因此家庭关系比较复杂。

张爱玲的父亲张廷重受旧式教育长大，是典型的遗少，母亲黄逸梵却接受过西式教育，所以两个人婚后并不幸福，在生育了一子一女以后就离婚了。张爱玲起初跟随父亲，但父亲续弦后，后母的脾气很坏，跟父亲一样抽大烟，狠狠地打过张爱玲一顿，所以她就离家出走，跟她的姑姑住在了一起。

胡兰成记录了张爱玲的一些自我评价：

有一次，张爱玲和我说："我是个自私的人。"言下又是歉然，又是倔强。停了一停，又思索着说："我在小处是不自私的，但在大处是非常的自私。"

她甚至怀疑自己的感情，贫乏到没有责任心。但她又说："譬如写文章上头，我可是极负责任的。"究竟是什么回事呢？当时也说不上来。（同上）

在这篇文章中，胡兰成一不小心流露出了自己做汉奸的心理：

但也随即得到了启发。是几天之后，我和一个由小党员做到大官的人闲谈，他正经地并且看来很好意地规劝我：应当积极，应当爱国，应当革命。我倦怠地答道："爱国全给人家爱去了，革命也全给人家革去了，所以我只好不爱国了，不革命了。"……于是我成了个人主义者。（同上）

这个说法近于流氓逻辑。随后，他还把张爱玲也拉下了水，说她也是个人主义者：

她是个人主义的，苏格拉底的个人主义是无依靠的，卢骚的个人主义是跋扈的，鲁迅的个人主义是凄厉的，而她的个人主义则是柔和，明净。至此忽然记起了郭沫若的《女神》里的《不周山》，黄帝与共工大杀一遍之后，战场上变得静寂了，这时来了一群女神，以她们的抚爱使宇宙重新柔和，她就是这样，是人的发现与物的发现者。（同上）

　　诚然，张爱玲跟那些革命文学无关，她确实是个人主义者，但她是健全的个人主义。健全的个人主义是胡适先生提出的口号，他认为"一个人应该把自己培养成器，使自己有了足够的知识、能力与感情之后，才能再去为别人"。与左翼文学不同，张爱玲的主要成就在于她的文学作品当中是有个人的，她是"人的发现和物的发现者"。她的作品不是那种主题先行的反封建的作品。她的作品也反封建，但是，她的笔下是有个人的，这些个人是有人性的，而且她的作品当中是有物的，比如说她对服装的描写、对首饰的描写，因此她的作品是比较写实的，而不是抽象的概念先行的作品。

　　张爱玲的一生用四个字来概括就是"生不逢时"。她本来已经考上了英国伦敦大学，但因为1939年9月第二次世界大战爆发，无法成行，只能去香港读了三年书。在即将毕业的时候，太平洋战争又爆发了，日本人占领了香港，她只好回到上海。回上海后也没法继续读书了，为了谋生，她就在外国人办的报纸上写英文文章。文章发表之后，她又翻译成中文，再发表一次，赚两次稿费，这样生活就能自理了。张爱玲的姑姑刚好认识当时鸳鸯蝴蝶派的著名作家周瘦鹃，周

《沉香屑·第一炉香》于1943年发
表于《紫罗兰》

瘦鹃主编的杂志《紫罗兰》正准备复刊，于是发表了张爱玲的小说《沉香屑·第一炉香》，张爱玲由此声名大噪，此后又陆续在其他杂志和小报上发表小说。

张爱玲的成功有一个非常重要的原因，就是当时整个上海的文学界刚好在空窗期。许多作家，特别是左翼作家都已逃亡，留下来的便会遭遇不测，鲁迅先生的夫人许广平就曾被抓捕，遭受了严刑拷打。只有小报还能生存下来。张爱玲曾在致《力报》编者黄也白的信中说：

我于小报向来并没有一般人的偏见，只有中国有小报；只有小报有这种特殊的，得人心的机智风趣，——实在是可珍贵的。我从小就喜欢看小报，看了这些年，更有一种亲切感。

所以她的很多作品都是通过小报发表的。

傅雷先生看到她的作品后，写过一篇文章《论张爱玲的小说》：

　　在一个低气压的时代，水土特别不相宜的地方，谁也不存什么幻想，期待文艺园地里有奇花异卉探出头来。然而天下比较重要一些的事故，往往在你冷不防的时候出现……张爱玲女士的作品给予读者的第一个印象，便有这情形。"这太突兀了，太像奇迹了。"除了这类不着边际的话以外，读者从没切实表示过意见。也许真是过于意外怔住了。

　　文章高度评价了《金锁记》和《倾城之恋》，最后还有一些规劝的话：

　　宝石镶嵌的图画被人欣赏，并非为了宝石的彩色。少一些光芒，多一些深度，少一些词藻，多一些实质，作品只会有更完满的收获。多写，少发表，尤其是服侍艺术最忠实的态度。文艺女神的贞洁是最宝贵的，也是最容易被污辱的。爱护她就是爱护自己。

　　一位旅华数十年的外侨和我闲谈时说起："奇迹在中国不算稀奇，可是都没有好收场。"但愿这两句话永远扯不到张爱玲女士身上！

　　这是因为，张爱玲当时发表作品的这些期刊大多是汪伪政权的人主办的。柯灵是当时还居住在上海的作家之一，他可能也追求过张爱玲，曾被张爱玲在文章中狠狠地讽刺过几笔。1985年他写了《遥寄张爱玲》一文，回忆了过去的事情：

　　我最初接触张爱玲的作品和她本人，是一个非常严峻的时代。一九四三年，珍珠港事变已经过去一年多，离第二次世界大战结束和中国抗战胜利还有两年。上海那时是日本军事占领下的沦陷区。当年夏季，我受聘接编商业性杂志《万象》，正在寻求作家的支持，偶尔翻阅《紫罗兰》杂志，奇迹似的发现了《沉香屑——第一炉香》。

随后他便邀请张爱玲在《万象》杂志上发表文章：

张爱玲在写作上很快登上灿烂的高峰，同时转眼间红遍上海。这使我一则以喜，一则以忧，因为环境特殊，清浊难分，很犯不着在万牲园里跳交际舞。——那时卖力地为她鼓掌拉场子的，就很有些背景不干不净的报章杂志，兴趣不在文学而在于替自己撑场面。（同上）

当时文学界的前辈十分关爱张爱玲，郑振铎请柯灵转告张爱玲写了作品后先不要发表，由开明书店预付稿费，等抗战结束以后再行发表，但张爱玲显然没有依从。

傅葆石在《灰色上海，1937—1945》中，对这一时期的文坛做了研究：

仿效传统文人在历史上道德与政治动乱时代的三种行为——隐、忠、降，沦陷上海的作家们做出了三种反应：消极抵抗（王统照）、积极反抗（李健吾）与附逆合作（《古今》派）。每种选择都代表了一种哲学理念、一种人物原型、一种历史对比，都源于个人生存和爱国理想的两难抉择……这三种模式仅仅是启发性的概念和描述性的分类，它们并不能穷尽沦陷上海知识分子在选择上的模糊性……在消极抵抗者选择隐退以保全人格的同时，积极抵抗者则以道德的反抗界定人性，而附逆者则辩护他们想要活下去的意愿是人之常情。

张爱玲的选择显然难以归类，看上去好像是在跟附逆者合作，其实又有她的独立性。

但抗战结束以后，马上就有人写了《女汉奸丑史》，其中就提到了苏青和张爱玲：

> 但她们（苏青和张爱玲）间也有个共同点，即都是惯会投机，懂得生意眼，且又不择手段，毫无灵魂的女人。

> 张爱玲的文字以"啰嗦"为特色，看得人"飘飘然"为她的目的。她之被捧为"和平阵营"中的红作家，便因她的文字绝无骨肉，仅仅是个无灵魂者的呻吟而已。

因此，张爱玲那时承受的压力是很大的。与此同时，胡兰成已经逃到乡下去了，又跟乡下的女人搞在了一起，后来中转到上海逃往日本，还在张爱玲家住了一个晚上，但那时他们的感情已经破裂。张爱玲晚年又写了一部颇受争议的作品《色·戒》，写这部小说给她自己惹了一身骚，被香港人看作是汉奸文学。

陈子善《张爱玲丛考》中引用了赵风的《袁殊传略》，特意为张爱玲辩护：

> 抗日战争开始后，上海成为孤岛，并为日寇和汪伪所盘踞，袁殊在党的授意下，"公开投敌"，串演反派角色，但还主持一张报纸——《新中国报》和一个刊物——《杂志》。而且，这两个报刊虽同属汉奸性质，却为我地下党人掌握，在宣传上起到了真正汉奸报刊所起不到的作用。

《杂志》正是张爱玲主要作品发表的阵地，由此张爱玲身上的"汉奸"罪名便可以洗刷一些。

事实上，1946 年就有文章要替张爱玲正名，《文汇报·文化街》上的文章称：

上海在沦陷时期出了一个张爱玲，她的小说与散文颇为读者所称誉。但是正因为她成名于沦陷期间，发表作品较多，而又不甚选择发表刊物，所以胜利以后，她不免受了"盛名之累"……（一）她在沦陷区的上海写过文章，可是她从不跟政治发生任何关系。（二）她所写的文章，从没有涉及政治，她的两本书（《传奇》和《流言》）可为明证。也就是说，要求社会还她真实的评价。（甲文《张爱玲与〈传奇〉》）

受到傅雷的批评后，张爱玲也写过一篇《自己的文章》为自己辩护，她说：

我不喜欢壮烈。我是喜欢悲壮，更喜欢苍凉。壮烈只有力，没有美，似乎缺少人性。悲壮则如大红大绿的配色，是一种强烈的对照。但它的刺激性还是大于启发性。苍凉之所以有更深长的回味，就因为它像葱绿配桃红，是一种参差的对照。

这段话揭示了张爱玲的文学追求和文学风格，也就是悲壮和苍凉，革命文学的壮烈显然是不适合她的，参差的对照则是她文学创作的主要手法。她说：

时代是这么沉重，不容那么容易就大彻大悟。这些年来，人类到底也这么生活了下来，可见疯狂是疯狂，还是有分寸的。所以我的小说里，除了《金锁记》里的曹七巧，全是些不彻底的人物。他们不是英雄，他们可是这时代的广大的负荷者。因为他们虽然不彻底，但究竟是认真的。他们没有悲壮，只有苍凉。悲壮是一种完成，而苍凉则是一种启示。（同上）

13

曹七巧确实是一个比较彻底的人物，坏到了骨子里，到最后一点人性都没有了，把自己的儿子女儿都给坑了，但张爱玲说她笔下更多的是不彻底的人。她在这里剖白了自己的心迹，我们一般理解她的创作理念主要是通过这篇文章。

一般所说"时代的纪念碑"那样的作品，我是写不出来的，也不打算尝试，因为现在似乎还没有这样集中的客观题材。我甚至只是写些男女间的小事情，我的作品里没有战争，也没有革命。我以为人在恋爱的时候，是比在战争或革命的时候更素朴，也更放恣的。（同上）

"时代的纪念碑"就是指托尔斯泰的《战争与和平》，鲁迅的《呐喊》《彷徨》那样的作品，而张爱玲因为"只是写些男女间的小事情"，被很多人看作"鸳鸯蝴蝶派"，在港台，受她影响的人很多，比如琼瑶、三毛、亦舒之类。然而把张爱玲的小说看作是单纯的言情小说是不准确的，她的作品是雅俗共赏的。她说：

美的东西不一定伟大，但伟大的东西总是美的。只是我不把虚伪与真实写成强烈的对照，却是用参差的对照的手法写出现代人的虚伪之中有真实，浮华之中有素朴，因此容易被人看做我是有所耽溺，流连忘返了。虽然如此，我还是保持我的作风，只是自己惭愧写得不到家。而我也不过是一个文学的习作者。（同上）

说这话的张爱玲还很年轻，只有24岁，但我们现在看张爱玲的作品，最经典的还是《传奇》，二十三四岁写的东西还是最好的，她晚年的作品《小团圆》史料价值很高，但可读性确实一般。

张爱玲《传奇》的早期版本

《传奇》由张爱玲的短篇小说结集出版，最早印量也不多，因为那时候纸张贵，物价也高，三千册四千册地印行，但印出来很快就卖光了。张爱玲在此书的题记中写道：

书名叫传奇，目的是在传奇里面寻找普通人，在普通人里寻找传奇。

"在普通人里寻找传奇"，普通到什么程度呢，故事的原型往往来自张爱玲自己的家族成员。《金锁记》中的曹七巧的原型就是她母亲的家族成员，她因而得罪了舅舅一家，再加上其他一些原因，后来两家就不相往来了。

《传奇》再版的时候，她又写了个题记：

以前我一直这样想着：等我的书出版了，我要走到每一个报摊上去看看，我要我最喜欢的蓝绿的封面给报摊上开一扇夜蓝的小窗户，人们可以在窗口看月亮，看热闹。我要问报贩，装出不相干的样子："销路还好吗？——太贵了，这么贵，真还有人买吗？"呵，出名要趁早呀！来得太晚的话，快乐也不那么痛快。

就这样，张爱玲在20世纪40年代出了名，虽然还不足以还钱给母亲，但至少此后能够自给自足，担负起跟姑姑的房租了。

《今生今世》是胡兰成晚年在日本写的，其中一章"民国女子"写的就是张爱玲：

前时我在南京无事，书报杂志亦不大看，却有个冯和仪寄了《天地》月刊来，我觉和仪的名字好，就在院子里草地上搬过一把藤椅，躺着晒太阳看书。先看发刊辞，原来冯和仪又叫苏青，女娘笔下这样大方利落，倒是难为她。翻到一篇《封锁》，笔者张爱玲，我才看得一二节，不觉身体坐直起来，细细地把它读完一遍又读一遍。见了胡金人，我叫他亦看，他看完了赞好，我仍于心不足。

后来，他便通过苏青认识了张爱玲。1950年，张爱玲参加了文学艺术界代表大会，会间其他人穿的都是蓝布和灰布中山装，只有张爱玲与众不同，穿了一身旗袍。此后不久，张爱玲就以继续学业的理由去了香港，而苏青就留在了内地，因为与陈公博的关系，晚年经历十分悲惨。

张爱玲十分喜欢苏青，她在《杂志》社举办的一次"女作家聚谈会"上说：

古代的女作家中最喜欢李清照，李清照的优点，早有定评，用不着我来分析介绍了。近代的最喜欢苏青，苏青之前，冰心的清婉往往流于做作，丁玲的初期作品是好的，后来略有点力不从心。踏实地把握生活情趣的，苏青是第一个。

通过苏青，张爱玲和胡兰成第一次见面了：

我一见张爱玲的人，只觉与我所想的全不对。她进来客厅里，似乎她的人太大，坐在那里，又幼稚可怜相，待说她是个女学生，又连女学生的成熟亦没有。我甚至怕她生活贫寒，心里想战时文化人原来苦，但她又不能使我当她是个作家。（胡兰成《今生今世》）

那时候张爱玲年龄很小，只有二十来岁，在胡兰成看起来，几乎就是个孩子。后来，胡兰成被汪精卫抓起来了，张爱玲竟然还和苏青去了一次周佛海家，想有什么法子可以救他。胡兰成出狱后：

回家我写了第一封信给张爱玲，竟写成了像五四时代的新诗一般幼稚可笑，张爱玲也诧异，我还自己以为好。都是张爱玲之故，使我后来想起就要觉得难为情。但我信里说她谦逊，却道着了她，她回信说我"因为懂得，所以慈悲"。（同上）

后来两个人就开始在一起了，再后来又秘密结婚：

我们两人都少曾想到要结婚。但英娣竟与我离异，我们才亦结婚了。是年我三十八岁，她二十三岁。我为顾到日后时局变动不致连累她，没有举行仪式，只写婚书为定，文曰：

胡兰成张爱玲签订终身，结为夫妇，愿使岁月静好，现世安稳。

上两句是爱玲撰的，后两句我撰，旁写炎樱为媒证。（同上）

在这个阶段，张爱玲还曾通过胡兰成给日本人打招呼，营救过柯灵：

17

爱玲与外界少往来，惟一次有个文化人（按：即柯灵）被日本宪兵队逮捕，爱玲因《倾城之恋》改编舞台剧上演，曾得他奔走，由我陪同去慰问过他家里，随后我还与日本宪兵说了，要他们可释放则释放。（同上）

后来时局就越来越不利于他们：

且我们所处的时局亦是这样实感的，有朝一日，夫妻亦要大限来时各自飞。但我说："我必定逃得过，惟头两年里要改姓换名，将来与你虽隔了银河亦必定我得见。"爱玲道："那时你变姓名，可叫张牵，又或叫张招，天涯地角有我在牵你招你。"（同上）

后来张爱玲还跑到乡下去见胡兰成，结果发现他跟其他女人在一起了，就非常生气地回到了上海，跟他断绝了关系。回来后，为了继续生存，张爱玲开始写电影剧本《不了情》和《太太万岁》，获得了巨大的成功，和电影导演桑弧有过一段情。胡兰成最后辗转去了日本，和吴四宝的遗孀佘爱珍结婚。张爱玲则在桑弧结婚后去了香港，在香港的时候，为了生存，开始帮美国人翻译《老人与海》《爱默生选集》，还写了英文小说《秧歌》。再后来，张爱玲到了美国，认识了美国左翼剧作家赖雅，并与他成婚。赖雅比张爱玲大36岁，婚后张爱玲还怀过一次孕，但考虑到将来独自养育孩子的困难，张爱玲放弃了这个孩子，并在赖雅去世以后独居终老。

关于《金锁记》，傅雷当时的评价是"我们文坛最美的收获之一"。张爱玲晚年重写了这部作品，改名《怨女》。这部小说篇幅很短，但内容上时间跨度很长，读起来就有点奇怪，会觉得她写得不够充分，这也是后来她重写的原因之一。

小说时间跨度三十年，故事场景却十分简单，概括起来讲就是曹七巧两次和他的小叔子调情，还有一次和他的儿子调情，然后就是戕害了她儿子的婚姻和她女儿的婚姻。故事展开得不是十分充分，而且用了很多比喻。有人专门做过张爱玲和钱锺书的比喻的对照研究，发现两个人都非常喜欢用隐喻，而且有些地方写得非常尖刻。

"金锁记"的象征意义就是曹七巧被金钱给锁住了，小说的核心就是金钱对女性的戕害。明清时期有部戏剧《金锁记》，张爱玲以此命名，实际上对应的是《红楼梦》——也就是《石头记》。《张爱玲私语录》中有这样一句话，称《红楼梦》以后最伟大的文学作品基本上就是《金锁记》了，再往前的话是《金瓶梅》，这话说得非常自负。当然她自己非常喜欢《红楼梦》，年轻的时候还仿写过《红楼梦》，把它写成一个现代的故事，贾宝玉带着林黛玉到西湖吃冰激凌、坐小火车等，晚年的时候她又专门研究过《红楼梦》，出版了《红楼梦魇》。

《金锁记》的开头是这样写的：

三十年前的上海，一个有月亮的晚上……我们也许没赶上看见三十年前的月亮。年轻的人想着三十年前的月亮该是铜钱大的一个红黄的湿晕，像朵云轩信笺上落了一滴泪珠，陈旧而迷糊。老年人回忆中的三十年前的月亮是欢愉的，比眼前的月亮大、圆、白；然而隔着三十年的辛苦路往回看，再好的月色也不免带点凄凉。

月光照到姜公馆新娶的三奶奶的陪嫁丫鬟凤箫的枕边。凤箫睁眼看了一看，只见自己一只青白色的手搁在半旧高丽棉的被面上，心中便道："是月亮光么？"凤箫打地铺睡在窗户底下。那两年正忙着换朝代，姜公馆避兵到上海来，屋子不够住的，因此这一间下房里横七竖八睡满了底下人。

接着几个丫鬟聊天，聊着聊着就聊到二奶奶，也就是曹七巧了。这"三十年"是哪三十年是要弄清楚的。小说里有交代，"那两年正忙着换朝代"，因此正是辛亥革命之际。那么故事发生的时间就差不多是从1910年到1940年这三十年。到了1949年，民国也就结束了，因此，这篇小说是反映从晚清到民国这个历史时期的最典型的文学作品之一，能够把这个时代的特征写得很好的作品真的很少。

小说的结尾是这样写的：

七巧过世以后，长安和长白分了家搬出来住。七巧的女儿是不难解决她自己的问题的。谣言说她和一个男子在街上一同走，停在摊子跟前，他为她买了一双吊袜带。也许她用的是她自己的钱，可是无论如何是由男子的袋里掏出来的。……当然这不过是谣言。

三十年前的月亮早已沉了下去，三十年前的人也死了，然而三十年前的故事还没完——完不了。

小说最后留了一个白，就和《边城》的结尾没有交代翠翠和傩送的结局一样，没有告诉我们长安后来有没有结婚，反正她跟童世舫的婚姻已经被她母亲给破坏了。但是曹七巧这一代人，从晚清到民国这一代人就翻过去了，以后再也没有这种人了，因为这样的时代过去了。

夏志清的《中国现代小说史》写于20世纪70年代，他在美国哈佛大学完成了这部书的写作，发掘了几个非常重要的现代作家，他们就是沈从文、张爱玲和钱锺书。跟着张爱玲，苏青也被重新发掘了出来。在这本书里，夏志清这样评价张爱玲的《金锁记》：

《金锁记》长达50页，据我看来，这是中国从古以来最伟大的中篇小说。这篇小说的叙事方法和文章风格很明显地受到了中国旧小说的影响。但是中国旧小说可以任意道来，随随便便，不够严谨。《金锁记》的道德意义和心理描写，却极尽深刻之能事。从这点看来，作者还是受西洋小说的影响为多。

这个评价很高，"从古以来最伟大的中篇小说"一脚就把鲁迅给踢开了，其他优秀作品，比如沈从文的《边城》也被排除在外。所谓"西洋小说的影响"其实就是受毛姆的影响，张爱玲在香港读书的时候，读了很多毛姆的小说，最后中西合璧。回到上海，张爱玲就写发生在香港的故事；在香港，她就写发生在上海的故事；到美国，就写发生在中国的故事。因此，张爱玲的写作一直比较游刃有余，因为没有人跟她的经历是一样的。

小说中写服装的那类白描手法，明显受到了中国旧小说《红楼梦》的影响：

那曹七巧且不坐下，一只手撑着门，一只手撑了腰，窄窄的袖口里垂下一条雪青洋绉手帕，身上穿着银红衫子，葱

张爱玲所绘曹七巧像

白线香滚，雪青闪蓝如意小脚裤子，瘦骨脸儿，朱口细牙，三角眼，小山眉，四下里一看，笑道："人都齐了。今儿想必我又晚了！怎怪我不迟到——摸着黑梳的头！谁教我的窗户冲着后院子呢？单单就派了那么间房给我，横竖我们那位眼看是活不长的，我们净等着做孤儿寡妇了——不欺负我们，欺负谁？"

　　曹七巧一出场有点低配版王熙凤的味道。只是王熙凤没有曹七巧这么低俗，对待自己的子女也没她这么狠毒。张爱玲曾经给曹七巧绘过一幅图，或许是参照原型画的，所以才引起了亲戚间的矛盾。

　　曹七巧爱上了她的小叔子姜季泽，对他出场的描写，就有点像贾宝玉：

　　季泽是个结实小伙子，偏于胖的一方面，脑后拖一根三股油松大辫，生得天圆地方，鲜红的腮颊，往下坠着一点，青湿眉毛，水汪汪的黑眼睛里永远透着三分不耐烦，穿一件竹根青窄袖长袍，酱紫芝麻地一字襟珠扣小坎肩，问兰仙道："谁在里头喊喊喳喳跟老太太说话？"兰仙道："二嫂。"季泽抿着嘴摇摇头。

趁着大家不注意，姜季泽开始跟他二嫂调情了：

半晌，忽道："总算你这一个来月没出去胡闹过。真亏了新娘子留住了你。旁人跪下地来求你也留你不住！"季泽笑道："是吗？嫂子并没有留过我，怎见得留不住？"一面笑，一面向兰仙使了个眼色。七巧笑得直不起腰道："三妹妹，你也不管管他！这么个猴儿崽子，我眼看他长大的，他倒占起我的便宜来了！"

这里是写嫂子调戏小叔子。为什么呢？因为家里面实在没有其他男人了，除了大哥和她自己的丈夫，就剩下小叔子了。曹七巧的胆子很大，所谓男女授受不亲，她却直接"在季泽身边坐下，只搭着他的椅子的一角，她将手贴在他腿上"，而她的小叔子也不遑多让，"俯下腰，伸手去捏她的脚道：'倒要瞧瞧你的脚现在麻不麻！'"《水浒传》中西门庆第一次跟潘金莲见面的时候，就偷偷捏了她的三寸金莲，这在古代的语汇中是女性非常性感的一个部位。

在这里，曹七巧对小叔子哭诉他的哥哥："你碰过他的肉没有？是软的、重的，就像人的脚有时发了麻，摸上去那感觉……""天哪，你没挨着他的肉，你不知道没病的身子是多好的……多好的……"古代小说一般不大去刻画人物的心理，而这里，张爱玲受西方小说的影响，开始了大段的心理描写：

23

张爱玲《金锁记》
因为懂得，所以慈悲

季泽看着她，心里也动了一动。可是那不行，玩尽管玩，他早抱定了宗旨不惹自己家里人，一时的兴致过去了，躲也躲不掉，踢也踢不开，成天在面前，是个累赘。何况七巧的嘴这样敞，脾气这样躁，如何瞒得了人？何况她的人缘这样坏，上上下下谁肯代她包涵一点？她也许是豁出去了，闹穿了也满不在乎。他可是年纪轻轻的，凭什么要冒这个险？他侃侃说道："二嫂，我虽年纪小，并不是一味胡来的人。"

这样一来，曹七巧的心就彻底死透了。对于这个人物，夏志清分析道：

七巧是特殊文化环境中所产生出来的一个女子。她生命的悲剧，正如亚里士多德所说的，引起我们的恐惧和怜悯；事实上，恐惧多于怜悯。张爱玲正视心理的事实，而且她在情感上把握住了中国历史上那一个时代。她对于那时代的人情风俗的正确的了解，不单是自然主义客观描写的成功；她于认识之外，更有强烈的情感——她感觉到那时代的可爱与可怕。(夏志清《中国现代小说史》)

这个特点非常重要。当时的其他作家，比如鲁迅笔下的一些女性尽管也很典型，但很少有曹七巧的情欲色彩，而且也没有展开描写人物细腻的心理。张爱玲把它们都写出来了，这是很了不起的。夏志清接着说：

一个出身不高的女子，尽管她自己不乐意，投身于上流社会的礼仪与罪恶之中；最后她却成为上流社会最腐化的典型人物。七巧是她社会环境的产物，可是更重要的，她是她自己各种巴望、考虑、情感的奴隶。张爱玲兼顾到七巧

的性格和社会，使她的一生，更经得起我们道德性的玩味。（同上）

后面我们可以看到，曹七巧的一生就死死地抓住她的家产，那些钱是她牺牲了一生的幸福换来的，她要把家产传给自己的孩子，生怕被别人给骗走了。

再定睛看时，翠竹帘子已经褪了色，金绿山水换了一张她丈夫的遗像，镜子里的人也老了十年。

去年她戴了丈夫的孝，今年婆婆又过世了。现在正式挽了叔公九老太爷出来为他们分家。今天是她嫁到姜家来之后一切幻想的集中点。这些年了，她戴着黄金的枷锁，可是连金子的边都啃不到，这以后就不同了。

一转眼十几年过去了，她的丈夫、婆婆先后过世，便开始分家，曹七巧终于可以掌握属于她的财产了。在此，"黄金的枷锁"点了题。

因为曹七巧没有挣钱的能力，只能死守着分到的家产，这就引出了后面的故事：

七巧带着儿子长白、女儿长安另租了一幢屋子住下了，和姜家各房很少来往。隔了几个月，姜季泽忽然上门来了。老妈子通报上来，七巧怀着鬼胎，想着分家的那一天得罪了他，不知他有什么手段对付。可是兵来将挡，她凭什么要怕他？她家常穿着佛青实地纱袄子，特地系上一条玄色铁线纱裙，走下楼来。

这几个月，姜季泽大手大脚地花钱，把他自己分得的那一份家产早就败光了，他上门肯定不是为了跟嫂子重温旧梦，不过既然来了，当然要拿出感情来欺骗他的嫂子，但是

25

很快就被七巧拆穿了。上半部分的故事到这里是一个小高潮，写得十分精彩：

七巧低着头，沐浴在光辉里，细细的音乐，细细的喜悦……这些年了，她跟他捉迷藏似的，只是近不得身，原来还有今天！可不是，这半辈子已经完了——花一般的年纪已经过去了。人生就是这样的错综复杂，不讲理。当初她为什么嫁到姜家来？为了钱么？不是的，为了要遇见季泽，为了命中注定她要和季泽相爱。她微微抬起脸来，季泽立在她跟前，两手合在她扇子上，面颊贴在她扇子上。他也老了十年了，然而人究竟还是那个人呵！他难道是哄她么？他想她的钱——她卖掉她的一生换来的几个钱？仅仅这一转念便使她暴怒起来。就算她错怪了他，他为她吃的苦抵得过她为他吃的苦么？好容易她死了心了，他又来撩拨她。她恨他。他还在看着她。他的眼睛——虽然隔了十年，人还是那个人呵！就算他是骗她的，迟一点儿发现不好么？即使明知是骗人的，他太会演戏了，也跟真的差不多罢？

在这段心理描写中，曹七巧先是想着两人的纠葛，突然一下子想清楚了，这个人不是来跟她联络感情的，是来要钱的，但她还是有点不死心，心里很是矛盾、复杂：

无论如何，她从前爱过他。她的爱给了她无穷的痛苦。单只这一点，就使他值得留恋。多少回了，为了要按捺她自己，她迸得全身的筋骨与牙根都酸楚了。今天完全是她的错。他不是个好人，她又不是不知道。她要他，就得装糊涂，就得容忍他的坏。她为什么要戳穿他？人生在世，还不就是那么一回事？归根究底，什么是真的，什么是假的？

　　曹七巧的这些心思，甚至可以套在张爱玲自己身上。胡兰成是骗他的，她难道不知道吗？胡兰成是个汉奸，她难道不知道吗？她知道的。但是汉奸不汉奸，对于她而言真的很重要吗？他爱她不就行了吗？他有钱能养活她就行了，管他后半生怎么过呢！从张爱玲对曹七巧的刻画可以看出，她实在太早熟了，二十几岁就能写出这样的人物和心理，这大概是她的家庭环境使然。

　　小说的后半部分，最重要的是七巧和她女儿之间的紧张关系。夏志清评价：

　　七巧和女儿长安之间的紧张关系以及冲突，最能显出《金锁记》的悲剧的力量。张爱玲另外几篇小说的感情力量，也都得力于亲子关系的描写。在长安——这个中国旧家庭制度下的悲剧人物——的青春时期，爱与恨有很多方面的而且常常是畸形的表现，张爱玲都能恰到好处地写出来。（夏志清《中国现代小说史》）

　　其实小说中写曹七巧和他儿子的关系也写得很好，但是更重要的还是她和女儿之间的紧张关系，因为这种关系多多少少也影射着张爱玲和她母亲之间的紧张关系。这种爱与恨的畸形，不仅体现在小说中，也体现在张爱玲自己的感情上。

　　小说中，曹七巧这样批评女儿长安：

　　烟灯的火焰往下一挫，七巧脸上的影子仿佛更深了一层。她突然坐起身来，低声道："男人……碰都碰不得！谁不想你的钱？你娘这几个钱不是容易得来的，也不是容易守得住。轮到你们手里，我可不能眼睁睁看着你们上人的当——叫你以后提防着些，你听见了没有？"长安垂着头道："听见了。"

也因为这个原因，她几次破坏了长安的感情，甚至为了把女儿留在身边，要让她裹小脚：

长安一时答不出话来，倒是旁边的老妈子们笑道："如今小脚不时兴了，只怕将来给姐儿定亲的时候麻烦。"七巧道："没的扯淡！我不愁我的女儿没人要，不劳你们替我担心！真没人要，养活她一辈子，我也还养得起！"当真替长安裹起脚来，痛得长安鬼哭神号的。这时连姜家这样守旧的人家，缠过脚的也已经放了脚了，别说是没缠过的，因此都拿长安的脚传作笑话奇谈。

高全之曾写过一篇文章分析《金锁记》，他就是从裹小脚和抽鸦片这两件事情来分析曹七巧对她女儿的戕害。在曹七巧的影响下，长安和她越来越像：

她渐渐放弃了一切上进的思想，安分守己起来。她学会了挑是非，使小坏，干涉家里的行政。她不时地跟母亲怄气，可是她的言谈举止越来越像她母亲了。每逢她单叉着裤子，撒开了两腿坐着，两只手按在胯间露出的凳子上，歪着头，下巴搁在心口上凄凄惨惨瞅住了对面的人说道："一家有一家的苦处呀，表嫂——一家有一家的苦处！"——谁都说她是活脱的一个七巧。

长安24岁的时候生了痢疾，七巧不替她延医用药，只劝她抽鸦片，从此就上了瘾。后来因为和童世舫恋爱，长安就把鸦片戒掉了。长安和童世舫一开始是相亲认识的，两人都比较拘谨，等婚姻被破坏了以后，他们却反而越来越投缘了。这个时候，曹七巧就想着去破坏他们两个人的感情。这一段我们便能通过童世舫的眼睛看到晚年的曹七巧：

> 只见门口背着光立着一个小身材的老太太，脸看不清楚，穿一件青灰团龙宫织缎袍，双手捧着大红热水袋，身旁夹峙着两个高大的女仆。门外日色昏黄，楼梯上铺着湖绿花格子漆布地衣，一级一级上去，通入没有光的所在。世舫直觉地感到那是个疯人——无缘无故的，他只是毛骨悚然。长白介绍道："这就是家母。"

接下来这个地方我们要读清楚了，曹七巧欺骗了童世舫：

29

> 世舫挪开椅子站起来，鞠了一躬。七巧将手搭在一个佣妇的胳膊上，款款走了进来，客套了几句，坐下来便敬酒让菜。长白道："妹妹呢？来了客，也不帮着张罗张罗。"七巧道："她再抽两筒就下来了。"世舫吃了一惊，睁眼望着她。

其实这个时候长安已经把鸦片烟戒掉了，但曹七巧撒了这个谎，也没人敢戳穿她。此后，童世舫和长安就分手了，分手的场景分外凄凉：

> 世舫回过身来道："姜小姐……"她隔得远远的站定了，只是垂着头。世舫微微鞠了一躬，转身就走了。长安觉得她是隔了相当的距离看这太阳里的庭院，从高楼上望下来，明晰，亲切，然而没有能力干涉，天井，树，曳着萧条的影子的两个人，没有话——不多的一点回忆，将来是要装在水晶瓶里双手捧着看的——她的最初也是最后的爱。

张爱玲《金锁记》
因为懂得，所以慈悲

最后这句话预示了长安应该不会再爱上其他人了，所以结尾那个留白的场景应该是虚幻的，给大家留一个心理安慰，说她跟其他男人在一起了。

最后小说又一次点题：

> 七巧似睡非睡横在烟铺上。三十年来她戴着黄金的枷。她用那沉重的枷角劈杀了几个人，没死的也送了半条命。她知道她儿子女儿恨毒了她，她婆家的人恨她，她娘家的人恨她。她摸索着腕上的翠玉镯子，徐徐将那镯子顺着骨瘦如柴的手臂往上推，一直推到腋下。她自己也不能相信她年轻的时候有过滚圆的胳膊。就连出了嫁之后几年，镯子里也只塞得进一条洋绉手帕。

曹七巧"劈杀"的人还包括她的儿媳妇，她在夜里探听她儿子和儿媳妇之间的闺中秘事，到了白天便到儿媳妇的家人面前宣扬，把她儿媳给羞死了；儿子女儿没死，也送了半条命。

因此，说曹七巧是个彻底的人，说得非常好。

批评家高全之的《张爱玲学》是研究张爱玲最权威的专著之一。高全之非常喜欢文学，也非常喜欢文学批评，但是他知道文学批评是养不活他的，就到美国去学理工科了，赚到钱以后才回过头来研究张爱玲，结果变成最权威的张爱玲研究者之一。他在这本书里对《金锁记》评价道：

> 《金锁记》人性审查的这项要义非常重要：人性里有理智无法导引的盲动或冲动，继续坚持理智所不允许的操作。此所以曹七巧一意孤行，不留转圜余地，也不产生惭悔。这种失控以恶质母性的形式出现，是《金锁记》令人不寒而栗

的主因。

如果曹七巧还有理智，无论如何应该给她的女儿安排好婚姻，何况童世舫这个人也不错，在西洋留过学，而且跟她女儿是相爱的，家里也有点资产，她居然就给破坏了。甚至，在教坏了儿子、害了女儿以后，她也毫不后悔、毫不惭愧。张爱玲的母亲当然没有这么坏，不至于到"恶质母性"的程度，但张爱玲非常不喜欢母亲风流的一面。

对于小说的结局，高全之说：

缠足与鸦片长期残害中华民族，不免消灭散逝。曹七巧"劈杀了几个人，没死的也送了半条命"，最后也难逃一死。说明个别恶业新陈代谢，也许是作者坚持为曹七巧送终的原因之一。（同上）

所以我们看了小说唯一可以获得心理安慰的地方是什么呢？就是到了小说结尾曹七巧死掉了，这意味着她所代表的整个时代终于翻篇儿了。高全之接着说：

借此《金锁记》提醒我们：另种民族恶习的形成，个人辨认并且脱离失序的伦常关系的必要性（就像张爱玲自己逃离父亲继母那样），以及恶质母性的蠢动，都是世世代代必须面对的课题。（同上）

夏志清评价《金锁记》的时候还说道：

自从《红楼梦》以来，中国小说恐怕还没有一部对闺阁下过这样一番写实的功夫。但是《红楼梦》所写的是一个静止的社会，道德标准和女人服装从卷首到卷尾，都没有变迁。张爱玲所写的是个变动的社会，生活在变，思想在变，行为在变，所不变者只是每个人的自私，和偶然表现出来足以补

救自私的同情心而已。(夏志清《中国现代小说史》)

《红楼梦》描绘的时代是清朝中期，没有变迁，而《金锁记》的时代是从晚清到民国，所谓"三千年未有之变局"，就跟我们现在一样，社会变迁得特别快，要想把握住时代精神是不容易的，我们今天很难说哪个作家把改革开放四十年把握得很好。在这段话中，所谓"偶然表现出来足以补救自私的同情心"映照的是《倾城之恋》中白流苏和范柳原的结局。

对于张爱玲小说的特色，夏志清认为："悲剧人物暂时跳出自我的空壳子，看看自己不论是成功还是失败，都是空虚的。这种苍凉的意味，也就是张爱玲小说的特色。"这种苍凉就是张爱玲要表现的东西，她的成长经历就注定了她文学创作的这种风格的形成。

陈子善的《张爱玲丛考》澄清了许多与张爱玲有关的基本事实，他也在书中给张爱玲做了一个总评：

无论是《金锁记》还是《倾城之恋》，都充分体现了张爱玲与众不同的"边缘性"的话语方式，即不同于当时的"主流"作家和"主流"文学的独特的感受和表现世界的方式，独特的历史观、人生哲学和审美追求。尽管张爱玲曾被贬为海派通俗作家，但这位上海滩上卓立独行的才女，骨子里却渗透着浓厚的古典趣味，感受与表达上又具有深刻的"现代性"，她完全自觉又自由地出入于"传统"与"现代"、"雅"与"俗"和"中"与"西"之间，并且达到了两者的平衡和沟通，许多现代和当代作家都无法达到乃至接近这一境界，因而也就十分难能可贵。我想，这恐怕就是张爱玲小说的艺术魅力之所在。

正是这种雅与俗和中与西的平衡，使她同时获得了市民和文学批评家的喜爱。

许子东梳理张爱玲的文学成就后，也指出了她的四个特点：

一、用白话文写出现代主义精神：华丽与苍凉；

二、以俗文学写出纯文学：大雅之俗；

三、批判女人弱点的女性主义创作；

四、尝试华文文学的三种基本模式：在中国用中文写作，在海外用中文写作，用外文写中国故事。（许子东《无处安放——张爱玲文学价值重估》）

关于最后一点，其实张爱玲写了很多英语的小说，但是大都不成功，找不到出版商，包括她还写过一部英文小说叫《少帅》，是写张学良的，后来被翻译过来了。

许子东在这部书中还说：

《小团圆》中的母亲形象，显示了作者极其苛刻严厉的"审母情结"。和后来王蒙的代表作《活动变人形》的"审父情结"相似，对上一代家人的带情感的审判，也是二十世纪中国作家恋恋不舍地解构剥离自己与时代与传统的关系。（同上）

抗战结束以后，张爱玲的母亲终于从印度回到了上海，张爱玲就准备用之前胡兰成给她的钱偿还母亲给她的学费，打算跟母亲结清了，但她的母亲坚决不要这笔钱。对于张爱玲母亲的事迹，《小团圆》中写得非常真实。她的母亲时常挖苦她，挖苦她的身材、她的长相，两人之间是又爱又恨。

许子东对此的评价是：

> 从女性主义文学批评的角度看，母女之间几十年心思细密、情意纠结的教育、反叛、羡慕、妒忌、关爱、争斗，最后却一直只是两个弱者之间的互相折磨，且都在或一次或多次的"性别战争"中走向浪漫的惨败。（同上）

这真是令人唏嘘。因此，曹七巧和长安的关系，多多少少影射了一点张爱玲和她母亲之间的关系。不过，在现实中，张爱玲母女俩最终达成了和解。

许子东说："在张爱玲看来，'五四'文学主流是歌颂超人的，而她则更关心常人。"这又回到了一开始胡兰成的评价：她是个人主义的，是人的发现和物的发现者。他说：

> 不同于"五四"小说表现"飞扬"而美化（也虚化）女性形象，也有别于莎菲女士式的表现女性的飞扬，张爱玲把她的女主人公（薇龙、流苏、敦凤、七巧）放回更现实的日常生活层次，让她们终日沉迷或算计衣服、房子、钱、首饰……同时也将笔触探至"妇人性"与人性的普遍弱点：情欲、嫉妒、虚荣、疯狂……用余斌的一句话概括就是："在《传奇》中，普遍的人性定在普通人的身上。"（同上）

这样一来，这些作品的生命力就会更加顽强、更加长久，因此张爱玲可以不断地流传下去。

王小波《黄金时代》

特立独行的黄金时代

王小波（1952—1997），中国当代学者、作家。生于北京，先后当过知青、民办教师、工人。1978年考入中国人民大学，1980年与李银河结婚，同年发表处女作《地久天长》。1984年赴美匹兹堡大学东亚研究中心求学，两年后获得硕士学位。在美留学期间，游历了美国各地，并利用1986年暑假游历了西欧诸国。1988年回国，先后在北京大学、中国人民大学任教。1992年9月辞去教职，做自由撰稿人。他的唯一一部电影剧本《东宫西宫》获阿根廷国际电影节最佳编剧奖，并且入围1997年戛纳国际电影节。1997年4月11日病逝于北京，年仅45岁。

《黄金时代》是王小波创作的中篇小说，是系列作品"时代三部曲"中的一部，该系列入选《亚洲周刊》"二十世纪中文小说一百强"。王小波《黄金时代》的问世，实现了知青文学的突破。作品中对性爱的正面书写，对现实的批判和嘲讽，对人生存状态的反思，对人性自由和本真的彰显，迥异于20世纪90年代之前的知青小说。

王小波的时代书写

人们一般认为《黄金时代》这部小说有点"黄"，但是作者王小波死也不承认它是一部色情小说。或许，我们可以称它是一部情色小说。《黄金时代》属中篇小说，尽管王小波花了差不多二十年的时间来写作，但是实际上它很短，只有三万多字。

王小波在中国当代小说界比较特殊，到现在我们再也找不到第二个王小波了。他不是科班出身的小说家，到了四十多岁才开始写小说。人到中年以后，心态发生变化，便会开始回忆过去，比如沈从文、胡适都是40岁开始回顾自己的童年，写自己的自传的。这其中有一种方法，就是用小说这种体裁来写作。埃莱娜·费兰特的"那不勒斯四部曲"就是这类的作品。

在《一只特立独行的猪》这篇杂文中，王小波写道：

我已经四十岁了，除了这只猪，还没见过谁敢于如此无视对生活的设置。相反，我倒见过很多想要设置别人生活的人，还有对被设置的生活安之若素的人。因为这个原故，我一直怀念这只特立独行的猪。

这篇杂文很短，王小波在这篇文章中写了他自己在云南插队的时候碰到了一只特立独行的猪，它冲出了猪圈，后来居然长出了獠牙。他说"除了这只猪，还没见过谁敢于如此

无视对生活的设置"。什么叫"对生活的设置"呢？比如说
生活在国有企业、事业单位等体制内的人，生活的设置其实
就是很强的，很多人走出体制，就是因为感受到了体制的不
自由。

王小波就是这样一个人，他在20世纪90年代，就敢于
辞掉知名大学的教职，去做一个自由撰稿人，这本身就是非
常了不起的，而且那个时候他还不是一位已经获得成功的小
说家，于是他就变成了那只"特立独行的猪"。但他的小说
很快就获得了台湾《联合报》文学奖中篇小说大奖，而且他
是唯一一个两次获得这个奖的人。

至于"想要设置别人生活的人"与"对被设置的生活安
之若素的人"就好比单位中的领导和同事，因此，王小波
说，"我一直怀念这只特立独行的猪"，而他，也就此成为一
个特立独行的作家。这与王小波在美国求学的经历恐怕有很
大的关系，他因此更向往一种自由的生活。

王小波就是这样一个人，他笔下的人物，也都是这样的
人，北京大学哲学系教授何怀宏称之为"不合时宜的人"，
他对王二这个人物形象有一个评述：

总之，在王二们的身上，总是能发现一种对于独特、优
美、卓异、神奇的渴望，总是有一种挥之不去的对于一种独
立的、创造性的生活的梦想，并且，不仅王二系列的人物，
王小波小说中的其他主人公也都分享着这一梦想，这样一种
类型的人在他的小说中占据着一个中心的位置，而不管他们
是被设想生活在现在、古代还是未来。（何怀宏《不合时宜
的人——王小波小说中的主人公》）

王小波《黄金时代》的早期版本

其实这就是一个自由人。

王小波长得颇像那种北京的"侃爷"，而他自己本身家庭出身还是不错的，父亲是个知识分子，唯一的遗憾就是他去世太早了，他在1997年4月突发心脏病去世，年仅45岁。

王小波的代表作是"时代三部曲"，所谓三部曲就是《黄金时代》《白银时代》《青铜时代》，其实还有一部《黑铁时代》。这些作品多是小说集，这样划分的依据是古希腊神话赫西俄德的《工作与时日》，它里面把时代分成五个时代，在黑铁时代前面还有一个英雄时代。王小波猝然去世，留下了大量未完成的作品，存在软盘里面，都是黑铁时代的作品，如果他再写的话，可能还会把英雄时代补齐。而《黄金时代》之所以叫《黄金时代》，主要是因为小说人物王二比较年轻，只有21岁，正当青春年华。

何怀宏最后总结道：

我想我们似可由这些作品判断出：它们确实最强烈、最集中地反映出作者成长期间的经验，尤其是从"大跃进"到"文化大革命"这一期间的经验，也就是说，反映出一个"革命时期"、一个过渡时期的经验。在王小波的小说中，对八十年代，尤其九十年代市场经济大潮汹涌之后对其主人公的冲击反映得并不明显，他的作品主要是提醒我们不要忘记一个刚刚过去的年代，一个无性、无趣和无智的年代，或者说，一种潜在的、深度的"文革记忆"在他的创作中始终起着一种关键的，甚至可说是"中心情结"的作用，作者试图在其作品中努力恢复和展现这种"文革记忆"。（同上）

也就是说，王小波的小说主要展现了1958年至1978年，差不多二十年的经验，这个经验特别宝贵，虽然有无数的人都书写过了，但是王小波的书写跟他们不大一样。"文革"以后王小波身在美国留学，所以他的小说对20世纪八九十年代，尤其是90年代市场经济大潮汹涌的反映很不明显。王小波的作品即便有些看起来写的是古代的事情，比如李靖和红拂，但讲的还是"文革记忆"。要努力恢复和展现这种"文革记忆"的小说其实有很多，但都是那种现实主义小说、新写实主义小说，而王小波在风格上已经不属于它们了。

王小波的文学师承

王小波的作品主要是受翻译文学的影响，也就是外国文学作品的影响。在《我为什么要写作》中，他说：

如果硬要我用一句话直截了当地回答这个问题，那就是：我相信我自己有文学才能，我应该做这件事。但是这句话正如一个嫌疑犯说自己没杀人一样不可信。所以信不信由你罢。

而在《我的师承》中，他说：

到了将近四十岁时，我读到了王道乾先生译的《情人》，又知道了小说可以达到什么样的文字境界。道乾先生曾是诗人，后来做了翻译家，文字功夫炉火纯青。他一生坎坷，晚年的译笔沉痛之极。

王道乾翻译的诗很少，在网上只能找到几首。玛格丽特·杜拉斯《情人》的中译本有很多版本，有人专门做过研究，把王道乾先生的翻译和其他人的翻译做对照，发现王道乾先生有时候会往译文中添加一些原文中没有的东西，显得这个小说就更好看了，这涉及了翻译文学"信、达、雅"的问题，在此不作讨论。

同时，王小波非常崇拜查良铮：

道乾先生和良铮先生都曾是才华横溢的诗人，后来，因为他们杰出的文学素质和自尊，都不能写作，只能当翻译家。就是这样，他们还是留下了黄钟大吕似的文字。文字是用来读，用来听，不是用来看的——要看不如去看小人书。不懂这一点，就只能写出充满噪声的文字垃圾。（同上）

查良铮就是穆旦，他来自海宁的查家，这个家族出了许多人才，查良镛即金庸先生就是其中之一。现在回过头来，大家一致公认的中国现代文学史上最杰出的现代诗人就是查良铮。可惜"文革"一结束他就去世了，所以知道他的人不

穆旦与妻子周与良

大多，否则他的诗集就可以在20世纪80年代初陆续整理出版了，因此对他有一个再发现的过程。查良铮作为翻译家，主要翻译过《普希金诗选》，而且是所有译本里翻译得最好的，《假如生活欺骗了你》《致凯恩》都是他的翻译作品。试着读一下他的《诗八首》的第一首和第七首，或许会有更深刻的感受：

　　你底眼睛看见这一场火灾，

　　你看不见我，虽然我为你点燃；

　　唉，那燃烧着的不过是成熟的年代，

　　你底，我底。我们相隔如重山！

　　从这自然底蜕变底程序里，

　　我却爱了一个暂时的你。

　　即使我哭泣，变灰，变灰又新生，

姑娘，那只是上帝玩弄他自己。

风暴，远路，寂寞的夜晚，
丢失，记忆，永续的时间，
所有科学不能祛除的恐惧
让我在你底怀里得到安憩——
呵，在你底不能自主的心上，
你底随有随无的美丽的形象，
那里，我看见你孤独的爱情
笔立着，和我底平行着生长！

在杂文《用一生来学习艺术》中，王小波说：

一部《情人》曾使法国为之轰动。大家都知道，这本书的作者是刚去世不久的杜拉斯。这本书有四个中文译本，其中最好的当属王道乾先生的译本。我总觉得读过了《情人》，就算知道了现代小说艺术；读过道乾先生的译笔，就算知道什么是现代中国的文学语言了。

《情人》其实很短，也只有三四万字，是中篇小说，它的开头很经典，可以看看王道乾先生的译笔：

我已经老了，有一天，在一处公共场所的大厅里，有一个男人向我走来，他主动介绍自己，他对我说：我认识你，我永远记得你。那时候，你还很年轻，人人都说你很美，现在，我是特为来告诉你，对我来说，我觉得你比年轻时还要美，那时你是年轻女人，与你年轻时相比，我更爱你现在备受摧残的容貌。

这段话节奏感把握得非常好。其实他原文是有很多长句

玛格丽特·杜拉斯《情人》，上海译文出版社

的，王道乾先生把它都调成短句了。这段话其实化用了叶芝的诗：

> 多少人真情假意，爱过你的美丽，
>
> 爱过你欢乐而迷人的青春，
>
> 唯独一人爱过你朝圣者的心，
>
> 爱你日益凋谢的脸上的哀戚。（叶芝《当你老了》，飞白译）

这首诗是叶芝写给他的女神茅德·冈的，她是一个英国上校的女儿，支持爱尔兰独立，崇拜爱尔兰军人，就嫁给了军人，后来离婚了也没有嫁给叶芝。这里摘选的是飞白的译本，在至少十种翻译中，他翻译得最好。

《情人》中还有一段也写得很好：

在我的生命中，青春过早消逝。在我十八岁的时候，繁花似锦的年华早就枯萎凋零。从十八岁到二十五岁之间，我的容貌朝着一个意料之外的方向发展。十八岁的时候我就衰老了。……我现在有一副面容衰老、布满枯深皱纹的面孔。可它却不像某些容貌清秀的面孔那样骤然沉陷下去，它依旧保留着原来的轮廓，只不过质地被毁坏罢了。我有一张被毁坏的脸庞。我还能跟你说些什么呢？我那时才十五岁半。

那是在湄公河的渡船上。

小说女主人公认识中国富商的儿子的时候，只有十五岁半，下面就开始展开他们的恋情了。《黄金时代》，说得难听一点，它就是模仿《情人》的作品，在风格上、写法上、语言上深受《情人》的影响。

在《从〈黄金时代〉谈小说艺术》中，王小波说：

《黄金时代》这本书里，包括了五部中篇小说。其中《黄金时代》一篇，从二十岁时就开始写，到将近四十岁时才完篇，其间很多次地重写。现在重读当年的旧稿，几乎每句话都会使我汗颜，只有最后的定稿读起来感觉不同。这篇三万多字的小说里，当然还有不完美的地方，但是我看到了以后，丝毫也没有改动的冲动。

《黄金时代》是从20岁就开始写的，那个时候还不是写小说，实际上是写检查，《黄金时代》就是根据当时的检查写成的。云南知青谈恋爱，恋爱的对象又是一个有夫之妇，所以恋爱的两人被迫写检讨，小说里面就有非常多他们写检讨的场景。小说经历过很多次的重写，现在看来，还是单薄了，所以到现在为止还没有被拍成电影，这是非常大的一个遗憾。王小波的小说只有一部被拍成电影，就是《东宫西宫》，中国历史上第一部同性恋题材的电影，但是没有公映。

情色小说的格调

在《从〈黄金时代〉谈小说艺术》中，王小波谈道：

这本书里有很多地方写到性。这种写法不但容易招致非议，本身就有媚俗的嫌疑。我也不知为什么，就这样写了出来。现在回忆起来，这样写既不是为了找些非议，也不是想要媚俗，而是对过去时代的回顾。众所周知，六七十年代，中国处于非性的年代。在非性的年代里，性才会成为生活主题，正如饥饿的年代里吃会成为生活的主题。

因为书里有很多性的内容，他将小说寄给大陆的小说编辑时，人家给他的回复就是两个字——"流氓"，于是他便将小说拿到台湾、香港去出版，获得承认后，大陆出版社就坐不住了，花城出版社决定出版他的小说。谈到写作意图，王小波说，他这样写既不是为了找些非议，也不是想要媚俗，而是对过去那个时代的回顾。阿城的"三王"系列，也就是《棋王》《树王》《孩子王》，也是写"文革记忆"的优秀小说。《棋王》里面则有很大一部分是在写吃。王小波在杂文里谈到《棋王》时还讽刺了一下阿城，说写"文化大革命"就好好写"文化大革命"，写下棋干什么，实在太无聊了。

在杂文《关于格调》中，王小波说：

正常的性心理是把性当作生活中一件重要的事，但不是全部。不正常则要么不承认有这么回事，要么除此什么都不想。假如一个社会的性心理不正常，那就会两样全占。这是因为这个社会里有这样一种格调，使一部分人不肯提到此事，另一部分人则事急从权，总而言之，没有一个人有平常心。

王小波在美国研究社会学，就是研究弗洛伊德的性心理学，研究社会上的边缘人，比如性工作者、同性恋群体，所以他是非常自觉地在这样表达。

罗纳德·德沃金在《自由的法》中记录，20世纪70年代末80年代初，在密歇根大学法学教授凯瑟琳·麦金农和其他著名女权主义者的努力下，印第安纳州的印第安纳波利斯市颁布了一项反色情文学艺术作品的命令。它禁止任何它所规定为色情文艺题材的作品"制作、出售、展览或发行"。联邦地区法院认定这项命令违宪，所以后来它就被撤销了。这些作品中就包括詹姆斯·乔伊斯的《尤利西斯》。凯瑟琳·麦金农自己写过一部《言词而已》，它是反对和批判色情文艺的，但它本身非常色情，它把那些色情文学里面的场景、情节描述得非常露骨。关于《尤利西斯》出版的故事，在凯文·伯明翰的《最危险的书——为乔伊斯的〈尤利西斯〉而战》中有详细介绍。国内也有萧乾和文洁若夫妇翻译的全译本《尤利西斯》。它后来被列为20世纪英文小说100强的第一名，是艺术成就最高的作品之一。

德沃金在《我们有色情权利吗?》一文中接着说：

人们经常不明原由地反感色情，这是因为猥亵读物不仅仅有辱于妇女，而且也有辱于男性。但是，我们不能想当然地认为禁止色情文艺具有充分理由，他委实将侵害一条重要的原则，那就是，我们所憎恨的言论与其他任何言论一样具有被保护的权利。消极自由的本质是一种冒犯的自由，它既可以针对艳俗之作，也可针对英雄史诗。

王小波在《文明与反讽》中则说：

照我看，任何一个文明都应该容许反讽的存在，这是一种解毒剂，可以防止人把事情干到没滋没味的程度。……看来起初的一些作者（维多利亚时期的地下小说）还怀有反讽的动机，一面捧腹大笑，一面胡写乱写；搞到后来就开始变得没滋没味，把性都写到了荒诞不经的程度。所以，问题还不在于该不该写性，而在于不该写得没劲。

维多利亚时期对色情文艺管控得比较严，许多作家就转到地下去了，王小波认为问题还不在于该不该写性，而在于不该写得没劲，就像《五十度灰》系列那样，电影拍得很烂，小说也写得很差。王小波说：

我认为，真善美是一种老旧的艺术标准；新的艺术标准是：搞出漂亮的、有技巧的、有能力的东西。批判现实主义是艺术的一支，它就不是什么真善美。王朔的东西在我看来基本属于批判现实主义，伍迪·艾伦也属这一类。这一类的艺术只有成熟和深刻的观众才能欣赏。（王小波《王朔的作品》）

这里的"真善美"就是指道德说教色彩浓郁的小说；王朔的作品是指《动物凶猛》《我是你爸爸》这类小说。他说：

笔者虽是谦虚的人，却不能接受这些意见。积极向上虽然是为人的准则，也不该时时刻刻挂在嘴上。我以为自己的本分就是把小说写得尽量好看，而不应在作品里夹杂某些刻意说教。我的写作态度是写一些作品给读小说的人看，而不是去教诲不良的青年。（王小波《〈黄金时代〉后记》）

他认为，不应该在作品当中夹杂某些刻意说教。一个反面的例子就是米兰·昆德拉的《不能承受的生命之轻》，它是一部存在主义哲学小说，道德说教的性质其实非常强。

黑色幽默的文学风格

黑色幽默的文学风格就是从美国传来的。王小波说：

真正的主题，还是对人的生存状态的反思。其中最主要的一个逻辑是：我们的生活有这么多的障碍，真他妈的有意思。这种逻辑就叫做黑色幽默。我觉得黑色幽默是我的气质，是天生的。我小说里的人也总是在笑，从来就不哭，我以为这样比较有趣。（王小波《从〈黄金时代〉谈小说艺术》）

关于黑色幽默，《大英百科全书》解释为"一种绝望的幽默，力图引出人们的笑声，作为人类对生活中明显的无意义和荒谬的一种反响"。黑色幽默也被称为"绞刑架下的幽默"，因为某个被判绞刑的人，指着绞刑架询问刽子手："你肯定这玩意儿结实吗？"

有几部黑色幽默的小说，被称为20世纪最难读的小说。约瑟夫·海勒的《第二十二条军规》就是比较早的、最著名的黑色幽默小说，算是较易懂的。小说主人公参加越南战争，一直想逃避兵役，他要证明自己有精神疾病才行，但是如果能够证明自己有精神疾病，就说明他精神还蛮正常的。还有库尔特·冯内古特的《五号屠场》、托马斯·品钦的《万有引力之虹》、温斯顿·葛鲁姆的《阿甘正传》。《阿甘正传》大家可能只看过电影，小说比电影要荒诞多了，比如小说里面把阿甘写成了阿姆斯特朗，成了登月第一人，这个情节就太荒诞了，在小说里面阿甘还是一位职业摔跤运动员，这个设定电影里改成了打橄榄球。

王小波说：

本书的三部小说被收到同一个集子里，除了主人公都叫王二之外，还有一个原因，那就是它们有着共同的主题。我相信读者阅读之后会得出这样的结论，这个主题就是我们的生活；同时也会认为，还没有人这样写过我们的生活。（王小波《〈黄金时代〉后记》）

这三部小说，还有一部是《三十而立》，有点像他在北大教书的经历。他说"还没有人这样写过我们的生活"，的确没有，这是黑色幽默风格的小说，1949年以后的确非常少。

在《黄金时代》中，有一个重要的名词——"知青"。法国汉学家潘鸣啸在《失落的一代——中国上山下乡运动(1968—1980)》中进行了统计，在那段时间中，大约有1 700万城镇中学生被遣送到农村去，这个群体就是"知青"。他说，"由于这些年轻人原则上必须在剩下的大半生中自我改造成农民，因此这场有组织的重要人口迁移是作为中华人民共和国发起的最彻底最根本的政治运动之一来进行的"。

做了知青以后，在当时是看不到出路的，没有人说你去几年就可以回城了。为什么要做这件事情呢？其实中华人民共和国成立以后就陆续在做了，不过那个时候还比较少，而且真的是要让知识青年去建设农村。

这本书里对上山下乡运动的动机有一个经济学的解释。老三届这批中学生，也就是1966—1968年的中学生毕业以后，在大学升学率很低的情况下，他们如何就业就成了一个问题。他们这个年龄阶段的人在社会上是最不安定的一个因素，而在计划经济时代，国营企业和工厂没有那么多岗位给他们，又没有足够的大学可以读，所以中学一毕业就相当于失业了，怎么办呢？就想了这个办法，把几千万的中学生送去支援边疆、开发大西北、支援农村，讲起来叫接受贫下中农的再教育，这样一来解决了大量的失业青年的问题。这主要是针对城市里的这些青年，因为农村青年连读高中的机会都很少，窝在农村里种地就可以了。20世纪80年代，在农村生活的人，要进城的话还要到村委会去开证明，农民是不能够随意离开农村的，是被紧紧地束缚在土地上的，所以农村的人很穷，因为根本就没有外出打工的机会。这是这本书提供的一个理解上山下乡运动的非常重要的视角。

"下乡运动激发了大量的文学创作，一般是知青和老知青的作品，他们的文学创作志向早在农村时就开始了。"潘鸣啸说。这是因为在农村里实在太无聊了，农活儿基本上两个农假就干完了，一个是夏季的时候要去播种、收割，差不多放两个星期的假就干完了，秋季的农活也是两个星期就干

51

完了，剩下的时间，因为小麦水稻都是要慢慢生长的，不可能马上就去收割，所以就没事干，农民穷也就穷在这里了，实际上一年只工作一个月，当然就穷了。

潘鸣啸接着说："这类文章我们仔细阅读过一百多篇。大多数的情况下，都是真正的写实主义，就是说既不是'社会主义写实主义'，也不是'革命现实主义'，一位专业人士称之为'新写实主义'。"这种小说有很多，比较著名的作家，上海的就是叶辛，代表作品是《蹉跎岁月》，他也是云南知青；还有梁晓声的《年轮》，在20世纪八九十年代的时候拍成过电影和电视剧；此外还有都梁的《血色浪漫》，也拍成了电视剧，它讲的知青生活跟《黄金时代》很接近。

在小说中，王小波写道：

我二十一岁时，正在云南插队。陈清扬当时二十六岁，就在我插队的地方当医生。我在山下十四队，她在山上十五队。有一天她从山上下来，和我讨论她不是破鞋的问题。那时我还不大认识她，只能说有一点知道。她要讨论的事是这样的：虽然所有的人都说她是一个破鞋，但她以为自己不是的。因为破鞋偷汉，而她没有偷过汉。虽然她丈夫已经住了一年监狱，但她没有偷过汉。在此之前也未偷过汉。所以她简直不明白，人们为什么要说她是破鞋。如果我要安慰她，并不困难。我可以从逻辑上证明她不是破鞋。如果陈清扬是破鞋，即陈清扬偷汉，则起码有一个某人为其所偷。如今不能指出某人，所以陈清扬偷汉不能成立。但是我偏说，陈清扬就是破鞋，而且这一点毋庸置疑。

电视剧《血色浪漫》

　　因为陈清扬年轻貌美，有很多地方干部、军代表会借看病之名去骚扰她，渐渐就传出了她偷过汉子的流言蜚语。其实用现在的话讲，她是碰到了性骚扰。但只有"我"不是：

　　她有点神经质，都是因为有很多精壮的男人找她看病，其实却没有病。那些人其实不是去看大夫，而是去看破鞋。只有我例外。我的后腰上好像被猪八戒筑了两耙。不管腰疼真不真，光那些窟窿也能成为看医生的理由。这些窟窿使她产生一个希望，就是也许能向我证明，她不是破鞋，有一个人承认她不是破鞋，和没人承认大不一样。可是我偏让她失望。

　　小说中几次提到了"黄金时代"：

那一天我二十一岁，在我一生的黄金时代。我有好多奢望。我想爱，想吃，还想在一瞬间变成天上半明半暗的云。后来我才知道，生活就是个缓慢受锤的过程，人一天天老下去，奢望也一天天消失，最后变得像挨了锤的牛一样。可是我过二十一岁生日时没有预见到这一点。我觉得自己会永远生猛下去，什么也锤不了我。

所谓"缓慢受锤的过程"，就是给公猪公牛做绝育手术的过程。

不管怎么说，那是我的黄金时代。虽然我被人当成流氓。我认识那里好多人，包括赶马帮的流浪汉，山上的老景颇等等。提起会修表的王二，大家都知道。我和他们在火边喝那种两毛钱一斤的酒，能喝很多。我在他们那里大受欢迎。

54

这是到了小说的结尾，王小波要点题。他反复地点题，点了三次。后来他和陈清扬到中年以后又见面了：

陈清扬说，那也是她的黄金时代。虽然被人称作破鞋，但是她清白无辜。她到现在还是无辜的。听了这话，我笑起来。但是她说，我们在干的事算不上罪孽。我们有伟大友谊，一起逃亡，一起出斗争差，过了二十年又见面，她当然要分开两腿让我趴进来。所以就算是罪孽，她也不知罪在何处。更主要的是，她对这罪恶一无所知。

为什么陈清扬说自己清白无辜呢？答案到了小说的结尾才揭示，因为陈清扬后来在写检讨的时候，宣称她爱上了王二，他们两个人的关系是基于爱情的，所以她就变得清白无辜了，这样军代表就再也不找他们写检讨了。

特殊年代的身体叙事

朱大可认为：

《黄金时代》和《似水柔情》是小波写得最出色的两部小说，通过性虐恋来寓言整个社会形态的基本风格。"文革"就像是一场政治虐恋，是一群施虐癖向另一群"受虐癖"的施暴。但问题的实质在于，受虐的不是受虐癖，而是大批正常人格。在我看来，这是国家政治悲剧的真相，也是藏匿小说中的终极语义。（朱大可《他毕生在向自由致敬》）

这个解读非常准确。《似水柔情》就是改编成电影《东宫西宫》的原著小说。《东宫西宫》是中国历史上第一部同性恋题材的电影。迄今为止，还没有这个题材的电影真正上映过。《霸王别姬》是唯一的漏网之鱼，但《霸王别姬》中描写的是暗恋，程蝶衣暗恋他的师兄段小楼。《东宫西宫》情节很简单，胡军饰演的警察去审讯一个同性恋犯人，结果在审讯的过程中爱上了这个犯人。

朱大可接着说：

《黄金时代》的写作耗费近二十年时间，成为一部反转的身体叙事的杰作。流氓王二和破鞋陈清扬的"不伦之恋"，是"文革"时代的必然产物。道德专制统治下的国度，所有跟"性"相关的事物，必然要以"贱"的面容出现。这是"文革""黄金时代"的基本法则。（同上）

关于虐恋，举个例子，漫威漫画《神奇女侠》中神奇女

安吉拉·罗宾森导演电影《马斯顿教授与神奇女侠》

侠的武器是一根鞭子。早年创作这个漫画的人是一个大学教授，叫马斯顿，他也是研究弗洛伊德的性心理学的，他们夫妻两个在大学里跟女生谈恋爱，所以被大学除名了，这之后三人就生活在一起了。马斯顿教授非常喜欢画漫画，他根据他的这位学生的形象创造了神奇女侠这个角色，但是早年他创造的漫画尺度太大了，有很多鞭笞、捆绑的场景，所以被美国的道德伦理委员会告上了法庭，不准漫画再连载下去。后来我们看到的《神奇女侠》已经是被改造过的版本，完全看不出这种虐恋倾向。有一部电影叫《马斯顿教授与神奇女侠》，讲的就是《神奇女侠》的创作背后的故事。对这个问题，房伟认为：

　　在王笔下，他更关注的是权力对性虐仪式的浸入，力图清楚地展示权力对人性毁灭的清晰过程，从而揭示其运作真相。在"革命/反革命"的宏大叙事话语背后，受虐和施虐的兴奋点却是性的暧昧。通过这种暗示，权力更牢固地控制了施虐者和受虐者，而同时仪式参加者在性的暗示下难以自持，却破坏了权力的庄重性。（房伟《游戏：投向无趣人生的智慧之矛——论王小波小说中的游戏精神》）

再回过头来看小说：

过了一些时候，我们队的知青全调走了，男的调到糖厂当工人，女的到农中去当老师。单把我留下来喂猪，据说是因为我还没有改造好。陈清扬说，我叫人惦记上了，这个人大概就是农场的军代表。她还说，军代表不是个好东西。原来她在医院工作，军代表要调戏她，被她打了个大嘴巴。然后她就被发到十五队当队医。

这里就写了"文革"中权力对女性的骚扰。关于这个主题有一部更好的小说，就是《天浴》。它是严歌苓的小说，由陈冲拍成电影，女主角由李小璐饰演。

接着，王小波写道：

最后我们被关了起来，写了很长时间的交待材料。起初我是这么写的：我和陈清扬有不正当的关系。这就是全部。上面说，这样写太简单。叫我重写。后来我写，我和陈清扬有不正当关系，我干了她很多回，她也乐意让我干。上面说，这样写缺少细节。后来又加上了这样的细节：我们俩第四十次非法性交。……

我后来和我们学校人事科长关系不错。他说当人事干部最大的好处就是可以看到别人写的交待材料。我想他说的包括了我写的交待材料。我以为我的交待材料最有文采。因为我写这些材料时住在招待所，没有别的事可干，就像专业作家一样。

……

原来我们的问题是思想淫乱，作风腐败，为了逃避思想改造，逃到山里去。后来在党的政策感召下，下山弃暗投明。听了这样的评价，我们心情激动，和大家一起振臂高呼：打倒王二！打倒陈清扬！斗过这一台，我们就算没事了，但是还得写交待，因为团领导要看。

这里的"斗"就是批斗，但是他们经受的批斗还算好，因为那个时候既有文斗，还有武斗，文斗只是骂，武斗就要打了。

小说接着说：

陈清扬说，我天资平常，她显然没把我的文学才能考虑在内。我写的交待材料人人都爱看。刚开始写那些东西时，我有很大抵触情绪。写着写着就入了迷。这显然是因为我写的全是发生过的事。发生过的事有无比的魅力。

……

我还存了当年交待材料的副本，有一回拿给一位搞英美文学的朋友看，他说很好，有维多利亚时期地下小说的韵味。至于删去的细节，他也说删得好，那些细节破坏了故事的完整性。我的朋友真有大学问。我写交待材料时很年轻，没什么学问（到现在也没有学问），不知道什么是维多利亚时期地下小说。

这些"交待材料"，修改后就变成了《黄金时代》。

艾晓明在《重说〈黄金时代〉》中分析：

王二和陈清扬多次作案，只是因为他们年轻、他们乐意，王小波还原性爱的单纯性，正好戳穿了逼供者的潜意识。夸张、张扬、恬不知耻的叙述姿态，调戏了那时代集体性的窥春癖。

这就是小说非常重要的一个主题。

在小说的最后一部分，王小波写道：

我写了很长时间交待材料，领导上总说，交待得不彻底，还要继续交待。所以我以为，我的下半辈子要在交待中度过。最后陈清扬写了一篇交待材料，没给我看，就交到了人保组。此后就再没让我们写材料。不但如此，也不叫我们出斗争差。不但如此，陈清扬对我也冷淡起来。我没情没绪地过了一段时间，自己回了内地。她到底写了什么，我怎么也猜不出来。

其实这是因为陈清扬在最后的材料里面承认，他们两个相爱了，所以上头就不再让他们写材料了。

下面这一段是小说中最精彩的一个地方，在结尾：

陈清扬说她真实的罪孽，是指在清平山上。那时她被架在我的肩上，穿着紧裹住双腿的筒裙，头发低垂下去，直到我的腰际。天上白云匆匆，深山里只有我们两个人。我刚在她屁股上打了两下，打得非常之重，火烧火燎的感觉正在飘散。打过之后我就不管别的事，继续往山上攀登。

陈清扬说，那一刻她感到浑身无力，就瘫软下来，挂在我肩上。那一刻她觉得如春藤绕树，小鸟依人，她再也不想理会别的事，而且在那一瞬间把一切都遗忘。在那一瞬间她爱上了我，而且这件事永远不能改变。

这样一来，他们之间的关系就不能是一个不正当关系了，因为他们的一切是基于爱情的。王小波的爱人李银河后来说了一段话，被公认为是对王小波这篇小说最准确的解释。她说：

他笔下的性极具个人色彩，与中国传统小说的那种毫无美感的白描写法十分不同，在他笔下，既有常态的性，又有变态的性。在对常态的性的叙述上，性是自然的，干净的，就如生活本身；性又是反抗的，具有颠覆性，在压抑的环境中像一阵自由奔放的劲风。在他对变态的性的叙述上，性有时是隐喻的，影射现实生活中的权力关系——在这一点上它进入了福柯关于权力的论域。

这一点上，很少有文学作品能够达到这个高度，即福柯《性经验史》的这种高度。《性经验史》是一部哲学著作，但是讲的是权力、知识、经验之间的相互关系。《黄金时代》中关于权力和性之间的隐喻关系，可以作为《性经验史》的一个非常典型的注脚。

当然，我们还可以从另外一个角度来诠释这部小说，这就是"路西法效应"，相关理论见菲利普·津巴多《路西法效应——好人是如何变成恶魔的》一书。这个实验非常经典，迄今为止已被翻拍成三部电影了，比较著名的有奥瓦内兹执导的《斯坦福监狱实验》和奥利弗·西斯贝格执导的《死亡实验》。前一部电影更写实一点，第二部电影因为是找好莱坞明星来演的，就更加商业化一点。实验中所有人原来都是正常人，但是到了实验环境中，一部分人变成了囚犯，另外一部分人变成了狱卒。到了实验环境中不到一个星期的时间，双方就打起来了。这其中更引起关注的是，变成囚犯的这些人，后来成了受虐狂，很多人明明他的人权遭受了侵犯，但是他并不敢反抗，选择了默默忍受；而变成狱卒的这批人都成了施虐狂，想方设法制造点事件去殴打囚犯。双方水火不容，后来就打起来了，不到一个星期的时间，这个实验就被迫终止了。所以这个实验主要解释了邪恶的产生——邪恶就是明知故犯：

当情境力量加诸于人时，好人会突然变身成像狱卒般邪恶的加害者，或如囚犯般病态的消极被害者。……斯坦福监狱实验最单纯的教训是告诉我们情境的重要性。社会情境在个人、群体乃至国家领导人的行为和心智运作上产生的作用力，远较我们能想象的还深刻。（菲利普·津巴多《路西法效应——好人是如何变成恶魔的》）

在《黄金时代》这部小说中，我们虽然没有看到哪个角色发生过这种明显的性格转变——由天使变成恶魔，但是我们要关注那个时代的社会情境，正是在那个极其不正常的年代里，才会发生王二和陈清扬式的爱情黑色幽默，才会让我们笑着读下去，而最终流下了泪。

毛姆《月亮和六便士》

高更：高贵的野蛮人

威廉·萨默塞特·毛姆（William Somerset Maugham, 1874—1965），英国小说家、剧作家。毛姆1874年出生在巴黎，中学毕业后，在德国海德堡大学肄业。1892至1897年在伦敦学医，并取得外科医师资格。1897年发表第一部长篇小说《兰贝斯的丽莎》。第一次世界大战期间，毛姆赴法国参加战地急救队，不久进入英国情报部门，在日内瓦收集敌情；后又出使俄国，劝阻俄国退出战争。1916年，毛姆去南太平洋旅行，此后多次到远东。1920年到中国，写了游记《在中国的屏风上》(1922)，并以中国为背景写了长篇小说《面纱》(1925)。以后又去了拉丁美洲与印度。1919年，长篇小说《月亮和六便士》问世。1928年定居法国地中海滨。第二次世界大战时曾去英、美宣传联合抗德，并写了长篇小说《刀锋》(1944)。1948年最后一部小说《卡塔林纳》出版，此后又发表了回忆录与文艺批评等作品。1954年，英国女王授予其"荣誉侍从"的称号。1959年，毛姆作了最后一次远东之行。1965年12月16日于法国病逝。

《月亮和六便士》以法国后印象派画家保罗·高更的生平为素材，描述了一个原本平凡的伦敦证券经纪人查尔斯·斯特里克兰德，突然着了艺术的魔，抛妻弃子，绝弃了旁人看来优裕美满的生活，奔赴南太平洋的塔希提岛，用画笔谱写出自己光辉灿烂的生命，把生命的价值全部注入绚烂的画布的故事。

毛姆的《月亮和六便士》是很有意思的一部小说，它出版的时间很早，高更于1903年去世，1919年这部小说就出版了，至今早已过了版权保护期，因此市面上版本很多。"企鹅经典"版本的好处在于书后有一篇非常专业的导读论文，其他版本也多由名家翻译，阅读的时候都可以择取。毛姆的长篇自传体小说《人性的枷锁》成书于1915年，他写完这部小说以后，《月亮和六便士》的书名基本上就已经想好了：

《人性的枷锁》1915年问世的时候，《泰晤士文学增刊》发表的一篇匿名书评，对小说主人公菲利普·凯里做了评论，认为"他像许许多多的年轻人一样，两眼紧盯着月亮，因而看不到脚下的六便士"。四年后，毛姆一写完他接下来的一部小说，就把这个隐喻用作了书名《月亮和六便士》。(《月亮和六便士》"企鹅经典"版导读)

"两眼紧盯着月亮，因而看不到脚下的六便士"是什么意思呢？这就是说，年轻人有时候比较好高骛远，没有认识到生活的艰难。毛姆觉得这句话特别适合安插在高更这样的人身上——两眼紧盯着他的绘画艺术，没有想到为此付出了沉重的代价。后来这句话变成了一个经典的隐喻，月亮代表了一个人的精神生活，而六便士代表了一个人的物质生活。

原型：查尔斯不等于高更

　　这部小说的原型人物就是法国著名的后期印象派画家高更。《月亮和六便士》曾于20世纪40年代拍成电影，至今都没有重拍过，但是围绕着高更拍了很多电影作品。迄今为止关于凡·高的电影已经多达100多部，高更则少一点，确实他们两个人的故事都非常富有传奇色彩，非常值得反复拍摄，只要能够拍出新意就好。

　　高更的儿子在读了毛姆的小说以后大感不满，认为小说里的查尔斯跟父亲一点都不一样，把父亲给歪曲了。虽然毛姆非常喜欢高更，做了大量的调查工作，也的确是以高更的经历为原型写了小说，但是我们要知道，其实小说中的形象跟高更本人还是有很大差距的。比如小说中完全没有提到凡·高，但是高更和凡·高有过一段公案；再比如大家都知道高更晚年主要是在大溪地绘画的，在那里经历了很多坎坷才最终成功，但小说描写大溪地的章节非常短，到了后半部分才涉及，反而把重心放在了高更早期的绘画经历上。

　　据赛琳娜·黑斯廷斯《毛姆传：毛姆的秘密生活》记载，1903年，毛姆的好朋友凯利带他去沃拉德画廊观看著名的高更画展，毛姆立刻被这个人和他的作品吸引了，他听说画家奥康纳和高更在布列塔尼一起住过几个月，就急于向他了解情况，但毛姆没有和奥康纳处理好关系，两个人一见面就吵架，所以了解到的情况也不是很多。可见，毛姆对高更的关注最早可以追溯到1903年。这一年是高更去世的年份，人们举办画展来纪念他，毛姆由此认识了这位伟大的画家。

在1915年的《人性的枷锁》里，他就已经写到了高更：

在布列塔尼，他遇到过一个没人听说过的画家，一个古怪的家伙，曾是股票经纪人，人到中年才开始作画，他的画给他留下了深刻的印象。他背离印象派画风，并在苦苦地为自己寻找一个独特的方式，不仅是绘画的方式，而且是感悟的方式。

"人到中年才开始作画"这点其实不对，高更从小就学习画画，只不过中年的时候遇到了金融危机，股票经纪人的工作做不下去了，便转行通过画画来赚钱，一直到了晚年，在大溪地画了一批画，被著名的印象派画家德加买走了，他才算获得了成功。小说里继续说：

"那他老婆孩子怎么办呢？"菲利普问道。"哦，他抛下他们不管，随他们挨饿，自生自灭……对待老婆孩子，他表现得像个十足的无赖，他一直都像个十足的无赖；他对帮过他的人——有时候，多亏好心的朋友们搭救，他才没有饿肚子——态度很粗野。但他恰恰是个伟大的艺术家。"（同上）

这些表述都不大准确，高更其实很爱他的妻子和孩子，毛姆对高更有很多误解。这里，他意在强调高更是一个有道德缺陷的艺术家，高更在回忆录里经常写一些讽刺世事的文字，表现出一副玩世不恭的样子，但事实上他不是这个样子的，我们不能把他想象得太坏。

高更的妻子叫梅特·索菲亚·加德，她有一个称号，叫"丹麦之花"，刚刚去大溪地（也译作塔希提）的时候，高更还随身携带着妻子和五个孩子的照片：

我把你的照片放在木屋的吊板上。卡那棵人来观赏（如

高更的妻子和五个孩子

果惊奇也算欣赏）我的画作时，会对照片很感兴趣。孩子是你的孩子，他们会问，他们是做什么的，这个美丽的女人为何有男人一样的头发，为何你们不在一起，等等。我不想说，就说你死了或者病故了。这里非常美丽，可惜你不能住在这儿。而我，正在回归野蛮。（《高更艺术书简》）

　　大溪地是法国的殖民地，位于南太平洋，距离法国非常遥远，因而高更只能只身前往。

　　高更的女儿夭折后，他万分痛苦，几乎要随之而去，他写下了这段文字：

高更《我们从何处来？我们是谁？我们向何处去？》

　　我已不爱我的神。她像我母亲一样叫阿琳。每个人都有自己爱的方式，对某些人，他们的爱在棺材里迸发，对另一些人，我不知道。她的墓在这丛花里——一个幻觉——她的坟靠着我，而我的泪就是这些活着的花。（同上）

　　后来，他为女儿画了一幅画，画中央绘有大溪地的复活女神，希望死去的女儿能够复活，左边三个女性的形象代表了人生的三个阶段——从小女孩到中年妇女，再到老年妇女，右边描绘的是伊甸园，他希望女儿死后能够进入天堂。这幅画最能代表高更象征主义的艺术风格。标题也非常特殊，叫《我们从何处来？我们是谁？我们向何处去？》，这是哲学的三大终极命题，他以此来给这幅画命名，体现了他关于生存和死亡的思考。

　　高更在给蒙弗莱特的信中说到这幅画：

其意义远远超过所有以前的作品；我再也画不出更好的有同样价值的画来了。在我临终以前我已把自己的全部精力都投入这幅画中了。这里有多少我在种种可怕的环境中所体验过的悲伤之情，这里我的眼睛看得多么真切而且未经校正，以致一切轻率仓促的痕迹荡然无存，它们看见的就是生活本身……整整一个月，我一直处在一种难以形容的癫狂状态之中，昼夜不停地画着这幅画……（同上）

后来这幅画获得了巨大的成功，尽管当时带回法国以后只卖了1 000法郎。

对于离开巴黎的原因，高更借用《巴黎的回首》的句子告诉朱尔斯·胡雷特：

为了获得安宁，为了摆脱文明对我的影响，我走了。我只想创作那种简单的、非常简单的艺术。要达到这一目的，我需要在质朴的自然中更新自己，只见野人，不见别的，像他们一样生活，什么都不关心，只是像一个孩子可能的那样，转达我的心灵所思，只被原始的表达方式所鼓动。（威尔·贡培兹《现代艺术150年》）

他想离开巴黎的文艺沙龙。跟雷诺阿一样，他穷其一生追求的艺术境界就是像一个孩子一样去画画，而不是追求技巧的纯熟。雷诺阿也是印象画派的画家，他讲过类似的话，他晚年把自己的绘画技巧提高到非常纯熟的境界了，但还是希望能够像一个孩子一样去看世界，达到一种婴儿般天真、质朴、自然的境界。

高更非常喜欢雷诺阿：

在意大利大道举行的一次画展上，我看到一个奇怪的脑

雷诺阿《瓦格纳肖像》

袋。我不知道为什么，我为之心头一颤，也不知道为什么一幅画能让人听到奇妙的音乐。那是一幅智者的肖像画，脸色苍白，目光并不与您交流，不是在看，而是在听。

我在画展作品目录上看到：这幅画是雷诺阿的《瓦格纳肖像》。（高更《此前，此后：高更回忆录》）

在这幅画中，画家把人物的耳朵稍微突出了一点，好像是在听音乐一样，非常地专注。高更的画风虽然跟雷诺阿完全不一样，但是两个人追求的艺术境界有很多相通之处。

奥古斯特·斯特林堡在一封写给高更的信中高度评价过高更，高更毫不客气地把这封信全文抄录在自己的回忆录里面：

他就是高更，一个憎恶被文化束缚的野蛮人；一个具有泰坦精神的人，他嫉妒造物者，他忙着自己的造物小工程；一个拆毁玩具再重新组装成其他玩具的孩子；一个喜欢否定和挑战的人，他更喜欢红色的天空而不是大众所常见的蓝天。（同上）

从这段话中，我们可以看出高更的自我期许很高。的确，高更就是这样一个高贵的野蛮人。

高更：象征主义之父

"象征主义之父"是高更和他的朋友贝尔纳争夺的一个荣誉。象征主义的创作理念肯定是贝尔纳比较早就提出来的，但是他的画作不像高更有这么持久深远的影响力。高更的大溪地系列在巴黎取得了巨大的成功以后，人家就给了他"象征主义之父"这个称号，他毫不客气地接受了，两个朋友因此产生了矛盾。

在伍迪·艾伦执导的电影《午夜巴黎》中，男主人公非常向往巴黎的文化氛围，他在一个晚上夜游巴黎，上了一辆马车，就穿越到19世纪末、20世纪初的巴黎，见到了菲茨杰拉德、海明威等人。电影寄寓了美国人对欧洲文化的一种向往之情，高更也在主人公向往的巴黎人物之中。

关于高更，有一部非常权威的著作，那就是琼·哈格罗夫的《高更：探寻生命本真之美的倔强灵魂》，这本书对高更的评价如下：

不少和他同时代的画家把目光转向了非西方艺术，他则是通过借鉴非西方艺术建立自己风格的第一人。他不仅是综合主义和象征主义这两大流派的领军人物，同时也捍卫原始主义的美学准则。他将自己的艺术哲学和宗教融合主义立场结合在一起，独树一帜地把"美"等同为"精神"。

非西方艺术是指包括日本的浮世绘和中国的山水画在内的东方艺术，综合主义就是综合东西方的艺术，不过高更的很多画作都是宗教题材的。

奥里埃这样阐述高更的象征主义美学：

艺术作品……将是：一、表达思想的，因为这是它唯一的目标；二、象征主义的，因为它将通过形状表达思想；三、综合的，因为它将根据整体的理解方式书写作为符号的形状；四、主观的，因为艺术作品中的客体永远不作为客体、而作为被主体感知的符号存在；五（这是结论）、装饰性的。（琼·哈格罗夫《高更：探寻生命本真之美的倔强灵魂》）

近年有一部关于高更的艺术电影叫《高更：爱在他乡》，英文名叫 *Gauguin: Voyage to Tahiti*，介绍了高更在大溪地的生活经历，是根据高更的回忆录改编的。事实上高更在回忆录中关于大溪地的描写非常少，主要讲了当地警察和法官的腐败——不同于英国人主要通过任用当地人来管理殖民地，法国人是从国内派人过去管理殖民地的，因而殖民地的官员都是法国人。另外一部艺术电影《永恒之门》则讲了凡·高和高更的故事，电影中凡·高把耳朵割掉就是为了送给高更以刺激他。布拉德利·柯林斯的《凡·高与高更》是一本研究凡·高和高更的专著，他没有把凡·高和高更处理成那种非常暧昧的关系，而是认真地根据他们的画作和回忆录写作，是一本很扎实的书。

凡·高与高更相识于巴黎，高更提议两人一起到法国的南部去画画，那里的薰衣草、向日葵都很绚烂，于是凡·高先行一步，后来不断地写信催促高更前去。

　　1888年5月1日，凡·高租下了位于Place Lamartine二号的"黄屋"，作为他即将与高更合作的地方，也作为他梦想的南方画室起航的地方。同年的9月16日，凡·高第一次在修缮完毕的"黄屋"过夜。在此期间，他也特别为高更即将居住的房间绘制了两个题材的作品，一个就是路人皆知的向日葵系列，还有一个则是公园风景画系列。（布拉德利·柯林斯《凡·高与高更——电流般的争执与乌托邦梦想》）

　　可是高更到了以后，两人在艺术观念上产生了巨大的冲突：

　　1888年12月23日，凡·高割下耳朵的下半部，并将之交给妓院的妓女拉舍尔之后返回"黄屋"，倒在血泊之中。12月26日，高更离开阿尔，同前来探望哥哥的提奥一起返回巴黎。"黄屋"的合作就此宣告破裂。（同上）

　　他们的合作只持续了短短两个月，为什么呢？其中一个原因是两个人性格不合。凡·高画画特别快，看到什么东西就要画下来，一天可以画两幅画，凡·高在1880年才开始学习画画，从这一年到1890年，一共画了十年，但是作品有2 000幅之多，因为画得太快，使用的颜料就像工人涂水泥墙还没有来得及抹开一样，都是成块儿的；高更画画就特别慢，他到了一个地方，一定要沉静下来，过上两个月，有感受了才能画得出来。

　　高更曾经画过一幅《画向日葵的画家》，画的就是凡·高

高更《画向日葵的画家》

在画向日葵，他把凡·高画得像一只大猩猩。高更在回忆录里经常以凡·高的老师自居：

　　我开始点拨他的工作，这对我而言轻而易举，因为我发现他本身就是一块肥沃而丰饶的土壤。和所有具有原创精神、个性鲜明的天才一样，文森特丝毫没有对同行的畏惧和排斥。……从那天起，我的梵高取得了惊人的进步。他好像认清了自身的一切，并由此创作了阳光下的向日葵系列，真正的烈日啊。（高更《此前，此后：高更回忆录》）

　　凡·高自杀以后，就逐渐声名鹊起了，高更便以他的老师自居，把凡·高取得的成就都归因在自己身上，这有点自夸的嫌疑。事实上，凡·高只有一次在写给高更的信里称高更为老师，便被高更老老实实地记了下来。

　　高更在回忆录里写到凡·高的次数比较多，在所有的画家里面，他提到凡·高的次数是最多的。他记述道：

在我逗留那儿的最后一段时间里，文森特变得极端暴躁和吵闹，之后又哑然无声。有几个晚上我猛然惊醒发现他站在我的床头。

这时候醒了能做什么呢？

然而只要厉声对他说："文森特，您怎么回事？！"二话不说，他重新回到床上，倒头呼呼大睡。（同上）

对凡·高割耳朵这件事情，高更也有记录：

梵高回到家之后，立马齐根割下自己的一只耳朵……他包扎妥当，准备出门，贝雷帽压得低低的。他径直去了一家妓院，因为没有同乡人，他在那儿结识了一个相好，他把清洗干净的耳朵装在一个信封里交由看门人。"拿着。"他说，"做个纪念。"然后，他又跑回家上床睡觉，他甚至还很细心地关上百叶窗，在靠近窗户的桌子上点了一盏灯。（同上）

这个时候的凡·高已经有点精神失常了，其实这次他差点死掉，后来就被送进了精神病院去治疗。《凡·高的椅子》和《高更的椅子》是凡·高非常著名的两幅画，高更的椅子上放了一个烛台，凡·高的椅子上却是空空如也，寄寓的是凡·高的信仰已经死了，因为高更离开了他。这份友谊的破裂，无疑是一桩悲剧，但这就是命运，无法强求完美的结局。

凡·高的自传主要由他写给弟弟的602封信构成。在《亲爱的提奥：凡·高自传》中，可以看到他对自己做的评价：

在大多数人的眼里我是什么呢？一个无用的人，一个反常与讨厌的人，一个没有社会地位，而且永远也不会有社会地位的人。好极了，即使这是实在的，我也要以我的作品来表明，这样一个反常的人，这样一个毫不足取的人的内心是怎样的。

这是我的雄心，它的主要基础是爱而不是恨，是冷静而不是热情。我时常陷入极大的痛苦，这是实在的，但是我的内心仍然是安静的，是纯粹的和谐与音乐，在最寒伧的小屋里，在最肮脏的角落里，我发现了图画。

其实凡·高年轻的时候精神是很正常的，后来在伦敦的一个画廊里做职员，爱上了一个女孩子，但这个女孩已经有男朋友了，他得知以后遭受了沉重的打击，就有点精神失常了。凡·高出身于一个很好的家族，母亲在长子夭折之后，怀着巨大的痛苦生下了他，此后又生了许多儿女，因此对他的关注比较少，使他一直处在一种被边缘化的地位，虽然他是长子，但没有得到过很好的呵护，性格比较古怪。

77

对于两人之间的矛盾，高更曾经反思道：

整体来说，我跟梵高彼此都看对方不顺眼。特别是绘画上，梵高赞美杜米埃、杜比尼、辛燕和伟大的卢索，所有我不能忍受的家伙。而我喜爱的安格尔、拉斐尔、德加，他都厌恶。我跟他说：老友，你对！只是为了获得暂时平静。他喜欢我的画，但是我一开始画画，他就东批评西批评。他是浪漫的，我却可能更要素朴。（《高更艺术书简》）

在高更喜欢的画家中，值得一提的就是德加，此人非常欣赏高更，在高更还不出名的时候就把他的画作全都买走了——当然是以非常低的价格，可以说他是高更的主要赞助人，他在高更身上的艺术投资非常成功。

毛姆：一个伟大的讲故事的人

赛琳娜·黑斯廷斯在《毛姆传：毛姆的秘密生活》中这样介绍毛姆：

他对艺术的热爱以及诚心的奉献使他成为有史以来最受欢迎也最多产的作家。可以这么说，他将再次抓住未来几代人的心，他的位置稳如磐石：萨默塞特·毛姆，一个伟大的讲故事的人。

毛姆确实是一位很出色的作家，中国作家王安忆就特别喜欢毛姆的短篇小说，这些小说非常短小精悍，只有三四千字，但是写得特别有意思。除了小说，他还写了大量戏剧作品，他起初在英国成名依仗的就是戏剧作品。他通过《月亮和六便士》在小说创作上获得了巨大的成功，获得了大量版税，成功脱贫致富。

毛姆卒于1965年，在上海的老一批作家中，张爱玲就深受毛姆的影响，尤其是那种尖酸刻薄的"毒舌体"，张爱玲说话有时候一针见血，令人拍案叫绝，这就是典型的毛姆式的话语风格。值得一提的是，毛姆也曾经来过中国，他的长篇小说《面纱》讲的就是发生在中国的故事。

在关于毛姆的传记资料中，建议大家可以参读两本书，一本是赛琳娜·黑斯廷斯的《毛姆传：毛姆的秘密生活》，还有一本是毛姆自己撰写的《毛姆自传》。后者由两篇文章组成，一篇写了他在第二次世界大战时期从法国逃回英国，包括为盟军做特工的经历，还有一篇是他晚年对自己文学创作的总结。另外有一部英国的文艺纪录片《揭秘毛姆》，也很

毛姆

值得一看。

杰拉德·费德里克·哈克斯顿是追随在毛姆身边的重要伙伴。毛姆称自己四分之三是同性恋，四分之一是异性恋。《毛姆传》中记载：

1895年4月，奥斯卡·王尔德在伦敦接受了审判。一个迄今为止大多数报纸读者做梦也想不到的由男妓、男妓院和变态性行为构成的世界展现在他们面前。王尔德被判强迫劳役两年，很多男人颇为震惊，他们原以为稍微谨慎一点就不会惹上麻烦，于是很多人立刻决定前往欧洲大陆。通常，一天中从英国去法国的乘客有六十来人，王尔德被捕那天却有六百多位先生登上了跨海渡轮。王尔德一案影响深远，在接下来的70年之间，毛姆这代人活在真真切切的恐惧之中，担心被敲诈、被曝光，甚至被逮捕。21岁的毛姆不太可能完全明白此事与他自身生活之间到底有怎样的关联，然而，王尔德一案还是让他坚定了保护隐私的决心，并把隐瞒的习惯继续了下去。

对于自身的这个特性，毛姆在《西班牙主题变奏》一文中的这段话可视为他的自我反思：

同性恋有一个鲜明的特点，即对某些正常人重视的东西缺少深层的严肃。他们的态度表现为，从空洞的言辞尖刻到充满讽刺的幽默。他倔强地对大多数人认为微不足道的东西给予重视，同时对人类认为对精神福祉不可或缺的普遍观点加以嘲讽……他站在河岸上，冷漠、玩世不恭，注视着生命之河流动。

对于《月亮和六便士》的写作，毛姆付出过很大的努力：

"我相信去塔希提一定会得到我想要的能让我开始写作的材料。"……现在（按：1916）他出发了，带着他的伴侣，杰拉德·哈克斯顿成为他感情生活的中心。……1917年2月，他们终于来到法属波利尼西亚的塔希提岛。长久以来，这是毛姆梦寐以求的地方，他迫不及待地想要亲眼见到十五年前伟大的高更描绘过的地方……实际上最好的消息提供者是鲁瓦伊娜·查普曼，她曾是高更的朋友，她给毛姆提供了一些有趣的细节，并把他介绍给一个关键人物。（赛琳娜·黑斯廷斯《毛姆传：毛姆的秘密生活》）

塔希提就是大溪地，这里风光秀丽，如今还开办了高更博物馆。毛姆在那里找到了高更当年生活过的地方——一栋两居室的破平房，房屋的玻璃门上还有高更画的一幅画，于是他就把这扇门给买走了。

关于这段游历，毛姆在自传中写道：

我进入了一个新的世界，小说家所有的本能欣喜地跳出来吸收新鲜事物。吸引我的不只是岛屿的美丽，遇到一个又一个新鲜的人同样令我兴奋。我就像一个博物学者，来到一个国家，发现那里的动物多得无法想象……他们几乎都没文化……在我看来，和那些跟我长久生活在一起的人比起来，他们更接近人性本身。（同上）

后来毛姆根据这趟南太平洋之旅写了很多短篇小说，结集为《一片树叶的颤动——南太平洋诸岛的小故事》。除此之外，毛姆的短篇小说集还包括《爱德华·巴纳德的堕落》《英国特工阿申登》等。特工小说是毛姆开创的，得益于他曾经的特工生涯，写这类小说他非常顺手。

南太平洋之旅并不是毛姆追求写作灵感的一次偶然，黑斯廷斯说：

毛姆几乎在每一个转角都能找到灵感，详细的笔记解释了寻找灵感是他一生热爱旅游的原因：他要满足想象的贪婪需求，这种永不知足的需求在很大程度上助长了他的不安和旅行癖。正如多年后他写给一个学生的信中所说的那样："作家不能等经历来找他，他必须去找经历。"（同上）

毛姆的小说作品大多取材于他一生不停游历的见闻，对于英国读者而言，这些异域风光的奇闻逸事颇能满足他们的好奇心和求知欲，毛姆又是一个善于营造戏剧冲突的高手，一些名流逸事一经他手，便活色生香起来。

艺术家的道德瑕疵

在《月亮和六便士》的"企鹅经典"版导读里，作者专门分析过"艺术家的道德瑕疵"这个问题。高更作为艺术家，他是有道德瑕疵的。他在大溪地曾有过两任妻子，当地土著仍保留着传统的走婚制，他跟当地的两个女孩子都有过婚姻经历，这些女孩子都很小，其中一个只有14岁，从现在的眼光来看，这当然是极为不道德的，我们也无须逃避这个话题。

黑斯廷斯为我们揭示了《月亮和六便士》出版后的遭遇：

自1919年4月出版以来，一直是买账的读者多，叫好的评论少……令人失望的是，这部小说最大的瑕疵正在于对查尔斯·斯特里克兰的描绘，到头来他简直是个畜生，一个可憎的人。从一个守本分的一家之主到一个怒发冲冠的毒舌天才，中间的过渡未免太突然，难以令人信服。（同上）

也就是说，小说写得精彩好看，但艺术成就不高。这部小说最大的瑕疵，就是对查尔斯——也就是高更的描绘——令读者万分失望。他并不具备伟大人物的道德品质，对于读者无法构成道德说教，读者很难从中获得教益。如果你想在读完这部小说以后获得什么人生的启示，那肯定是找错了对象。例如小说花了大量篇幅描写查尔斯在生病之后得到了好朋友的资助，却反过来跟朋友的妻子发生了关系。

对于这件感情出轨之事，高更矢口否认，他在回忆录里说：

为了报复高更，一个受人资助的青年画家特别令人讨厌，他给高更的一个朋友写了一封信："我亲爱的朋友，高更

高更《舒芬尼克尔一家》

让您戴了绿帽子!"

　　收到信的这位朋友，曾经也是画家，深信此事是无中生有，便回复："不会的。"（高更《此前，此后：高更回忆录》）

　　这位朋友便是埃米尔·舒芬尼克尔，作为画家也属于印象派，但是名气不大，主要经营画廊，属于高更的经纪人。高更画有一幅《舒芬尼克尔一家》，画中丈夫站在角落里，妻子和孩子在中间，人们由此分析，妻子和丈夫关系疏离。高更以画中这位妻子为模特创作过很多作品，也成为这段关系的佐证。

　　感情生活毕竟是两个人的私事，我们无须苛责高更，但是对于高更而言，这确实是他人生的一大污点，而毛姆在这部小说中显得过于关注此事，有点舍本逐末了，可能他觉得像高更的婚外情这种素材更能吸引读者的眼球吧。不过这大大损伤了小说应有的精神高度，将原本严肃的文艺题材变成了名流八卦，严重降低了小说的品位和格调，令人颇为失望。

而在大溪地，高更的婚姻生活更加复杂。他在回忆录中说：

> 大洋洲的妇女如是说："既然我还没有和他睡过觉，我就无法确定自己到底是否爱他。"拥有就意味着名分。

> 欧洲的女性如是说："我爱过他，上完床之后，我就不爱他了。"

> 更有甚者如是说："只有当他在的时候我才爱他。"（同上）

在这里，高更拥有不止一位妻子。他还骗取当地法国人教堂的资助，得到了住房。在这里，人们不需要为生计发愁、考虑如何赚钱，只需要纵情享乐就可以了。因此，高更最终身患梅毒而死，令人惋惜。

不过，高更本人却非常痴迷于大溪地的原始生活，他说：

> 我所有的疑惑都被抛到了九霄云外。我要做野蛮人，而且我将一直做个野蛮人。（同上）

当他只身返回巴黎的时候，身上只剩下了四法郎，好在他一回到巴黎，他在大溪地的画作就被德加全部收购了，这解决了他的生计问题。而且，这时高更的一位远房叔叔去世了，给他留下了 15 000 法郎的遗产，他由此在财务上获得了充分的自由，于是他又回到了大溪地，后来终老于大溪地。

高更之所以对大溪地念兹在兹，主要是因为他深受法国启蒙思想家卢梭的哲学思想的影响。他说：

在这儿，爱弥儿教育之光普照大地，被某个人选择接受了，然后被整个社会接受了。

微笑着，年轻姑娘可以随便想生多少就生多少个爱弥儿。（同上）

爱弥儿是卢梭创造的艺术形象，体现了他的自然教育思想，卢梭认为，人的教育的来源有三种，即"自然天性""事物"和"人为"，只有三种教育良好地结合才能达到预期的目的。自然教育的最终目标是"自然人"，自然人并不是回复到原始社会的退化之人，而是生活在社会中的自然人，即身心两健、体脑并用、良心畅旺、能力强盛的新人。人们既不要把儿童当成待管教的奴仆，也不能把孩子当作缩小的成人，应当把成人看作成人，把孩子看作孩子。

这种"把孩子看作孩子"的教育观念在今天我们这种筛子型的教育体制里看上去是不可想象的、不合时宜的，但是高更对此非常认同，他说：

我害怕从一个模子里倒出来的青年人，太亮丽了。在我看来，无论做什么，都无法抹去模子的痕迹。

为了艺术而艺术。为什么不。

为了生活而艺术。为什么不。

为了愉悦而艺术。为什么不。

有什么关系，只要这是艺术。（同上）

在电影《高更：爱在他乡》里，导演专门安插了一个大溪地的小人物，这个小人物就是高更的徒弟，跟随高更学习雕刻艺术，用一块原木雕刻大溪地的女神。高更雕刻的每一个塑像都是不一样的，在当地只能卖到十法郎一个，他的徒弟雕刻的每一个塑像都是一样的，却能卖到三十法郎一个。高更对他的这位徒弟非常不满意，因为他把雕刻艺术降低成了手工业者的手艺。这一情节充满了讽刺意味。每一件艺术作品都应该是独一无二的，批量生产的艺术作品其艺术价值就不大了。同理，人也是如此，每一个人都应该是独一无二的、拥有鲜明个性的个体，从同一个模子里雕刻出来的人，就是同质化的人、千人一面的人，也失去了其作为独立个体的独特价值了。作为艺术家，更应该努力追求自己的鲜明个性和艺术风格。他说：

艺术家，十岁时，二十岁时，一百岁时，始终是艺术家，小艺术家，大艺术家，老艺术家。（同上）

然而现实是骨感的，高更自己也曾喟叹：

如果我相信语言的力量，我将给那些非艺术家人士作另外一场演讲，对他们说："请让艺术家们活下去。"

但是，有什么权利对别人说："让我活下去。"必须面对存在富人和穷人这样的事实。（同上）

高更还属于那种差点就活不下去的艺术家，而凡·高是真的活不下去了，选择了自杀。凡·高活不下去是因为他的赞助者——弟弟提奥结婚了，有了孩子，此后自己又得了梅毒，将不久于人世。而凡·高的画作又卖不出去，因为他的画风太粗糙了，当时的人还无法接受他的画风画作，认为不

86

适合在家里做装饰，他又不愿意迎合市场。凡·高有一点是非常难得的，他画画是没有客户的，他只为追求绘画技艺而画，只为他自己而画，他不用考虑客户的意见。完全的创作自由成就了凡·高，不过这份自由是需要有人买单的，当他失去了最重要的经济来源之后，他也就存活不下去了，因为他再也不能自由地绘画了。

因此，高更对他的艺术赞助人德加感恩戴德，他说：

画家和普通人一样，全都追求垂范世人。德加却是这样一些极个别的大师之一，他们鄙视成功、荣誉、财富，虽然对他们而言唾手可得。他们不苛刻，不嫉妒。他走在人群中是那么安详。年老的荷兰女仆已经逝去，要不然她又要说："钟声总是不为您敲响。"（同上）

据说德加非常讨厌女人，但是他倒是画过不少女人，特别是跳芭蕾舞的女人。高更对他的画作评价甚高：

卡罗吕斯·迪朗的画笔下的人物都是些粗野之徒，而德加的裸体画依然很圣洁。她们在浴缸里洗浴！正因为如此她们非常洁净。我们还看见了水盆、灌肠器、洗脸盆！就跟我们家里的完全一样。（同上）

毛姆风格：清晰、简洁和悦耳

毛姆总结过自己的小说风格：清晰、简洁和悦耳。他的作品不枯燥、不高深，不像昆德拉的《不能承受的生命之轻》那样玩一些哲学概念，也不像博尔赫斯、卡尔维诺的作品那样炫技，而且富有抑扬顿挫的音节美，当然，这在翻译文本中很难保留。

黑斯廷斯对此评价道：

作为小说家，毛姆是个现实主义者：他的想象力需要真实的人物和事件做基础，因此，广泛的旅行让他可以从私密的个人和家庭的立场探索主题。在倾听他人故事的几个月里，他似乎发展出照相底片般的灵敏度。他精明、不妥协，富有同情心、风趣，几乎从不评判那些并非可敬的人做出的骇人行为。（赛琳娜·黑斯廷斯《毛姆传：毛姆的秘密生活》）

毛姆特别擅长倾听，因为他口吃，不擅长言辞，若让他演讲，他是讲不出来的，所以他更擅长倾听，并通过书写来表达。就像小说《面纱》《寻欢作乐》，他不想对他小说中的人物作道德评价，他让读者自己去评判。他对高更也是如此。

此外值得注意的是，毛姆特别喜欢使用第一人称叙述：

《月亮和六便士》中对第一人称叙述大量加以练习。毛姆越来越依赖这种写法，并将它发展成一种个人特色。第一人称中的"我"几乎就是毛姆本人，温和、友善、喜欢读书、打桥牌，对他人的生活充满不餍足的好奇心。（同上）

或许可以这样说，《月亮和六便士》中的叙述人物"我"不是查尔斯，毛姆杜撰了这样一个"我"，这个"我"就是毛姆自己，和真实的高更其实没有多少关系。

从题材上来讲，我们通常把《月亮和六便士》归类为艺术家小说。像这种比较文艺的小说，深受文艺青年的青睐。除此之外，还有一部关于高更的文艺小说，就是秘鲁作家略萨的《天堂在另外那个街角》，写了高更和外祖母的故事。

高更的外祖母是个社会活动家，算是早期的女权主义者，是一位非常杰出的女性，她的经历对于高更的影响也很深远。若将这本书找来跟《月亮和六便士》对照阅读肯定会别有一番感受。

加缪《局外人》

局外人的孤独与团结

阿尔贝·加缪（Albert Camus，1913—1960），法国作家、哲学家。1913年生于阿尔及利亚，在首都阿尔及尔的贫民区长大。祖上本来是法国穷人，为谋生计跟随法国的殖民统治者移居阿尔及利亚。父亲在第一次世界大战中战死沙场，孤儿寡母以政府发放的抚恤金和母亲当女佣得来的微薄薪水为生。加缪在拮据的生活中完成阿尔及尔大学的学业，而且一生都没有真正建立对富裕的、文雅的阶层的归属感。1957年获诺贝尔文学奖。然而，仅仅三年之后，1960年1月4日，加缪与好朋友、法国出版家伽利玛在车祸中双双丧生，当时加缪的包里还放着一部尚未写完的长篇小说手稿。

《**局外人**》塑造了一个惊世骇俗的荒诞人形象。主人公默尔索是一名公司小职员，他对一切都漠然置之。在他眼里，构成周围人道德准则的一切义务和美德，只不过是一种令人失望的重负，他统统弃之不顾；甚至连他母亲去世也引不起他多大的痛苦。他的内心非常空虚，平日像掉了魂似的无所适从，毫无愿望，毫无追求，以致在沙滩上盲目地对阿拉伯人开枪，最后被判处死刑。

加缪可以说是20世纪最英俊的作家之一了，这在他女儿卡特琳娜为他编的一本书中可见一斑，这本书叫《孤独与团结——阿尔贝·加缪影像集》，收录了大量他各个生活阶段的照片。加缪早年曾做过演员，那时他加入了法国共产党，主要的工作就是排练话剧。或许因为英俊，他总是担纲主演，给老百姓上演一些反映工人阶级悲惨生活的话剧作品，颇受欢迎。

加缪有过两段婚姻，与第一任妻子没有孩子，后来离婚，与第二任妻子生了一对龙凤胎。他死于1960年1月4日的一场车祸，终年47岁。那天他和他的好朋友，也是他的出版商一起开车出行，不幸撞上了大树，加缪当场死亡。

我们都知道加缪和萨特的关系很复杂，他们曾是知交，但第二次世界大战以后就分道扬镳了，因为萨特是一位左派知识分子，而加缪比较偏向于自由主义。对加缪和萨特的关系做一个不恰当的类比，有点像胡适和鲁迅，还有人专门就他们的关系写过专著。在第二次世界大战的时候，他们是并肩作战的战友，有着共同的敌人希特勒。战争结束后两人渐行渐远，尤其是萨特的著作《反抗者》出版以后，他们的关系急剧恶化。

《局外人》一书篇幅不大，单行本是一册小书，非常薄，也有将之翻译为《异乡人》的，如果直译的话，其实应该译成"陌生人"。这部书曾在1967年拍成过电影，但因为年代

加缪

过于久远，在网络上很难找到资源了，能找到的只有同名黑帮片《局外人》。

罗兰·巴尔特评价这部小说称：

《局外人》无疑是战后第一部经典小说（我说的第一不仅是时间上的，也是质量上的）。这部1942年出版的小说在法国解放时期被所有的人争相传阅，很快为加缪赢得了荣誉；人们喜爱这本书，就像喜爱那些出现在历史的某些环节上的完美而富有意义的作品，这些作品表明了一种决裂，代表着一种新的情感。没有任何人持反对态度，所有的人都被它征服了，几乎都爱上了它。《局外人》的出版成了一种社会现象。

这个"战后第一部"指的是战争爆发以后，而不是战争结束以后，这里的战争说的当然是第二次世界大战。创作这部小说之前，加缪只有一本随笔集《反与正》，销售惨淡，只卖了两三百本。在他成名以后，《反与正》的价格被炒得很高，但当时一直没有再版。《局外人》其实一开始也只卖了四五千本，但比起第一本已是云泥之别，后来就卖得更多了。"历史的某些环节上的完美而富有意义的作品"也有更多的例子，比如《了不起的盖茨比》是1925年出现的爵士时代的代言人，而加缪是第二次世界大战时期的代言人，不过虽然他跟法国过去的小说不一样，但也没有进一步走到法国后来出现的"新小说"那一派。可以说，《局外人》就像余华的《活着》一样，是人人都能够接受的小说。它跟加缪的另两本书合起来叫"荒谬三部曲"，分别是《卡利古拉》和《西西弗神话》。《卡利古拉》其实是一部荒诞剧剧本，有一定的厚度，读起来非常痛苦，而《西西弗神话》则篇幅适中，所探讨的话题也比较具体，并不抽象，适合高中以上文化程度的人阅读。《西西弗神话》借用了神话故事中一个非常经典的隐喻——推巨石上山的西西弗，描述了现代人那种循环往复的生存状态。人一旦脱离了农业文明，进入工业社会，就变成了一个循环往复的西西弗，周一到周五，工作锁死了你的时间，虽然工业革命已经过渡到自动化阶段了，但很多工作还充满着重复性。通过描述这样一种生存状态，探讨了一个你一定感兴趣的话题，也是这本书的第一句话：

真正严肃的哲学问题只有一个，那便是自杀。判断人生值不值得活，等于回答哲学的根本问题。

哲学的根本问题就是我是谁，我从哪里来，我到哪里去，因此思考人生值不值得活当然就是一个非常严肃的哲学问题了。

在这本书里，加缪把自杀分成很多种，绝大多数的自杀他认为不是真正意义上的自杀，而是他杀。只有哲学意义上的自杀才是真正的自杀，也就是想通了再自杀，这样的人其实很少，王国维和海子就是这样的，但更多人是根本没想通就激情自杀了。照这样看来，99%的自杀都是他杀这个结论是没有什么问题的。19世纪工业革命以来，社会自杀率出现上升的趋势，很多都是"富士康员工十三连跳"这种性质的自杀，这种在他看来都是他杀。

格格不入的异乡人

加缪在1955年写的《〈局外人〉写作后记》中说：

当我试图用一句话概括《局外人》时，我突然意识到这是一句非常吊诡的话："在我们这个社会里，一个在自己母亲葬礼上都不哭泣的人是会被谴责到死的。"我想表达的意思是这本书的主人公之所以被谴责被判刑，只是因为他没有遵循这个社会的潜规则。

"吊诡"这个词语出自《庄子》，其实就是悖论的意思。小说主人公默尔索最后被判了死刑，他也坦然地接受了这个死刑，而且是残忍的绞首之刑。然而法官责备他、判他死刑的重要原因并不是他杀了一个阿拉伯人，而是他把母亲送进了养老院，以及他在母亲的葬礼上没有哭泣这些因素。

加缪说：

对我来说，默尔索不是一个反面典型，他只是一个可怜人，一个赤裸裸的人，一个喜欢不带任何阴影的太阳的人。

他并不是一个麻木的人，他的内心被一种坚决而深刻的情感所驱使，他追求的是一种绝对的真实。这种真实并非负面，它是一种存在于我们生活和感知中的真理，如果没有对这种真理的追求，人类就不可能战胜自我更不可能战胜世界。（《〈局外人〉写作后记》）

默尔索其实并不是一个边缘人，他很正常。"一个赤裸裸的人"或许更应该翻译成"赤子"，他是一个有赤子之心的天真的人，就像《皇帝的新装》里那个跳出来说皇帝没有穿衣服的小孩子。在母亲的葬礼上，他不想哭，他就不哭，他没有去迎合这个社会对他的塑造，于是在别人的眼中，他就变成了一个格格不入的人。

可以说，加缪塑造默尔索这个人物形象主要的目的是为了说明人要去追求绝对的真实。这在现实生活中是特别困难的，因为生活中处处充满了潜规则。

小说的开头是这样的：

今天，妈妈死了。也许是在昨天，我搞不清。我收到养老院的一封电报："令堂去世。明日葬礼。特致慰唁。"

默尔索是个成年人了，也有女朋友，只不过还没有结婚——对于结婚，他也是吊儿郎当的态度，女友问他要不要结婚，他说无所谓，结也可以，不结也可以——但他对母亲的称呼还是"妈妈"。对母亲去世的日子，他搞不清楚，这就很不严肃，一般来说，母亲的忌日和生日这样重要的日子都是要搞清楚的，因而小说一开始就给人一种不好的预感，显得主人公有点格格不入。随后默尔索参加了母亲的葬礼，在葬礼上，他显得麻木不仁，也没有流眼泪。

加缪的母亲

　　我们需要知道的是，小说中的默尔索并不等于现实中的加缪。现实中的加缪在1957年获得诺贝尔奖之前一直十分贫困，他的父亲在第一次世界大战的一场战役——1914年的马恩河会战中去世，母亲是一个洗衣工。他离开家庭求学之后，母亲一直寡居在法国的殖民地阿尔及利亚的阿尔及尔，等到他出车祸过世之后，他母亲还活着。如果不是因为父亲在战争中去世，给了加缪申请助学金的机会，像他这样出生于北非贫困家庭的孩子几乎是没有机会读大学的。加缪的第二任妻子跟他的经历很相似，她的父亲也是在战争中去世的，这也构成了两人琴瑟和鸣的基础。

　　默尔索参加了母亲的葬礼。故事发生的地点就在北非的阿尔及利亚，靠近赤道，非常炎热，他的母亲要下葬了：

我觉得这一行人走得更快了。在我周围，仍然是在太阳照射下一片灿烂的田野。天空亮得刺眼。有一阵，我们经过一段新修的公路，烈日把路面的柏油都晒得鼓了起来，脚一踩就陷进去，在亮亮的层面上留下裂口。车顶上车夫的熟皮帽子，就像是这黑色油泥里鞣出来的。我头上是蓝天白云，周围的颜色单调一片，裂了口的柏油路面是黏糊糊的黑，置身其中，我不禁晕头转向。所有这一切，太阳、皮革味、马粪味、焚香味，一夜没有睡觉的疲倦，使我头昏眼花……而我，这么走着的时候，一直觉得血老往上头涌。

"天空亮得刺眼"呼应了默尔索后来杀人的时机。庭审时法官问他为什么杀人，他就回答说是因为天气太热了，太阳太刺眼了。所以他杀人实际上属于一时冲动的激情杀人，而不是有预谋的蓄意杀人。

其实，默尔索是爱他的母亲的，只不过他不想通过流眼泪这种形式在葬礼上、在别人面前把它表现出来。葬礼的第二天是一个星期天：

我关上窗户，转过身来，从镜子里看见桌子的一角上放着我的酒精灯与几块面包。我想，这又是一个忙忙乱乱的星期天，妈妈已经下葬入土，而我明天又该上班了，生活仍是老样子，没有任何变化。

总体上来说，在正常人的眼中，默尔索的表现都是比较反常的。

接着，默尔索的朋友雷蒙殴打了自己的女朋友，那个女朋友是个阿拉伯人，她的家人便来找雷蒙的麻烦。为了保护雷蒙，默尔索把雷蒙的枪带在自己身边，然而他却和雷蒙的对头在海滩上遇见了：

　　太阳晒得我脸颊发烫，我觉得自己眉头上已聚满了汗珠。这太阳和我安葬妈妈那天的太阳一样，我的头也像那天一样难受，我又往前走了一步。我意识到这样做很蠢，挪这么一步无助于避开太阳。但我偏偏又向前迈出一步。这一下，那阿拉伯人并未起身，却抽出了刀子，在阳光下对准了我。刀刃闪闪发光，我觉得就像有一把耀眼的长剑直逼脑门。这时聚集在眉头的汗珠，一股脑流到眼皮上，给眼睛蒙上了一层温热、稠厚的水幕。在汗水的遮挡下，我的视线一片模糊。我只觉得太阳像铙钹一样压在我头上，那把刀闪亮的锋芒总是隐隐约约威逼着我。

　　按道理来讲，如果是对方先出刀子，他就算是正当防卫了，在这样的情况下，默尔索扣下了扳机：

　　此时此刻，天旋地转。大海吐出了一大口气，沉重而炽热。我觉得天门大开，天火倾泻而下。我全身紧绷，手里紧握着那把枪。扳机扣动了，我的手触及光滑的枪托，那一瞬间，猛然一声震耳欲聋的巨响，一切从这时开始了。我把汗水与阳光全都抖掉了。我意识到我打破这一天的平衡，打破了海滩上不寻常的寂静，在这种平衡与寂静中，我原本是幸福自在的。接着，我又对准那具尸体开了四枪，子弹打进去，没有显露出什么，这就像我在苦难之门上急促地叩了四下。

　　默尔索杀人就是激情杀人。两人之前并无恩怨，不存在蓄意谋杀。然而后来默尔索又对准那具尸体开了四枪，变成了五枪。

为什么要写这样一个法国人杀死阿拉伯人的故事呢？有人，特别是阿尔及利亚人认为这里有所隐喻，代表的是法国殖民者杀害了阿尔及利亚人，体现了殖民者和被殖民者之间的种族冲突。实际上加缪从来没有这个意思。他只是恰好碰上了一个阿拉伯人而已。

吉安尼·阿梅利奥导演的电影《第一个人》是加缪的一部传记片，片名取自加缪的同名小说遗作。这是一部长篇小说，此前加缪写的都是短篇或中篇，这次他想把他的经验、历史、思想、文化都囊括进这部《第一个人》，但没有写完就发生了车祸。电影涉及了童年和中年的加缪，还讲了加缪的母亲、外祖母和舅舅的故事。电影看起来很像中国农村娃考上大学的那种励志故事。加缪从小成绩很好，但家境贫困，他幸运地碰到了一位好老师，在他将要辍学外出打工之际，这位老师到家里来说服他的家人一定要让他好好读书，因而改变了他的命运。

《格格不入》是萨义德写作的回忆录，书中萨义德的感受和加缪的感受是一样的。加缪是法国人，他的身份是生活在北非的殖民者，在这里，99%的人都是阿拉伯人，白人只占1%，所以那种生活状态就是格格不入的。而萨义德是印度人，印度人在美国也是一种格格不入的生存状态。生活在阿尔及利亚的法国人，他的身份是非常尴尬的，尤其是阿尔及利亚争取独立的时候，他们的身份就更尴尬了。

阿尔及利亚位于北非，国土上有着广袤的沙漠，人们大多聚居在北边靠近地中海的地方，加缪主要就是在奥兰和首都阿尔及尔生活，后来去了巴黎。他一点都不喜欢巴黎这个法国人所谓的文化圣地。1954年，阿尔及利亚爆发了民族解放战争，法国殖民者的镇压十分血腥，加缪刚好夹在当中，特别尴尬。首先，他希望阿尔及利亚独立，因为第二次世界大战以后刚好是民族国家的一个独立潮，但同时他不希望这是通过暴力革命的手段达成的，他希望阿尔及利亚的反抗军和法国政府能够坐下来和平协商，可惜历史并不会符合他的主观意愿，战争一直持续到1962年加缪去世之后。在给阿尔及利亚的大学生做讲座的时候，人们问他到底是支持法国政府还是支持革命派，加缪说了很经典的一句话：我要支持我的母亲。这个回答回应了萨特在《存在主义是一种人道主义》这本书里提出来的一个经典问题。一个法国的青年问萨特：我是应该去参加法国解放战争，还是应该在家里照顾我的母亲呢？如果去参加解放战争，我有可能就死掉了；如果我留在家里，就不能为祖国做贡献了，但可以照顾我的母亲。萨特说，这是你自己的事情，你自己去选择。我帮你做选择，那我就决定了你的命运，你是成年人，你应该自己做选择。因此加缪选择了他的母亲，意思就是他不支持暴力革命，他站在亲情这一边，因为战争一旦开打，有可能殃及他的母亲。

加缪的荒谬哲学

萨特认为《局外人》这部小说的主题是讽刺法国的司法制度。因为从小说第二部开始，默尔索就被审判了，在这个审判的过程当中，当事人默尔索的想法反而不重要了，关键在于法官是怎么想的，陪审团是怎么想的，辩护律师是怎么想的。辩护律师也不是默尔索自己请的，而是法庭指定的，他让默尔索闭嘴，声称自己会帮他。

萨特认为这部小说延续了卡夫卡《审判》的传统，讽刺了司法制度，这个理解是错误的。小说并没有考虑法国的司法制度是不是公平，只不过他把默尔索放在这个社会情境里面就更加能够显出它的荒谬。加缪要表现的是他的荒谬哲学，通过这个事件，可以将那种荒谬的生存状态极端化。人们在日常生活中可能认识不到生活的荒谬，放入审判这样一个社会情境中，会让人马上认识到这个生存状态的荒谬。

第二次世界大战结束后，加缪表了态：

不，我不是存在主义者。萨特和我总是惊奇地看到我们的名字被连在一起……我们各自写的书，无一例外，都是在我们认识之前出版的。当我们认识的时候，我们是确认分歧。萨特是存在主义者，而我出版的唯一的随笔《西绪福斯神话》（按：即《西西弗神话》），却是反对所谓存在主义哲学的。（郭宏安《阳光与阴影的交织：郭宏安读加缪》）

在《西西弗神话》的结尾，加缪得出结论：我想西西弗是幸福的。这跟存在主义哲学的基调就不一样了。对于他们两个人的分歧，罗伯特·泽拉塔斯基在《阿尔贝·加缪：一个生命的要素》一书有集中的阐述。关于萨特，则有贝尔纳·亨利·列维《萨特的世纪——哲学研究》一书，这本书写得极具文学性，它不是传记，而是分小专题写的，作者认为20世纪就是萨特的世纪。

萨特与加缪

　　萨特和加缪主要的分歧就在阿尔及利亚的问题上。因为萨特是支持革命的，而加缪反对暴力。

　　《想象的共同体——民族主义的起源与散布》一书解释了为什么各个民族国家要求独立。作者本尼迪克特·安德森将民族、民族属性与民族主义视为一种"特殊的文化的人造物"，将民族定义为"一种想象的政治共同体"，一个民族一定有其共同的文化渊源。

　　因此加缪的处境就非常被动，他不属于阿尔及利亚人，不属于阿拉伯人，人家都是信伊斯兰教的，他们法国人是信天主教的，就不是一个文化共同体。只要他是法国人，就会受到排斥。

叩问死刑

在小说的第二部，默尔索最终被审判了：

我已经没有时间去看了，因为庭长用一种奇怪的方式向我宣布，将要以法兰西人民的名义，在一个广场上将我斩首示众。这时，我才觉得自己弄明白了审讯过程中我在所有听众脸上看到的表情意味着什么。我确信那就是另眼相看。法警对我很温和了，律师把他的手放在我的手腕上。我这时什么都不想了。庭长问我是不是有话要说，我考虑了一下，说了声"没有"，立刻就被带出了法庭。

"另眼相看"一词在小说中出现了两次，这说明别人不把他当作一个正常人来看待。被判死刑非常重要的原因就是他在母亲的葬礼上没有流泪，回家以后又跟他的女朋友在海边游泳等等，十分开心，然后又杀了人，但杀人反而不是最重要的原因。

这部小说还有一个隐蔽的主题是反对死刑，后来加缪对此进行了发挥，于1957年写成了一篇论文《思索死刑》。其中提到了一件事情，这件事情他耿耿于怀，也被写进了小说里：

这个时候，我想起了妈妈对我讲过的一件有关我父亲的往事。我没有见过我父亲。对他这个人，我所知道的全部确切的事，也就是妈妈告诉我的那些了：有一天，他去看处决一个杀人凶犯。他一想到去看杀人，心里就不舒服，但他还是去了，回来呕吐了一个早晨。

在《思索死刑》中，加缪说：

当想象力陷入沉睡，词汇就失去了意义：也只有一群充耳不闻的民众，才会用漫不经心的态度对待别人的死刑判决。但是，一旦我们呈现出机器的模样、让大家碰触到木材与铁片的质感、听到人头落地的声响，公众的想象力就会顿时苏醒，同时也会抛弃这种谴责和酷刑。

这篇文章后来成了反对死刑的代表性文献之一。加缪进一步说道：

身为作家，我始终讨厌迎合奉承；身为人，我相信：那些我们的处境中难以回避的丑恶面向，我们必须要默默地对抗它们。(加缪《思索死刑》)

他认为，对罪恶，应该默默对抗，而不是滥用权力把他们杀掉。他有三个非常强烈的理由：

一、社会本身就不相信自己所说的杀一儆百功能；

二、无法证明死刑阻止了任何一个决意痛下杀手的罪犯，反之，死刑对这成千上万的罪犯并无任何吓阻效果，说不定反而还让他们着迷不已；

三、就其他方面而言，死刑则构成了一个可憎的示范，而其后果是难以预料的。(同上)

加缪之所以反对死刑，因为他是一个人道主义者，他是出于人道主义的立场反对死刑。

加缪有一部短篇小说集《流放与国王》，里面收录了一篇小说《来客》，后来还被改编成电影《远离人迹》，它最能够表现加缪的人道主义思想。一个犯人杀死了自己的堂兄，要被押送到警察局去，警察把这个任务交给了当过民兵的乡村小学老师。死者的兄弟们找上门来，但犯人虽然坦然地接

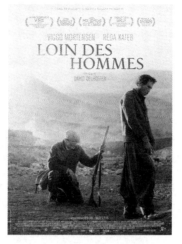

达维德·厄洛芬导演电影《远离人迹》

受死刑，却不希望自己被死者的兄弟杀掉，因为这样冤冤相报没有尽头，他希望自己被法国的警察处决掉。但这位乡村教师是一个人道主义者，他是反对死刑的，他希望犯人能逃掉，哪怕自己要因此承担丢失犯人的罪名。

跟死亡和解

在《局外人》的结尾，默尔索和死亡、和自己、和母亲——和解：

很久以来，我第一次想起了妈妈。我似乎理解了她为什么要在晚年找一个"未婚夫"，为什么又玩起了"重新开始"的游戏。那边，那边也一样，在一个生命凄然而逝的养老院的周围，夜晚就像是一个令人伤感的间隙。如此接近死亡，妈妈一定感受到了解脱，因而准备重新来过。任何人，任何人都没有权利哭她。而我，我现在也感到自己准备好把一切再过一遍。

其实默尔索在葬礼上没有哭，一个非常重要的原因就是当时他还不能原谅他的母亲，他认为母亲的行为是对父亲的背叛。现在他理解了，也就原谅了。正是因为母亲在养老院感受到了解脱，不用在乎别人是怎么说的了，该爱就爱该恨就恨，所以她准备重新来过。

加缪在这一段中揭开了谜底，母亲是小说的核心。任何人都没有权利哭她，只有理解了母亲的他可以哭。

接着他也和世界和解了：

好像刚才这场怒火清除了我心里的痛苦，掏空了我的七情六欲一样，现在我面对着这个充满了星光与默示的夜，第一次向这个冷漠的世界敞开了我的心扉。我体验到这个世界如此像我，如此友爱融洽，觉得自己过去曾经是幸福的，现在仍然是幸福的。为了善始善终，功德圆满，为了不感到自己属于另类，我期望处决我的那天，有很多人前来看热闹，他们都向我发出仇恨的叫喊声。

"自己过去曾经是幸福的"这句话恰好呼应了《西西弗神话》的最后一句。现在，默尔索希望自己处决的那一天，人们都向他"发出仇恨的叫喊声"。因为这样就表明他们是正常的，他们爱着自己的母亲，而默尔索因为不爱自己的母亲，所以被判处了死刑。

小说写到这里戛然而止，一切都刚刚好。

阳光与阴影的交织

如果对加缪感兴趣，希望全面了解一下他，可以读一读法国文学专家郭宏安的《阳光与阴影的交织：郭宏安读加缪》一书，这本书由作者关于加缪的论文结集而成，其中对加缪的解读非常准确。他说：

在阿尔及尔贫民区长大的这位法国移民的儿子加缪却对贫穷有另一种体验和认识。他贫穷，穷到没有一张写作业的桌子，然而他骄傲，因为他能在阿尔及尔的阳光下畅游于地中海的怀抱中。当病魔企图从他年轻的手中夺走这不费分文的幸福时，他愤怒了，也清醒了。他看到了一个阳光与阴影交织着的世界。他站在这个世界上，他一生艰难的足迹都深深地印在这个世界上。他虽然不相信"太阳下和历史中一切都是好的"，但是他确信"历史并不就是一切"。这种独特的体验和认识，后来造就了文学家和思想家阿尔贝·加缪。

正是因为在地中海的怀抱中长大，所以加缪所接受的哲学是古希腊的那个地中海哲学，是平衡，是和谐。所谓病魔就是肺结核，加缪终其一生都受困于这种疾病。在当时肺结核的死亡率很高，不过加缪幸运地活了下来。所谓阳光就是地中海的阳光，阴影则是病魔。虽然加缪并不盲目乐观，但他相信"历史并不就是一切"；虽然历史把阿尔及利亚完全碾压过去了，阿尔及利亚独立是大势所趋，法国人也纷纷离开了阿尔及利亚，但他相信这个宏大的历史并不代表一切，人们不能否认其中存在着像他这样的人道主义者。

郭宏安说：

郭宏安《阳光与阴影的交织》，译林出版社

　　当他于1957年被授予诺贝尔文学奖的时候，人们说：
"就个人来说，加缪已经远远地超越了虚无主义，他严肃又
严厉的沉思重建起已被摧毁的东西，力图使正义在这个没有
正义的世界上有其实现的可能，这些都使他成为人道主义
者，而这个人道主义者没有忘记地中海岸蒂巴萨耀眼的阳光
向他指明的希腊美与均衡。"（同上）

　　所以加缪是个艺术家，也是个思想家。

　　在1951年一次答记者问时，他就说了："我在写《西绪
福斯神话》时，就已经考虑到我后来写的关于反抗的随笔
了……"这就是《反抗者》。对于了解加缪的思想而言，这
本书比《西西弗神话》更重要，因为在这本书里，他提出了
著名的加缪哲学——反抗哲学："我反抗，故我们存在。"郭

宏安说：

加缪追求一种"高贵的风格"，一种蕴含着人的尊严和骄傲的风格。他指出："最高贵的艺术风格就在于表现最大程度的反抗。"（同上）

而这种"高贵的风格"可以归结为以下三种要素：

一、给予最大程度的反抗以适当的形式；二、通过纠正现实而获得真实；三、适度而含蓄的风格化。（同上）

这个反抗哲学跟暴力革命不一样，加缪反对暴力革命，但还是要反抗，这里的反抗就意味着所谓渐进的"社会改良"。

对于《局外人》，郭宏安说：

"荒诞的人"就是"局外人"，"局外人"就是具有"清醒的理性的人"，因为"荒诞，就是确认自己的界限的清醒的理性"。于是，人们把默而索视为西西弗的兄弟，就是题中应有之义了。（同上）

所以这部小说是用来阐述荒诞哲学的，而不是用来批判法国司法制度的。

郭宏安评价道：

《局外人》是一部非常成功的小说，它以自身的独立的存在向我们展示了一种关系：人与世界的关系。这种关系之所以如此强烈地吸引着我们，是因为它迫使我们向自己提出这样的问题：世界是晦涩的，还是清晰的？是合乎理性的，还是不可理喻的？人在这个世界上是幸福的，还是痛苦的？人与世界的关系是和谐一致的，还是分裂矛盾的？（同上）

上面这四个问题属于法国高考最喜欢考的一类问题。有一年的法国高考，考的是自杀是不是一个人的自由。这些问题并不好答。关于第二个问题，在存在主义看来，这个世界是不可理喻的，绝大多数人的行为不是出于理性，而是出于非理性。关于第三个问题，加缪则已经回答了，西西弗是幸福的，但为什么又是痛苦的呢？因为人的生命只有一次，是这个一次性带来了悲剧性。关于第四个问题，按照道家的观念，人和自然的关系当然是和谐的，但是有一些人为的事情让它不和谐了，所以要回归和谐。郭宏安说：

> 默而索不仅是一个有着健全的理智的人，而且还是个明白人，他用自己的遭遇回答了这些问题，而他最后拒绝进入神甫的世界更是标志着一种觉醒：他认识到，"未来的生活并不比我已往的生活更真实"。默而索是固执的、不妥协的。他追求一种真理，虽死而不悔。（同上）

总之：

> 默而索是在监狱里获得荒诞感的，在此之前，他是生活在荒诞之中而浑然不觉，是一声枪响惊醒了他，是临近的死亡使他感到对于生的依恋。于是默而索成了荒诞的人。局外人就是姓荒诞的人，像那无休止地滚动巨石的西绪福斯一样，敢于用轻蔑战胜悲惨的命运。而加缪说："应该设想，西绪福斯是幸福的。"（同上）

1957年，加缪获得了诺贝尔文学奖，是历史上最年轻的诺贝尔文学奖获得者之一，只有44岁，本来正是可以大展宏图的时候。加缪在获奖后的演讲中说道：

> 作家的职责，就是团结大多数人民。他的艺术不应屈服

于一切谎言和奴役；因为无论谎言和奴役如何占据统治地位，终将陷于孤立。不论我们有多少弱点，但我们的作品的崇高之处，我们作品的价值，永远植根于两项艰巨的誓言：对于我们明知之事决不说谎；努力反抗压迫。

这两项"艰巨的誓言"，就是需要我们不断重读加缪的重要原因。同时，加缪还说道：

作为这个腐败历史的继承人，我们这一代必须从否定自我出发，在内心与外部世界重新建立起生命与死亡的尊严。在这个濒临分崩离析、万劫不复的死亡之境的世界中，我们这一代人应该知道，当我们与时间疯狂的赛跑的时候，应该重新调和劳动与文化，并跟世界上所有的人携起手来，重新建立人与人、人与自然共同遵守的誓约。

"腐败历史"就是指两次世界大战，而人与自然共同遵守的誓约，就是人类命运共同体。卡尔·波普尔曾经说过，20世纪最大的教训就是战争，为了重建人类命运共同体，我们必须不断地反省20世纪的教训，不断地重读20世纪的经典。

海明威《老人与海》

对决人生：士兵、
间谍、作家、水手

欧内斯特·米勒尔·海明威 (Ernest Miller Hemingway, 1899—1961)，作家、记者，出生于美国伊利诺伊州芝加哥市郊区奥克帕克，被认为是20世纪最著名的小说家之一。海明威一生中的感情错综复杂，先后结过四次婚，是美国"迷惘的一代"作家中的代表人物。他一向以文坛硬汉著称，是美利坚民族的精神丰碑。他的作品《太阳照样升起》《永别了，武器》被美国现代图书馆列为"20世纪百大英文小说"。1961年7月2日，海明威在家中用猎枪自杀身亡，享年62岁。

《老人与海》是美国作家海明威于1951年在古巴写的一篇中篇小说，于1952年出版。该作围绕一位老年古巴渔夫，与一条巨大的马林鱼在离岸很远的湾流中搏斗而展开故事的讲述。尽管海明威笔下的老人是悲剧性的，但他身上却有着尼采"超人"的品质，泰然自若地接受失败，沉着勇敢地面对死亡，这个"硬汉子"体现了海明威的人生哲学和道德理想，即人类不向命运低头，永不服输的斗士精神和积极向上的乐观人生态度。它奠定了海明威在世界文学中的突出地位，这篇小说相继获得了1953年美国普利策奖和1954年诺贝尔文学奖。

《老人与海》是一部并不难读的小说。"对决人生"这个说法来自台湾作家杨照的《对决人生——解读海明威》，由作者在诚品书店的讲座整理而成。他还亲自翻译了一遍《老人与海》。士兵、间谍、作家、水手就是集合在海明威身上的四重身份。

海明威：能被毁灭，但不能被打败

　　海明威长得非常英俊，第一次世界大战期间的海明威还很年轻，有些像同样年轻时候的丘吉尔。有人评论他："漂亮得不像实力派。能去非洲狩猎，能在海上捕鲨，能上战场立功，能凭一本小说获得普利策奖，还能凭同一本小说获得诺贝尔奖，能飞机失事后大难不死，能在几天后飞机再度失事时再次大难不死，还能在经历无数死里逃生后一枪打死自己，能被毁灭，但不能被打败。他的名字叫：海明威。"

　　海明威曾参加过第一次世界大战、西班牙内战和第二次世界大战，所谓"战场立功"说的就是这个。而让他获得诺贝尔文学奖的小说，就是这篇《老人与海》，也是他自认为写得最好的一篇小说。海明威是如此有魅力，以至于一些传记把他说成是美国的偶像作家。

　　老年的海明威不再英俊，但看上去非常硬朗。由于大半生的征战、渔猎，实际上他身上伤痕累累，到了晚年病痛缠

海明威

身，不堪忍受，最终海明威在1961年自杀，终年62岁。

《作家、水手、士兵、间谍：欧内斯特·海明威的秘密历险记，1935—1961》是尼古拉斯·雷诺兹写的一部关于海明威的著作。所谓"作家"和"士兵"毋庸置疑，所谓"水手"是因为海明威大半生都生活在美国最南部的佛罗里达和古巴的瞭望山庄，家里有船艇，经常出海。最后，这部书还运用推理小说的笔调介绍了海明威做间谍的经历。他既帮助苏联做过情报工作，也帮助美国的中情局做过工作。但是他并不是双重间谍。西班牙内战期间，海明威为在美国南部飓风中受难的美国老兵写过一篇抨击美国政府的报道，便被当时的苏联特工看中，进而收集他的资料，接触、收编他。尼古拉斯·雷诺兹在书中说：

和许多其他左派知识分子一样，他深深爱上了反法西斯、亲共和国的事业。在令人眼花缭乱的十年危机中，那是一个绝对正确的政治反应式：自由对压迫、民主对独裁、进步对反动、平民对寡头、生对死。那是思想者很可能会理想化的事业。

海明威果然被吸纳了：

内务部直到1941年下半年才为他指定了一个代号，即"阿尔戈"。内务部内部的某人颇有文学功底，很可能还知道海明威痴迷航海。在希腊神话中，阿尔戈是伊阿宋和阿尔戈英雄们出海冒险所乘船只的名字。（同上）

不过海明威以这个身份只是在西班牙内战期间帮苏联政府做过一些工作。到了第二次世界大战期间，海明威开始为美国政府工作，收集反法西斯的情报。那段时间他主要生活在古巴附近，整天开着自己的渔船巡海，寻找德国的潜艇，一旦有发现就汇报给美国政府，对此，尼古拉斯·雷诺兹这样描述：

小说家兼间谍大师欣然同意，并着手组建他后来所谓的"骗子工厂"——大使馆为反间谍行动使用的官僚术语是"刑事部门"，海明威则称之为"骗子工厂"。作为骗子工厂的头目，海明威向乔伊斯汇报工作，布雷登已为后者设置了一个非同寻常的职位：大使馆的情报处长。（同上）

这里的大使馆指的是美国驻古巴大使馆。不过，海明威从来没有在海上遭遇过德国潜艇。

作为一个硬汉，海明威特别热衷于战争，书中说：

对这位作家-战士来说，战争，特别是地面战斗，是终极的生命体验。"这么说大概很邪恶，但那确实是我最为……钟爱的事。"他在冒生命危险时情绪最为饱满，所有

生活在瞭望庄园的海明威

的感官都全都调动起来，充分利用自己长期培养的实战和军事技巧，因而杀死法西斯分子绝非偶然。（同上）

第二次世界大战结束以后，海明威继续生活在古巴：

他在古巴的确有很多朋友，他住在瞭望庄园的时间也的确比他一生中在任何其他地方住的时间都要长，但那些不是全部。他已经把自己对西班牙共和国未曾实现的希望转给了古巴革命。1936—1939年发生的事情仍然深深影响着他1952—1960年的思维方式；共和国成为一生中对他影响最大的事业。支持卡斯特罗就等同于在西班牙反抗弗朗哥和希特勒。（同上）

现在古巴的海明威故居瞭望庄园变成了海明威博物馆，成了一个著名的旅游景点。

电影《海明威与盖尔霍恩》由菲利普·考夫曼执导，主要讲述了海明威和他的第三任妻子盖尔霍恩的故事。盖尔霍恩是海明威在西班牙内战期间认识的一个战地记者。这段婚姻持续的时间不长，离婚后两人还维持着朋友的关系。这部电影里讲到过海明威在第二次世界大战时期访问中国的经历。这段旅程海明威不仅见到了蒋介石、宋美龄夫妇，还通过中国共产党的地下党员见到了周恩来同志，并且预言中国共产党肯定会取得成功。阿曼达·维尔的《西班牙内战》一书讲了三对夫妻在西班牙内战当中的经历，其中一对夫妻就是海明威和盖尔霍恩。

在西班牙内战期间，海明威还参与拍摄了一部电影叫《西班牙土地》，一共52分钟，海明威任编剧与解说，导演是他的好友尤里斯·伊文思。海明威通过罗斯福总统的夫人，把这部电影弄到白宫里去放映了一遍，希望美国能够干预一下西班牙内战，但当时美国奉行的是孤立主义政策，对西班牙内战并不关心。

鲍勃·亚里导演的电影《与海明威为邻》则讲述了一个青年记者跟海明威结为忘年之交的故事。电影原名叫 *PAPA: Hemingway in Cuba*，"PAPA"是美国人给海明威的昵称，人们非常亲切地称他为老爹。

因为海明威有早年做过苏联特工的经历，所以到了晚年，他就被美国联邦调查局盯上了，被列为美国的头号敌人，甚至排在马丁·路德·金之前。这也与他和美国联邦调查局局长胡佛的私人恩怨有关，克林特·伊斯特伍德导演的电影《胡佛传》对此有所揭露。海明威早年通过美国联邦调查局的探员朋友，得知了关于胡佛的一些不光彩的事情，时常在酒吧里跟人说起，开罪了胡佛。胡佛派人调查海明威，便查到他走私武器，把美国买来的枪支弹药想方设法运到古巴的山区给卡斯特罗，无奈之下，海明威只好把那些武器全都扔到海里去了。

《老人与海》的主题

　　海明威创作《老人与海》有一个非常重要的契机，就是他的好朋友珀金斯的提示。珀金斯被称为"天才的编辑"，他与托马斯·沃尔夫、菲茨杰拉德和海明威的故事被改编成了著名的传记电影《天才捕手》，电影原著就是A.司各特·伯格的《天才的编辑》一书。说起来，还是菲茨杰拉德发现了海明威的文学天才，并把他推荐给了珀金斯。一天，珀金斯与海明威一起去钓鱼，他提醒海明威可以写一本关于钓鱼的书。这还是发生在20世纪30年代的事，过了很多年，海明威才开始动笔，可惜珀金斯在1947年就已经去世了，没能看到《老人与海》的问世。

　　1954年的诺贝尔文学奖颁给了海明威，颁奖词是这样写的：

　　美国近年来不断崭露头角的新作家们成为举世瞩目、激动人心的标志，他们都有一个共同点，即无不反映哺育他们成长的美国文化。欧洲的读者大众热烈地欢迎他们。

人们普遍希望，美国作家应该以美国人的身份和精神来写作，这样才能对世界文坛的竞争和繁荣，做出他们自己的贡献。

第一句反映了当时世界文坛的景象。20世纪的上半叶，美国文学爆发性地出了一些非常杰出的作家，在海明威之前一年获得诺贝尔文学奖的福克纳同为美国作家。到了20世纪下半叶，就是拉丁美洲的作家开始大爆发了。

可以说，美国文化哺育的最著名、最典型的作家就是海明威。关于美国文化，纪录片《美国：我们的故事》有很生动的呈现，早期美国是先行者和冒险家的乐园，吸引了来自欧洲各地的移民，尤其是来自英格兰的清教徒；拉塞尔·柯克的《美国秩序的根基》一书就将美国精神概括为清教徒精神，因为美国的早期移民主要是来自英格兰的清教徒。美国学者大卫·哈克特·费舍尔的《阿尔比恩的种子：美国文化的源与流》一书对美国早期移民有非常深入的研究，所谓"阿尔比恩"就是大不列颠岛的古称，是已知该岛最古老的名称。费舍尔将美国早期移民描述为"阿尔比恩的种子"，可谓非常恰当。

而作家海明威则被视为美国国家精神的象征，他笔下的硬汉形象就是他自己的化身：

（圣地亚哥）这种硬汉形象是海明威作品中常有的人物。他们在面对外界巨大压力和遭受厄运打击时，坚强不屈，勇往直前，尽管失败了，却保持了人的尊严和勇气。通过这一形象，海明威热情赞颂了人类面对艰难困苦时所显示的坚不可摧的精神力量。（海明威诺贝尔文学奖颁奖词）

海明威热衷垂钓

　　其实，《老人与海》中的老人圣地亚哥也是有原型的，他来自20世纪30年代的新闻报道，但是我们在小说里看到的这个老人更多地取材于海明威自己的经历，而不是新闻里那位老人。海明威本人就非常热衷于在加勒比海上垂钓。

　　诺贝尔文学奖颁奖词中接着说：

　　人们应该记住，勇气是海明威作品的中心主题——是有勇气的人被置于各种环境考验、锻炼，以便面对冷酷、残忍的世界，而不抱怨那个伟大的宽容的时代。

　　这可以说是对海明威的最为精确的解读。

　　《老人与海》的电影版本有1990年裘德·泰勒版和1999年亚历山大·彼德洛夫版。后者是玻璃画动画片，只有16分钟，却制作了将近十年，十分精美。

不过，海明威不承认这篇小说有什么象征主义，他在写给朋友的信里说：

象征主义是知识分子的新花样。没有什么象征主义的东西。大海就是大海。老人就是老人。孩子就是孩子。鱼就是鱼。鲨鱼全是鲨鱼，不比别的鲨鱼好，也不比别的鲨鱼坏。人们说什么象征主义，全是胡说。(《海明威书信全集》)

此外，小说中的那个孩子引起了很多作家的注意，有些作家，比如塞林格，就非常反感这个孩子，认为这是个败笔。但是海明威说孩子就是孩子，把他解读成老人的过去、老人的童年，一概不会得到作者认可。解读《老人与海》，其实只需要知道他的主题是为了表现硬汉精神就可以了。诺贝尔文学奖评委会对此心知肚明：

不论梅尔维尔还是海明威，他们都无意创造一种寓言。深不可测的茫茫大海和其中的各种邪恶力量，可以充分地被用作诗的成分，但用不同的方法，即用浪漫主义的方法和现实主义的方法，却可以表达同样的主题——人的忍耐力：或者说，人敢于和不可知的自然拼搏的能力。"人尽可以被毁灭，但却不能被打败。"

赫尔曼·梅尔维尔是19世纪的美国作家，代表作是《白鲸》，那是一本非常厚重的海洋小说，对海明威肯定产生过"影响的焦虑"。海明威曾经解释过自己为什么不把《老人与海》也写得非常厚重，就是因为梅尔维尔已经用长篇大论写过一本关于海洋的书了。

波德莱尔的诗歌《人与海》也呈现了相同的主题，倒是可以用来互证一下作家们关于海洋的沉思：

人啊，你会将大海永久地依恋！

海是你的镜子，透过滚滚的波涛

同你的灵魂观照。

你的灵魂原本是深渊，辛酸并不比大海少。

你总喜欢投入到你的影子之中；

用目光和双臂将它拥抱

迎着大海不可遏制的悲叹

排遣心中无法驱逐的愁绪。

你们俩无不心领神会、守口如瓶：

人啊，没有谁能探明你内心的深度；

海啊，没有谁能获知你内在的丰盈，

你们严守着各自的机密！

然而，无数个世纪以来

你们明争暗斗，热衷于杀戮，醉心于死亡。

唉，死不相容的同胞，

好斗的兄弟！

诗中描述的那种人与海洋的"死不相容"的搏斗，就是
《老人与海》的主题。

《老人与海》的风格

关于《老人与海》的风格，诺贝尔文学奖颁奖词也进行过

评述：

　　海明威在新闻报道的严格训练中，锻炼出了他自己的文体风格。他曾在堪萨斯城一家报馆的编辑部学艺。这份报纸对记者有一套不成文的要求，其中首要的一条是——"使用短句和短小的段落"。海明威在这里所受的技术训练，显然使他形成了一种非比寻常的艺术自觉。他曾经说过，修辞只是电动机里迸出的蓝色火花。……他能把一篇短小的故事反复推敲，悉心裁剪，以极简洁的语言，铸入一个较小的模式，使其既凝练，又精当，这样，人们就能获得极鲜明、极深刻的感受，牢牢地把握它要表达的主题。往往在这样的情况下，他的艺术风格便可达到极致。

　　在实际的写作中，海明威总会先写上一大段，写完以后，把自己认为文采最好的地方划出来删掉，这种手法与通常的积极修辞不同，属于与之相对的消极修辞——积极修辞努力使语言变得华丽雕饰，而消极修辞努力把语言变得简洁精准。系列图书《巴黎评论·作家访谈》收录了20世纪最著名的那些作家的访谈，作家们可以畅谈自己的创作心得，海明威在针对他的访谈里说：

　　我总是试图根据冰山的原理去写作。冰山露出水面的每一部分很少，八分之七是藏在水面之下的。你删去你所了解的任何东西，这只会加厚你的冰山，那是不露出水面的部分。如果写作所略去的是他所不了解的东西，那么他的小说就会出现漏洞。……《老人与海》本来可以长达一千多页，把村里的每个人都写进去，包括他们如何谋生、怎么出生、受教育、生孩子等等。其他作家这么写了，写得很出色，很好。你受制于他人已经取得的、令人满意的成就，所以我想学着另辟蹊径。

冰山的可视部分往往是一个人的外在表现、行为以及环境，而不可视部分才是背后的价值取向、信念动机和人际关系。也因此，海明威的小说，特别是短篇小说，总是写得比较晦涩，难以读懂，比如《白象似的群山》，很多人读下来只知道是一男一女在火车上的对话，隐隐约约能感觉到他们是一对情人。其实这篇小说中男主人公要女主人公去堕胎，在火车上人多嘴杂，有些话不方便直说，两人便只能非常隐晦地表达。

完整的"冰山理论"是由萨提亚提出的，表现出来的行为是冰山的八分之一，而水面下的八分之七是人的应对方式、感受、观点、期待、渴望、自我，其中自我埋藏得最深，那是一个人的生命力、精神、灵性和核心。

英国作家赫·欧·贝茨曾经这样评价过海明威的写作风格：

海明威是一位拿着板斧的人。他所孜孜以求的，是眼睛和对象之间，对象和读者之间直接相通，产生光鲜如画的感觉。为了达到这个目的，他砍掉了整个森林的冗言赘词，他还原了基本枝干的清爽面目，他删除了解释、探讨，甚至于议论，砍掉了一切花花绿绿的比喻，清除了毫无生气的文章俗套，直到最后，通过疏疏落落、千锤百炼的文字，眼前豁然开朗，能有所见。

也因此，《老人与海》特别适合第一次尝试读英文原著的读者。我自己阅读的第一本英文原著好像就是《老人与海》，当时我傻乎乎地在书店买了一本《老人与海》，却忘记翻开来看看，到家之后才发现是英文原版，只好尝试着边查字典边读起来，当时真读不太懂，现在想来，这本书倒是蛮适合英汉对照阅读的。

市面上《老人与海》的译本很多，豆瓣上可以看到100多个版本，张爱玲、余光中、杨照都有译本，通行的较好的译本是由孙致礼先生译出的，本文中引用的也都是这一版本。孙致礼版的好处正如其在《一切照原作译》一文中所言：

一、尽量展示作者用词凝练、干脆、生动的特色。

二、尽量采取原文的表意方式。

三、尽量追循原文的句法结构。

四、尽量体现原文的陌生化手法。

例如，孙先生是这样翻译小说的开头的：

他是个独自在湾流一条小船上打鱼的老人，现已出海八十四天，一条鱼也没捉到。头四十天，有个男孩跟他在一起。可是，过了四十天还没钓到一条鱼，孩子的父母便对他说，老人如今准是极端salao，就是说倒霉透顶，那孩子便照他们的吩咐，上了另一条船，头一个星期就捕到三条好鱼。

"salao"是西班牙文，难以翻译，便被保留了下来，其实可以翻译成文言词汇"数奇"，《史记》里用它来形容飞将军李广这样生不逢时的人。"一条鱼也没捉到"指的当然是大鱼，只有大鱼才卖得起价钱，那些小鱼在船上就是用来果腹的。开头出现的这个小男孩如前所述，被一些评论家认为是败笔，他们觉得如果没有这个男孩，老人可以显得更加孤

海明威《老人与海》
对决人生：士兵、间谍、作家、水手

独，但是海明威非常喜欢孩子，他的别墅周围有很多古巴的小朋友在那里踢足球、玩耍，他怎么舍得割舍这个可爱的小男孩呢。

开篇有一段关于老人的肖像描写，可以跟海明威晚年的照片对照一下：

老人又老又憔悴，后颈上凝聚着深深的皱纹。两边脸上长着褐斑，那是太阳在热带海面上的反光晒成的良性皮肤瘤。褐斑顺着两腮蔓延下去，由于常用绳索拉大鱼的缘故，两手都留下了很深的伤疤。但是这些伤疤中没有一块是新的，全都像没有鱼的沙漠中被侵蚀的地方一样年深月久。

老人是不是很像海明威？

此外，还有许多女性主义作家对海明威非常不满，因为他的作品中很少有女性角色，即使有也只是把女人当作一个花瓶、一个摆设、一个尤物。杨照也在《对决人生》中就此批评了《老人与海》。小说中绝少提到老人的妻子，而且都不是正面出场：

在用结实的guano纤维板压平了交叠着铺成的褐色墙上，有一张彩色的耶稣圣心图，还有一幅科布雷圣母图。这都是他妻子的遗物。过去墙上曾挂着他妻子的一幅着色照，但是一瞧见就觉得自己太孤单，便把它取下来了，放在屋角的架子上，在他的一件干净衬衫底下。

小说中还多次提到了非洲以及非洲的雄狮。作为小说原型人物的那位新闻中的老渔夫估计没有去过非洲，但海明威曾在20世纪30年代，经常和他的第二任妻子去非洲打猎，还曾在非洲草原上猎杀过雄狮。小说中写道：

海明威猎杀雄狮

　　他不久就睡着了，梦见了他小时候见到的非洲，漫长的
金色海滩和白色海滩，白得刺眼，还有高耸的海岬和褐色的
大山。如今他每天夜里都待在那海岸边，在梦中听到海浪在
咆哮，看见当地人驾船破浪而行。他睡梦中闻到甲板上柏油
和麻絮的气味，闻到早晨陆风送来的非洲气息。

　　在非洲打猎的经历刻印在海明威的作品中，不独《老人
与海》，1935年，海明威还专门写过一本《非洲的青山》，记
录了他在非洲打猎的经历，短篇小说《乞力马扎罗的雪》也
涉及了非洲。

　　在《非洲的青山》中，他记录了自己猎狮的经历：

　　我们杀死了第一头狮子的那个晚上赶回去看到营地

时，天色断黑了。那个杀狮子的场面一片混乱，令人难以满意。……只见它四肢摊开趴在那里，这时太阳正好挂在树梢上，野草碧绿，我们端着枪，扳起了击铁，像一个团队或一帮爱尔兰王室警吏团似的朝它走去，不知道它是昏过去了还是已经死了。

而这些经历，在他晚年创作《老人与海》的时候，又不自觉地泛起涟漪。

晚年的海明威十分孤独，这同样也被投射到了小说中：

他不再梦见风暴，不再梦见女人，不再梦见重大事件，不再梦见大鱼、打架和角力，不再梦见他妻子。如今他只梦见一个个地方和海滩上的狮子。狮子在暮色中像小猫一样嬉戏，他像爱那孩子一样爱它们。他从没梦见过那孩子。

荣获诺贝尔文学奖之时，由于身体健康的原因，海明威无法前去领奖，便由组委会前来授奖。他在古巴写了一个获奖致辞，晚年的落寞溢于言表：

很多时候，写作是一种孤寂的生活。作家组织固然可以排遣他们的孤独，但是我怀疑它们是否能够促进作家的创作。一个在稠人广众之中成长起来的作家，自然可以免除孤苦寂寥之虑，但他的作品往往流于平庸。而一个在孤寂中工作的作家，如果他又确实不同凡响，那他就必须面对永恒或者面对缺乏永恒的每一天。

小说中，海明威这样描述老人眼中的大海，仿佛只有大海才能慰藉他的落寞：

他总是把海视为 lamar，这是人们喜爱大海时用西班牙语对她的称呼。有时候喜爱大海的人也说她的坏话，不过说起来总是把她当作女性。不过老人总是把大海当作女性，当作赐予或不赐予大恩的主，她要是做出什么粗暴或可恶的事，那是因为她情不自禁。月亮撩动大海，就像撩动女人一样，他想。

或许，在这里，海明威把大海比作了自己的第四任妻子。他的这位妻子比较有个性，两人经常陷入家庭矛盾之中，这也是他晚年不幸的主要原因。

对决人生

小说中最重要的部分就是老人捕获马林鱼的过程。这段精彩的描写肯定来自海明威真实的生活体验，他有着许多和大马林鱼合影的照片，那些鱼比他还要壮硕，他本人甚至曾是一个捕获马林鱼重量纪录的保持者。

关于捕鱼的过程，小说中写道：

就在他两眼瞅着钓绳的时候，他看见露出水面的一根绿色钓竿猛地沉入水中……在一百英寻的水下，一条马林鱼正在吃着钩尖和钩身的沙丁鱼，这个手工制作的钓钩是从那条小金枪鱼的头部穿出来的。

这个时候鱼虽然在吃饵了，但还没上钩，终于，在老人开展了一系列心理活动后，鱼上钩了：

感受到这轻微的扯动，他心里很高兴，接着他又感到猛地一拉，力量大得让人难以置信。这是来自鱼的分量，他就松手让钓绳往下滑，往下滑，再往下滑，把两卷备用钓绳中的一卷全放下去了。钓绳从老人的手指间轻轻滑下去的时

133

海明威《老人与海》
对决人生：士兵、间谍、作家、水手

候，他依旧感到巨大的分量，虽然他的拇指和食指几乎感觉不到什么拉力。

这里海明威进行了一系列精彩的动作描写，可见这是条大鱼。紧接着：

那鱼只管慢慢地游去，老人连一英寸也拽不上它来。他的钓绳很结实，是用来钓大鱼的，他把它贴在背上拽得紧紧的，上面都溅出水珠。后来钓绳在水里慢慢发出一丝丝的声音，但他仍旧抓住不放，坐在坐板上鼓起劲硬撑着，仰着身子来抵消鱼的拉力。船慢慢向西北方移动。

从这里开始，就是马林鱼和老人搏斗的过程了，这也是小说中最精彩的部分。在阅读这部分的时候，一定要放慢节奏，字斟句酌地细细品读，简直是人间美味！

船慢慢向西北方移动，离岸也越来越远。海明威细致地描写了老人的心理活动：

我没有抽筋，觉得有的是力气。倒是它的嘴给钩住了。不过拉力这么大，该是多大的一条鱼啊。它的嘴一定被钓钩紧紧地钩住了。真想能看到它啊。真想哪怕看它一眼，也好知道我碰到的是什么样的对手。

请注意"对手"这个词，在这里起到了点题的作用，老人是把这条鱼当作一个对手、一个兄弟，对它又爱又恨。杨照对此的解读便是"对决人生"，人总是需要一个势均力敌的对手，失去了对手的人生索然无味，就像失去了惠施的庄子一样，庄子曾用"郢人失质"的寓言故事表达过这种遗憾。

随后，老人的心理开始发生变化：

他随即可怜起给他钓住的那条大鱼来。它真了不起，真奇特，谁知道它有多大岁数了，他想。我从没见过这么壮的鱼，也没见过行为这么奇特的鱼。也许它太聪明了，不肯跳出水来。它只要一跳，或是猛地一冲，就会要我的命。

鱼因为不知道自己的对手有几个人，所以没有冲出水面，这给了老人生机。而后，老人的心智开始有点模糊了，他甚至开始神神道道地跟鱼对起话来：

"鱼呀，"他温和地大声说道，"我至死也要缠住你不放。"

我想它也会缠住我不放的，老人想。于是他就等着天亮。眼下正当快要破晓的时分，天气冷飕飕的，他紧抵着木船舷取暖。它能撑多久我就能撑多久，他想。在黎明的曙光中，钓绳往外伸展着，朝下钻进水里。小船沉稳地移动着，太阳一露边，阳光就照射在老人的右肩上。

……

"鱼呀，"他说，"我爱你，还很尊敬你。不过今天天黑之前，我要把你杀死。"

但愿如此，他想。

……

我真想喂喂那条鱼，他想。它是我的兄弟。可是我得杀死它，我要保持身强力壮，才能干成这件事。他慢慢而认真地把那些楔形鱼肉条都吃了下去。

老人和马林鱼就这样僵持着，但是鱼因为嘴巴被钓钩钩住了，没法吃东西，而且还在不断地流血，所以逐渐虚弱下去；老人却可以一直吃鱼肉补充营养，继续战斗。就这样到了第二天，马林鱼终于现身了，海明威没有控制住他的笔触，用上了他早年不屑的华丽辞藻来描写它：

　　钓绳缓慢而不断地往上升，这时小船前边的海面鼓起来了，那鱼露出来了。它不停地往上冒，水往它身边泻下去。在阳光下，它浑身亮闪闪的，脑袋和背都是深紫色，两侧的条纹在阳光下显得宽宽的，呈现出淡紫色。它的嘴长得像棒球棒一样长，像一把长剑渐渐细下去，它把全身跃出水面，然后又像潜水鸟似的滑溜溜地钻进水里。老人看见它那大镰刀似的尾巴没入水中，钓绳迅疾地滑下去。

　　但是，看到了马林鱼之后，老人依然说：

　　"不过我要宰了它，"他说，"尽管它那么大，那么了不起。"

　　虽然这是不公正的，他想。不过我要让它知道人有多大能耐，能忍受多少磨难。

　　这句话又一不小心点出了小说的主题。《老人与海》的主题就是人到底有多大的耐力，能够忍受多少磨难。

　　随后，老人想着：

　　但愿它睡着了，这样我也能睡着，梦见狮子，他想。怎么脑子里总是想着狮子呢？别想了，老家伙，他对自己说。眼下轻轻地靠在木板上休息，什么都不要去想。它正在卖力地干呢。你可要尽量少花力气。

　　为什么想起狮子呢？因为狮子是他在陆地上能够猎杀的最凶猛的动物了，而此时他也遭遇了在海洋里可以垂钓的最大的鱼。

　　他忍住一切疼痛，拿出剩余的力气和早已失去的自尊，用来对付那鱼的痛苦挣扎。鱼来到了他身边，侧着身子轻轻地游着，嘴几乎碰到了小船的外板。它开始打船边游过去，身子又长，又高，又宽，银光闪闪，还缀着紫色条纹，在水里显得看不到尽头。

此时此刻，老人要对鱼进行致命的一击了，这也是小说最惊心动魄的一幕：

老人放下钓绳，用脚踩住，尽可能高地举起鱼叉，随即使出全身力气，加上刚刚鼓起的劲儿，把它一下扎进鱼腰上，就在那大胸鳍后面一点的地方，这胸鳍高高地挺在空中，跟老人的胸膛一般高。他感觉那铁叉扎下去了，便把身子靠在上面，让它扎得更深些，然后用全身的重量把它戳进去。

这时那鱼死到临头，倒变得活跃起来，从水里高高跃起，把它那超乎寻常的长度和宽度，它的威力和美，全都显现出来。它仿佛悬在空中，就在船中老人的头顶上。接着，它轰的一声掉进水里，浪花溅了老人一身，溅了一船。

就这样，鱼被杀死了。老人"把它拴在船头、船尾和中间的坐板上。这条鱼可真大，像是在船边绑上了一条大得多的船。他割下一截钓绳，把鱼的下颚跟它的尖嘴绑在一起，让它张不开嘴巴，船就可以顺顺当当地行使了。接着他竖起桅杆，装上那根当鱼钩用的棍子和下桁，张起带补丁的帆，船开始移动了，他半躺在船尾向西南方驶去"，开始回家。

但故事到此并没有结束，马林鱼流出的血招来了鲨鱼的攻击，经历过一番恶斗之后，它们把马林鱼肉吃了个精光，最后，老人只带着马林鱼的骨架回到了家。新编的高中语文教材也节选了《老人与海》的精彩片段，但限于篇幅，选的是老人和鲨鱼搏斗的场景，事实上老人与马林鱼搏斗的场景

137

海明威《老人与海》
对决人生：士兵、间谍、作家、水手

更为精彩。

在这个结局中，海明威或许还有一层意思想要表达：不管人怎么去奋斗，最终都要面临死亡，人生终究是一场徒劳，但是他毕竟奋斗过了。

在写给朋友沃勒斯·梅耶的信中，海明威说：

我知道这是我有生以来写得最好的书；我想，拿它和别的好作品并列，别的作品会黯然失色。我会尽量往好了写，但这是个艰巨的工作。

博尔赫斯《恶棍列传》《小径分岔的花园》

博尔赫斯的叙事迷宫

豪尔赫·路易斯·博尔赫斯（Jorge Luis Borges, 1899—1986），阿根廷诗人、小说家、散文家、翻译家，被誉为作家中的考古学家。生于布宜诺斯艾利斯一个有英国血统的律师家庭。在日内瓦上中学，在剑桥上大学。掌握英、法、德等多国文字。作品涵盖多个文学范畴，包括短文、随笔小品、诗、文学评论、翻译文学。其中以拉丁文隽永的文字和深刻的哲理见长。

《恶棍列传》是博尔赫斯首部短篇小说作品集，1935年出版，讲述世界各地"恶棍"的故事，既有美国南方的奴隶贩子、纽约黑帮头目，也有冒名顶替望族子弟的英国流浪汉，甚至包括日本江户幕府时代侮辱赤穗藩主而最终被复仇的掌礼官吉良上野介、中国清朝的女海盗金寡妇。真实的历史背景，与作者的想象交织在一起，刻画出芜杂的社会角落里生长出来的一个个"反英雄"形象。

《小径分岔的花园》是1941年出版的短篇小说集，收录小说七篇，其中《小径分岔的花园》这一篇是博尔赫斯的短篇小说代表作，被称为后现代主义文学的重要作品。作品在玄学动机与侦探小说之间创设一个气氛上的过渡带，同时确立一种形式上的对位关系。"小径分岔的花园"既可以化作对玄学时间的美学表现，又可以为侦探故事加设扑朔迷离的线条，博尔赫斯设计出玄学小说与侦探故事的同构形式：在"象征性的迷宫"中写下一句表达时间观的主题词，"我把我小径分岔的花园留给多种未来"。凭这种方式，博尔赫斯把一座象征性的迷宫安置在一座真正的迷宫里，将一个经过微缩的时间花园"隐匿"在一个实际可感的空间花园中，巧妙地融合了通俗的侦探故事与费解的玄学动机。

博尔赫斯生于1899年，他的同龄人有两位非常著名，一位是老舍，一位是川端康成。后两位先后自杀身亡，博尔赫斯寿命最长。但他患有遗传性的高度近视，中年以后几乎失明，虽是图书馆馆长，坐拥一整个图书馆，却不能读书。同时，他被称为拉丁美洲的三大诗人之一，另两位是墨西哥诗人帕斯和智利诗人聂鲁达。帕斯是墨西哥最为知名的诗人，这是帕斯写的一首情诗《你的眼睛》：

你的眼睛是闪电和泪水的家乡，

会说话的沉寂，

无风的暴雨，无浪的海洋，

笼中的鸟儿，驯服的金色猛兽，

真理般冷漠的黄玉，

林中清澈的秋天，那里的树叶全是鸟儿，

那里的阳光在树的肩头唱歌，

清晨布满目光的海滩，

盛着火一样的果实的篮筐，

维持生命的谎，

今世的明镜，冥府的门廊，

大海在中午安详的脉搏，

会眨动的至高无上，

山野蛮荒。

这是一首十四行诗，有着非常严谨的结构。这首诗有一

博尔赫斯

个好处，它通篇都是比喻，把"你的眼睛"比喻成各种东西，一直比喻到底，共有十余个比喻，属于超级博喻，通过描述情人的眼睛，来展现情人的性格和自己对她的深情。

聂鲁达是最早被翻译到中国的拉丁美洲作家之一，他是一个坚定的共产主义者。有一部电影叫《追捕聂鲁达》，讲的就是智利的独裁政府追捕聂鲁达的过程，直到聂鲁达流亡海外。《邮差》是另外一部关于聂鲁达的电影，改编自拉丁美洲的小说《邮差》，讲他流亡到意大利后帮助邮差追求恋人，教他写情诗的过程，被称为"意大利三部曲"之一。

事实上，博尔赫斯的爱情故事最为离奇曲折，他到了快70岁的时候才第一次结婚，之前经历了一个漫长的爱情长跑。这些经历非常适合改编成电影，可惜目前并没有相关作品。聂鲁达是个胖子诗人，他的情诗写得非常好，当然他有更多体现共产主义理想的诗歌，但在中国被接受的主要是他的情诗，最著名的作品便是诗集《二十首情诗和一首绝望的歌》。这部诗集收录的其实不只是21首诗，南海出版公司出版的《二十首情诗和一首绝望的歌》还收录了《船长的歌》和100首爱的十四行诗，他的十四行诗写得非常深情。

博尔赫斯也有写情诗，但不是聂鲁达这种非常直白的情诗，他的诗风，我们称之为文人诗。他写阿根廷的历史，写他的家族和一些他自己比较感兴趣的题材，写得特别有味道。

《贝隆夫人》是20世纪90年代的一部著名电影，由音乐剧改编而成。大家可以通过这部电影多少了解一下博尔赫斯所生活的时代背景。贝隆夫人是阿根廷当时的第一夫人，她的丈夫胡安·贝隆和博尔赫斯的关系非常差，可以说，博尔赫斯是一个彻彻底底的反贝隆主义者：

在贝隆统治时期，博尔赫斯多次不惜用最尖刻的语言怒骂贝隆与埃娃·贝隆。在美国接受采访的时候，人们问他对贝隆的看法，他说，"百万富翁们的事我不感兴趣"；人们又问他对埃娃·贝隆的看法，他说"婊子们的事我也不感兴趣"。（滕威《作为"文化英雄"的博尔赫斯》）

因为反贝隆，博尔赫斯就走向了贝隆的敌人——魏地拉将军，此人也是一个独裁者：

一九七六年三月，当贝隆的第二任妻子伊莎贝尔·贝隆被推翻，博尔赫斯公开对军事政变者魏地拉将军表示支持，并应邀与之共进午餐。但是魏地拉上台之后，就对民主进步人士进行有系统的迫害和残杀，据国际人权组织估计，至少有三万人遇害和失踪——这正是阿根廷历史上黑暗的"肮脏

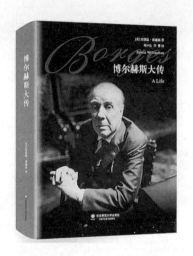

埃德温·威廉森《博尔赫斯大传》，华东
师范大学出版社

战争"时期。(同上)

此后博尔赫斯虽然与他们渐行渐远，但没有及时切割开
来，这就导致他始终未能获得诺贝尔文学奖。

博尔赫斯的生平故事可详见埃德温·威廉森的《博尔赫
斯大传》。这部传记有个特点，喜欢生拉硬扯，把博尔赫斯
的每部作品都和他的情感经历结合起来。这段情感经历便是
博尔赫斯和诺拉兰格的故事。博尔赫斯带女友诺拉兰格去见
自己的文学偶像，然而女友却爱上了这位前辈，博尔赫斯于
是成了一个"备胎"，深陷三角恋的泥潭。这段情感经历对
博尔赫斯的文学创作影响深远。

在博尔赫斯身后，秘鲁诗人略萨评价他称：

博尔赫斯不仅是当今世界最伟大的文学巨匠，而且还是

一位无与伦比的创造大师。正是因为博尔赫斯，我们拉丁美洲文学才赢来了国际声誉。他打破了传统的束缚，把小说和散文推向了一个极为崇高的境界。

美国文学批评家苏珊·桑塔格则称：

> 如果有哪一位同时代人在文学上称得起不朽，那个人必定是博尔赫斯。他是他那个时代和文化的产物，但是他却以一种神奇的方式知道如何超越他的时代和文化。他是最透明的也是最有艺术性的作家。对于其他作家来说，他一直是一种很好的资源。

"超越他的时代和文化"这样的评价其实带有一点贬义，包括阿根廷人称博尔赫斯为"作家中的作家"也不全是赞誉，因为博尔赫斯的小说很少反映阿根廷的社会现实。他不像马尔克斯那样去写哥伦比亚的千日战争和香蕉工人大屠杀，揭露社会上的阴暗面，他的作品大多取材于欧洲文学的传统，比如但丁的《神曲》，这样子就使人觉得他是超越时代、超越现实的作家，所以被称为"作家中的作家"。由于博尔赫斯晚年失明，所以阿根廷一些左翼作家都认为他的"瞎"有着双重含义，另一重含义就是指他看不见阿根廷社会现实的生活。

这里介绍的是博尔赫斯的两部小说集《恶棍列传》和《小径分岔的花园》，当然，限于篇幅，各只择取了有代表性的一篇小说来讲。《恶棍列传》出版得较早，那个时候还不甚成熟，《小径分岔的花园》则是他的代表作，刚出版的时候，当时的批评家，至少是拉丁美洲的这些作家是不大买账的，认为这个小说集故作高深，比较做作，但是后来慢慢地

145

博尔赫斯《恶棍列传》《小径分岔的花园》
博尔赫斯的叙事迷宫

《恶棍列传》与《小径分岔的花园》，上海译文出版社

大家就接受了，成了他的代表作。

博尔赫斯的"中国盒子"

当代诗人西川在《博尔赫斯借给我们一个眼光》一文中介绍了博尔赫斯作品的特点：

博尔赫斯典型的写作结构叫作"中国盒子"，就是一个大盒子打开里面还有一个盒子，再打开里面还有一个盒子，再打开里面还有一个盒子……博尔赫斯小说结构里面经常有中国盒子的东西，这给中国当时的小说写作带来很大的启发。这种叙事不是过去那种写实的叙事，不是某一个线条、从一个起点到终点的叙事，它是一环套一环，里面有圈套的叙事。

"中国盒子"更恰当的说法似应是俄罗斯套娃。《小径分岔的花园》虽然只有几千字，但它包含了五重盒子。学者戴冰分析道：

小说的核心部分一共套在五个盒子里：第一个盒子是一部由利德尔·哈特写的《欧洲战争史》；第二个盒子是德国间谍、青岛大学前英语教师余准博士一篇没有开头的证词；第三个盒子是著名汉学家艾伯特；第四个盒子是余准博士的祖先彭㝡；第五个盒子是彭㝡的小径分岔的花园，这一切之后才是博尔赫斯真正想要呈现给读者的礼物，关于时间的一种观念。(《穿过博尔赫斯的阴影》)

这里的《欧洲战争史》写的应该是第一次世界大战；德国间谍余准就是这个小说的叙述者，小说是以他的口吻来写的；汉学家艾伯特是余准在电话簿上找到的，因为他的名字和他们准备轰炸的城市同名；第四个盒子则是艾伯特的研究对象——余准博士的祖先云南总督彭㝡；第五个盒子就是彭㝡在创作的小说和建造的迷宫。艾伯特最终研究明白了造迷宫和写小说实际上是一回事儿。这五个盒子全部打开以后，小说的谜底就打开了。前面这几个盒子说白了都是一些伎俩、一些技巧，第五个盒子揭示了小说的主题，主题就是关于时间的一种观念，空间是时间的一种表现形式，写小说就是造迷宫，构造关于时间的迷宫。读这篇小说，如果都在前面几个盒子里打转，那就是误读了。

第一重盒子中的《欧洲战争史》是李德·哈特的作品，他的代表作基本都引进出版了，包括《第一次世界大战战史》《第二次世界大战战史》《战略论：间接路线》。博尔赫斯在小说中把它作为第一层盒子，是因为李德·哈特撰写的战争史属于人们比较认同的正史，而关于青岛大学的前英语教师余准的内容则是博尔赫斯虚构的，属于"稗官野史"，它刚好构成了对正史的一个补充。小说是这样写的：

利德尔·哈特写的《欧洲战争史》第二百四十二页有段记载，说是十三个英国师（有一千四百门大炮支援）对塞尔-蒙托邦防线的进攻原定于1916年7月24日发动，后来推迟到29日上午。利德尔·哈特上尉解释说延期的原因是滂沱大雨，当然并无出奇之处。青岛大学前英语教师余准博士的证言，经过记录、复述、由本人签名核实，却对这一事件提供了始料不及的说明。证言记录缺了前两页。

第二重盒子就把这篇小说变成了间谍小说。他在小说中写道：

……我挂上电话听筒。我随即辨出那个用德语接电话的声音。是理查德·马登的声音。马登在维克托·鲁纳伯格的住处，这意味着我们的全部辛劳付诸东流，我们的生命也到了尽头——但是这一点是次要的，至少在我看来如此。这就是说，鲁纳伯格已经被捕，或者被杀。在那天日落之前，我也会遭到同样的命运。马登毫不留情。说得更确切一些，他非心狠手辣不可。作为一个听命于英国的爱尔兰人，他有办事不热心甚至叛变的嫌疑，如今有机会挖出日耳曼帝国的两名间谍，拘捕或者打死他们，他怎么会不抓住这个天赐良机，感激不尽呢？……多少年来平平静静，现在却出了事；天空、陆地和海洋人数千千万万，真出事的时候出在我头上……马登那张叫人难以容忍的马脸在我眼前浮现，驱散了我的胡思乱想。我又恨又怕（我已经骗过了理查德·马登，只等上绞刑架，承认自己害怕也无所谓了），心想那个把事情搞得一团糟、自鸣得意的武夫肯定知道我掌握秘密。

英国间谍理查德·马登杀掉了德国间谍鲁纳伯格，余准自感也会被逮捕，他要在被捕之前，把信息传递出去。中国先锋小说家残雪著有《解读博尔赫斯》一书，她比较关注这位英国间谍马登，她认为马登代表了死神，余准代表了博尔赫斯。死神紧跟着每一个人，人们要在死神到来之前完成他的使命，所以余准的间谍使命就变成了博尔赫斯的文学使命的一个隐喻。她通篇都是用这种哲学来解读博尔赫斯，把他所有的小说都理解成有一个隐喻，博尔赫斯必须要用文学作品来证明他的存在，这看上去多少有点牵强附会的味道。

值得一提的是，博尔赫斯对侦探小说特别感兴趣。他在《博尔赫斯，口述·侦探小说》一文中追溯了侦探小说的历史：

所有这些都反映在爱伦·坡写的第一篇侦探故事里，但他懵然不知他已开创了一种新的文学体裁，这部书的名字叫《莫格街谋杀案》。爱伦·坡不希望侦探体裁成为一种现实主义的体裁，他希望它是机智的，也不妨称之为幻想的体裁，是一种充满智慧而又不仅仅是想象的体裁；其实这两者兼而有之，但更突出了智慧。

他认为："应当捍卫本不需要捍卫的侦探小说（它已受到了某种冷落），因为这一文学体裁正在一个杂乱无章的时代里拯救秩序。这是一场考验，我们应该感激侦探小说，这一文学体裁是大可赞许的。"在我们这个混乱不堪的年代里，还有某些东西仍然默默地保持着传统美德，那就是侦探小说；因为找不到一篇侦探小说是没头没脑，缺乏主要内容，没有结尾的。"

为什么他会这么说呢？因为当时法国有一个文学流派叫"新小说"，"新小说"不讲故事情节，还有些现代小说，比如卡夫卡的长篇小说，则都没有结尾。博尔赫斯认为，小说可以用技巧写得让人看不懂，但还是应该有开头、有结尾、有完整的故事情节。

博尔赫斯非常喜欢福尔摩斯，还写过一首很长的诗作《歇洛克·福尔摩斯》：

他不是出自母腹也没有祖辈先人。
跟亚当和吉哈诺的情况一模一样。
他是应运而生的。不同的读者的好恶
直接或间接地决定着他的形象。

他出世，因为有人要讲他的故事；
他死去，因为梦见过他的人将他忘记。
这样概括他的生死一点儿都没错。
他的虚妄比清风有过之而无不及。

他有着童子之身。不懂合欢。没有爱过。
他充满阳刚之气，却把男女之事摈弃。
他住在贝克大街，孑然一身，孤独不群。
他还缺少另外一种本事，就是忘却的技艺。

一位爱尔兰人将他造出却又并不喜欢,

据说,一直想置他于死地而未能成功。

那个性情孤僻的家伙手持放大镜

继续对一个个暴力案件进行奇特的追踪。(节选)

在另一篇小说《赫伯特·奎因作品分析》里,他还提到了阿加莎·克里斯蒂:

赫伯特·奎因在爱尔兰的罗斯科门去世;《泰晤士报》文学副刊仅用半栏篇幅追记他的生平,其中赞扬之词都经过矫正(或者仔细斟酌),我看了不免有点惊讶。相关的一期《旁观者报》刊登的死者传略不那么简略,措辞或许也比较真诚,但是把奎因的第一本书——《迷宫中的上帝》——同阿加莎·克里斯蒂夫人的一部作品相比,把他的别的书同格特鲁特·斯坦的作品相提并论:谁都不会认为那种比较是必不可少的,死者地下有知也不见得高兴。

这篇小说也收入了《小径分岔的花园》,赫伯特·奎因是博尔赫斯虚构的一个侦探小说家,原型是20世纪40年代美国推理小说的代表性人物埃勒里·奎因,这是两兄弟合用的笔名。有人称博尔赫斯的作品是"玄学推理小说",其实并不恰当,真正的推理小说博尔赫斯只写过一篇。博尔赫斯就是一位文艺小说家,他只是喜欢侦探小说这种通俗小说的形式而已。

第三重盒子就是汉学家艾伯特。汉学家是研究中国文化的外国人,最著名的汉学家就是费正清,民国时期就在北京大学的前身燕京大学研究中国文化。小说里面说这个艾伯特是余准从电话号码簿中找到的,他找到艾伯特并杀死了他:

艾伯特站起身。他身材高大，打开了那个高高柜子的抽屉；有几秒钟工夫，他背朝着我。我已经握好手枪。我特别小心地扣下扳机：艾伯特当即倒了下去，哼都没有哼一声。我肯定他是立刻丧命的，是猝死。

……马登闯了进来，逮捕了我。我被判绞刑。我很糟糕地取得了胜利：我把那个应该攻击的城市的保密名字通知了柏林。昨天他们进行轰炸；我是在报上看到的。报上还有一条消息说著名汉学家斯蒂芬·艾伯特被一个名叫余准的陌生人暗杀身死，暗杀动机不明，给英国出了一个谜。柏林的头头破了这个谜。他知道在战火纷飞的时候我难以通报那个叫艾伯特的城市的名称，除了杀掉一个叫那名字的人之外，找不出别的办法。他不知道（谁都不可能知道）我的无限悔恨和厌倦。

为什么余准感到了无限悔恨呢？博尔赫斯写了一首诗《间谍》可以解释：

有人在火热的战斗中

为祖国献出了生命，

大理石碑镌刻下了他们的英名。

我却默默地在自己仇视的城市里游荡。

我为祖国做了另外的事情。

我失去了廉耻，

背弃了把自己当作朋友的人们，

拖人下水出卖良心，

憎恶祖国的称谓。

我自认是个卑鄙小人。

间谍的幽微心理由此可见一斑。约翰·勒卡雷的一部间谍小说被翻拍成英剧，叫《女鼓手》，讲的是以色列的特工摩萨德在英国招募了一名英国大学生，让她牺牲色相去引诱巴勒斯坦的恐怖分子，最后抓获了巴勒斯坦恐怖分子的头目。这个作品被称为英剧版的《色·戒》，但是结局有所不同。看这部英剧，可以体会到一些间谍的心理。

先锋小说家格非比较关心艾伯特这个人，他在《博尔赫斯的面孔》一文中写道：

故事讲到这里，我们忽然发现，一个与事件原本毫无关系的人，阿伯特，已经被硬拉进了这个事件中来了，并成了某种关键的因素，具有荒诞意味的是，这个阿伯特对此一无所知。博尔赫斯在这篇小说中有一句非常重要的话，重复了多次："未来提前存在。"我们也可以说，在这名间谍在电话簿上查到阿伯特的住址的那一刻，阿伯特在某种意义上已经死了。博尔赫斯在此揭示了个人命运的荒诞逻辑。……如果说博尔赫斯有什么特别，我觉得最重要的是，他的隐喻及其方式基本上不是以现实生活为材料，而是选择了书籍，如果说博尔赫斯有一点神秘和难以理解也仅仅是因为我们在面对博尔赫斯的隐喻时，缺乏那么一点知识基础和背景。他的文体纷繁复杂，技巧深邃老练，但他的语言还是相当清晰的，甚至带有古典主义的含蓄和优雅。

他观察的角度不一样，关心的是第三重盒子而不是第五重盒子。他指出了艾伯特命运的荒诞意味，他被杀了，但根本不知道自己为什么被杀，他认为博尔赫斯在此揭示了个人命运的荒诞逻辑。这是格非的误读，这不是博尔赫斯想要的表达效果。第三层重子只是这篇小说的花招，不是正题。

第四重盒子是彭冣的花园，小说中写道：

小孩叫我老是往左拐，使我想起那就是找到某些迷宫的中心院子的惯常做法。我对迷宫有所了解：我不愧是彭冣的曾孙，彭冣是云南总督，他辞去了高官厚禄，一心想写一部比《红楼梦》人物更多的小说，建造一个谁都走不出来的迷宫。他在这些庞杂的工作上花了十三年工夫，但是一个外来的人刺杀了他，他的小说像部天书，他的迷宫也无人发现。

这里有两个小失误。首先，彭冣是余准的曾祖父，如果按照中国人的习惯，他应该跟余准同姓，博尔赫斯可能不太了解中国的姓氏文化。其次，清代没有云南总督。云南是一个省，省长应该叫云南巡抚，另外有一个云贵总督，总管云南和贵州两个省的军政，但这里翻译成云南总督，其实就不准确了。

博尔赫斯写过两首叫《迷宫》的诗，其一如下：

永远找不到门。你在里面
城堡包罗着整个宇宙，
既无正面，也无反面，
没有外墙，也没有秘密的中心。
你越趄前行，脚下的路
执拗地岔到另一条，
再执拗地岔到另一条，
你休想找到尽头。你的命运已经铁定，
正如裁判你的人那样毫不容情。
你不必提防公牛的阻截，

那个牛头人身的怪物

给错综复杂的石砌迷宫

增添了许多恐怖。

根本不存在。你不必等待。

即使在昏暗中也没有猛兽。

《博尔赫斯大传》的作者用弗洛伊德的性心理学去解读这两首诗。他认为所谓的"找不到门",是找不到情感的出路,这个迷宫就变成了感情的迷宫。其实在此博尔赫斯依然是用迷宫隐喻时间,迷宫本身是用空间的形式呈现出来的,但是他想通过空间的形式来表现对时间的思考。

残雪在《解读博尔赫斯》中把博尔赫斯的作品跟卡夫卡的作品作了比较,认为两人都是文学上的先行者,她说:"没有比博尔赫斯更具有艺术形式感的作家了。读者如要进入他的世界,就必须也懂得一点心灵的魔术,才能弄清那座迷宫的构图,并同他一道在上下两界之间作那种惊险的飞跃。否则的话,得到的将都是一些站不住脚的、似是而非的印象和结论。"她所说的这种形式感用"艺术形式感"来称呼其实不大准确,它其实就是一种文体感,略萨指出博尔赫斯借鉴的就是欧洲作家写作随笔的传统形式感。博尔赫斯的小说,在文学形式上更像是随笔。

第五重盒子便是彭冣的小说。博尔赫斯在小说中借艾伯特的嘴说道:

"一座象征的迷宫,"他纠正我说。"一座时间的无形迷宫。我这个英国蛮子有幸悟出了明显的奥秘。经过一百多年之后,细节已无从查考,但不难猜测当时的情景。彭冣有一

博尔赫斯《恶棍列传》《小径分岔的花园》
博尔赫斯的叙事迷宫

次说：我引退后要写一部小说。另一次说：我引退后要盖一座迷宫。人们都以为是两件事；谁都没有想到书和迷宫是一件东西。……"

……

"……很自然，我注意到这句话：我将小径分岔的花园留诸若干后世（并非所有后世）。我几乎当场就恍然大悟；小径分岔的花园就是那部杂乱无章的小说；若干后世（并非所有后世）这句话向我揭示的形象是时间而非空间的分岔。我把那部作品再浏览一遍，证实了这一理论。……"

到此，这部小说思考的主题就揭示出来了，那就是"时间"。博尔赫斯有一篇口述随笔，就叫《时间》，他写道：

这就是说，时间是个根本问题。我想说我们无法回避时间。我们的意识在不停地从一种状况转向另一状况，这就是时间，时间是延续不断的。我相信柏格森说过：时间是形而上学的首要问题。这个问题解决好了，一切都迎刃而解。

因而博尔赫斯十分喜欢古希腊哲人赫拉克利特，也喜欢他那句名言"人不能两次踏进同一条河流"。他接着写道：

为什么人不能两次踏进同一条河流？首先，因为河水是流动的。第二，这使我们触及了一个形而上学的问题，它好像是一条神圣而又可怕的原则，因为我们自己也是一条河流，我们自己也是在不停地流动。这就是时间问题。这就是转瞬即逝的问题：光阴似箭。

……

我们在持续不断地出生和死亡。因此时间问题成了比其他形而上学的问题与我们关系更加密切的问题，因为其他问题都是抽象的，而时间问题则是我们自己的问题。我是谁？我们每一个人是谁？我们是谁？也许我们有时知道，也许不知道。与此同时，诚如圣奥古斯丁所说，我的灵魂在燃烧，因为我想知道时间是什么。

博尔赫斯早年的诗作《诗艺》中也体现了他对于时间的思考：

> 眼望着时光和流水汇成的长河
> 并想到岁月本身也是一条大川；
> 知道我们都像那江河似的流去
> 而一个个面庞则都如逝水一般。
> ……
> 艺术也像是那奔腾不息的大河，
> 涌流而不去，永远都是那同一个
> 无常的赫拉克利特的晶体，不变
> 又有变，就像那奔腾不息的大河。

从这首诗可以看出，博尔赫斯的诗歌还是很传统的，他的绝大多数诗歌都是像豆腐块一样的作品，属于比较整齐的格律诗。

学者戴冰在《穿过博尔赫斯的阴影》中逐篇解读了博尔赫斯的部分小说，他的论述可以作为对这篇小说的一个小结：

第一个问题，是什么促使博尔赫斯如此急迫而执着地想讨论有关时间的问题？我想说是对存在的困惑……

第二个问题，是什么促使博尔赫斯《小径分岔的花园》里近乎疯狂地想要设置一个同时并存着全部时间和无限可能性的花园？我想说，是对永恒存在的渴求……

第三个问题，是什么促使博尔赫斯最终又终止了对这一可能性的继续设想？……我们永远不可能到达无限，我们只能无限地表达我们对无限的向往。……是对存在的困惑，对永恒存在的渴望，以及存在注定被消解的命运促使博尔赫斯写下了那些浩繁的篇章。

略萨在《博尔赫斯的虚构》的演讲中总结了博尔赫斯特别喜欢的一些主题，排在第一位的就是时间，其次还有本体、梦、游戏、真实性、双重性和永恒性等。余华有一篇文章《博尔赫斯的现实》，可与略萨的演讲对读，这篇文章对博尔赫斯的误读比较严重，其实博尔赫斯是不大关心社会现实的。他所关心的往往是比较抽象的形而上学问题，例如小说《永生》中所思考的永恒性的问题：

一九二九年六月上旬，土耳其伊兹密尔港的古董商约瑟夫·卡塔菲勒斯在伦敦给卢辛其公主看看蒲柏翻译的《伊利亚特》小四开六卷本（1715—1720）。公主买了下来；接书时，同他交谈了几句。……十月份，公主听宙斯号轮船的一个乘客说，卡塔菲勒斯回伊兹密尔途中身死，葬在伊俄斯岛。《伊利亚特》最后一卷里发现了这份手稿。

这是博尔赫斯的小说《永生》的开头。博尔赫斯的小说，往往第一段非常重要，读懂第一段才能读懂这篇小说。但是大家又很容易把它当作第一重盒子给跳过去，因为它看上去跟故事情节没有太大关系。《永生》第一段写到的古董商约瑟夫·卡塔菲勒斯就是小说正文部分里的永生者，看懂了这个才能看懂这篇小说。但是，小说中又没有直接告诉读者这个永生者就是小说主人公鲁夫，需要读者去解读，需要把各种线索凑起来去猜谜。主人公鲁夫要去寻找永生者之城，他寻找到了以后就永生了，但后来他又想死了，因为"死亡（或它的隐喻）使人们变得聪明而忧伤。他们为自己朝露般的状况感到震惊；他们的每一举动都可能是最后一次；每一张脸庞都会像梦中所见那样模糊消失。在凡夫俗子中间，一切都有无法挽回、覆水难收的意味。与此相反，在永生者之间，每一个举动（以及每一个思想）都是在遥远的过去已经发生过的举动和思想的回声，或者是将在未来屡屡重复的举动和思想的准确的预兆"。所以永生者反而失去了活着的意义，永生者反而想死。最后他想既然有永生者之河，那么必然有死亡之河，于是他就去寻找死亡之河，果然找到了，他终于可以赴死了。这就是博尔赫斯关于永恒的思考。

159

拉丁美洲的恶棍传奇

小说集《恶棍列传》里面讲到的恶棍中有一部分原型是阿根廷的黑社会，在拉丁美洲，黑社会团伙一直很猖獗，他们被叫作"玩飞刀的汉子"，罗伯特·罗德里格斯的黑帮片《墨西哥三部曲》呈现的就是拉丁美洲的暴力美学。

《博尔赫斯大传》中记录，博尔赫斯"一直着迷的一个主题就是决斗，两个对手相互争夺霸权。……决斗成了通过消灭对手来维护自己身份的这种渴望的比喻，尽管博尔赫斯经常在最后表明，胜利者自己最多也只是他的受害者的镜

博尔赫斯《恶棍列传》《小径分岔的花园》
博尔赫斯的叙事迷宫

像"。这或许与他的成长环境有关。他的母亲活了90多岁，在他70多岁的时候才过世，她对博尔赫斯的控制欲非常强，博尔赫斯跟她缠斗了大半辈子，他在爱情上的失败跟他母亲的强势也很有关系。在博尔赫斯的小说里，以决斗为主题的就有两篇，最著名、最成功的就是第一部小说集《恶棍列传》的最后一篇《玫瑰角的汉子》。

这篇小说反复修改了几十次，因为博尔赫斯要模仿黑社会的口吻、腔调来写。这篇小说很多人没看懂，包括《博尔赫斯大传》的作者。小说中的"我"并不是博尔赫斯本人，如果将之理解为博尔赫斯，就完全误读了。实际上小说中的这个"我"是当地的黑社会老大堂·尼古拉斯·帕雷德斯，他在给博尔赫斯讲这个故事，博尔赫斯就以他的口吻把这个故事写下来：

既然问起已故的弗朗西斯科·雷亚尔，我就谈谈吧。这里不是他的地盘，他在北区瓜达卢佩湖和炮台一带比较吃得开，不过我认识他。我只跟他打过三次交道，三次都在同一个晚上，那晚的事我怎么都不会忘记，因为那卢汉娘儿们在我家过夜，罗森多·华雷斯离开了河镇，再也没有回来。

小说中说"我只跟他（雷亚尔）打过三次交道"，但我们在这篇小说里只能找到两次。第三次就是雷亚尔被"我"给杀掉了，"我"在打马虎眼，而且这三次交道都在同一个晚上。"卢汉娘儿们"是酒吧里的一个妓女，是罗森多·华雷斯的女朋友，罗森多·华雷斯就是玫瑰角的汉子。当天晚上雷亚尔来到了这个酒吧，他想找人决斗，就去挑衅华雷斯。华雷斯是当地黑社会的小头目，他拒绝了决斗，离开了这个河镇，去乌拉圭赶大车去了，他的女朋友就跟这个雷亚尔出去了。"卢汉娘儿们"翻译得非常好，符合黑社会切口的语言风格，有人把它翻译成一个人名，那是不合适的。黑社会头目"我"在这天晚上跟卢汉娘儿们合伙杀了雷亚尔，并且互相掩护对方。雷亚尔一开始出场的时候是非常嚣张、霸气的，死的时候却非常窝囊，被直接从窗户扔到河里面去了，这条河又比喻了时间，是时间把这个壮汉给带走了。博尔赫斯自认为这篇小说获得了神秘的成功。

博尔赫斯写过一篇随笔《布宜诺斯艾利斯的巴勒莫》，巴勒莫位于布宜诺斯艾利斯的北郊，博尔赫斯在这里长大，他写的就是这里的黑社会。他和当地的黑社会老大堂·尼古拉斯·帕雷德斯关系非常好，这个人经常给他讲些黑社会的故事，其中掺杂了很多谎话。

小说里接着说：

你们没有这方面的经历，当然不会知道那个名字，不过打手罗森多·华雷斯是比利亚·圣丽塔一个响当当的人物。他是玩刀子的好手，跟堂·尼古拉斯·帕雷德斯一起，帕雷德斯则是莫雷尔那一帮的……村里的年轻人模仿他的一举一动，连吐痰的架式也学他的。可是罗森多真有多少分量，那晚上叫我们掂着了。

最后一句为什么这么说呢？因为雷亚尔一出场，罗森多就被吓跑了。雷亚尔的出场是这样的：

一辆红轱辘的出租马车挤满了人，沿着两旁是砖窑和荒地的巷子，在软泥地上颠簸驶来。两个穿黑衣服的人不停地弹着吉他，喧闹招摇，赶车的甩着鞭子，哄赶在白花马前乱

161

博尔赫斯《恶棍列传》《小径分岔的花园》
博尔赫斯的叙事迷宫

窜的野狗，一个裹着斗篷的人不声不响坐在中间，他就是赫赫有名的牲口贩子弗朗西斯科·雷亚尔，这次来找人打架拼命。

"我"第一次与他交锋的场景如下：

门给撞开时正好打在我身上。我心头无名火起，向他扑去，左手打他的脸，右手去掏那把插在马甲左腋窝下的锋利的刀子。可是这一架没有打起来。那人站稳脚，双臂一分，仿佛拨开一个碍事的东西似的，一下子就把我撂到一边。我踉跄几步，蹲在他背后，手还在衣服里面，握着那把没有用上的刀子。

162

可见如果没有卢汉娘儿们的帮助，他肯定是杀不死雷亚尔的。最后是卢汉娘儿们吸引了雷亚尔的注意力，才让"我"得手，把雷亚尔捅死了。

雷亚尔寻衅滋事，罗森多没有接受挑战，他"双手接过刀，用手指试试刀刃，似乎从没有见过似的。他突然朝后一仰，扬手把刀子从窗口扔了出去，刀子掉进马尔多纳多河不见了"。之后罗森多得到了一匹好马，就去乌拉圭赶大车了。过了将近五十年，博尔赫斯又写了一篇小说《罗森多·华雷斯的故事》，才交代清楚他当年没有接受挑战而离开的因由。下面的部分都是谎话：

那卢汉娘儿们垂下双手，失魂落魄地望着他。大伙都露出询问的神情，她终于开口了。她说，她跟牲口贩子出去之后，到了一片野地上，突然来了一个不认识的男人，非找他打架不可，结果捅了他一刀，她发誓说不知道那个人是谁，反正不是罗森多。可谁会信她的话？

杀了雷亚尔的到底是谁呢？大家都不知道，便觉得是卢汉娘儿们杀的，结果"我"又站出来替她说话："你们大伙看看这个女人的手，难道她有这份气力和狠心捅刀子吗？"两个人互相掩护着就遮掩过去了。

雷亚尔的结局很凄惨：

大家七手八脚把他抬起来，身上一些钱币和零星杂物全给掏光，有人捋不下戒指，干脆把他的手指也剁了下来。先生们，一个男子汉被另一个更剽悍的男子汉杀死之后，毫无自卫能力，只能听任爱占小便宜的人摆弄，扑通一声，混浊翻腾、忍辱负重的河水便把他带走了。

接着来看小说的结尾，尤其是最后那句话：

我家离这里有三个街区，我悠闲地溜达回去。窗口有一盏灯光，我刚走近就熄灭了。我明白过来之后，立刻加紧了脚步。博尔赫斯，我又把插在马甲左腋窝下的那把锋利的短刀抽出来，端详了一番，那把刀跟新的一样，精光锃亮，清清白白，一丝血迹都没有留下。

很多人把"博尔赫斯，我……"理解成了博尔赫斯自述，其实是这个"我"在讲故事，博尔赫斯是他讲话的对象，而不是叙述者，这个小伎俩把写作《博尔赫斯大传》的英国学者都给欺骗了。

在五十年后写作的《罗森多·华雷斯的故事》中，博尔赫斯做了一些解释。故事很简单，平铺直叙：

先生，您不认识我，至多听人提起过我的名字，可我认识您。我叫罗森多·华雷斯。已故的帕雷德斯也许同您谈起我。那个老家伙自有一套，他喜欢撒谎，倒不是为了诓人，而是和人家开玩笑。我们现在闲着没事，我不妨把那晚真正发生的事讲给您听。就是科拉雷罗被杀那晚的事。先生，您已经把那件事写成了小说，我识字不多，看不了，但传说走了样，我希望您知道真相。

华雷斯揭开了谜底，杀人的是帕雷德斯，并且推翻了前一篇小说的叙述，颇有些"罗生门"的意味。他说，自己离开的原因是厌倦了刀口上的生活。在更早的时候，华雷斯卷入了一起命案：

加门迪亚脚下给石块绊了一下摔倒了，我想也没想就扑了上去。我一刀拉破了他的脸，我们扭打在一起，难解难分，我终于捅到了他的要害，解决了问题。事后我发现我也受了伤，但只破了一点皮肉。那晚我懂得杀人或者被杀并不是难事。小河很远；为了节省时间，我把尸体拖到一座砖窑后面草草藏起。我匆忙中捋下他手上的一枚戒指，戴到自己手上。

华雷斯没有想到，就是因为这个戒指，他被警察抓住了，但警察并没有给他定罪：

一切都很顺利；老天知道该干什么。加门迪亚的死起初给我找了麻烦，现在却为我铺了一条路。当然，我现在给捏在当局的掌心。假如我不替党办事，他们会把我重新关进去，不过我有勇气，有信心。

华雷斯从此成为警察的打手：

在莫隆以及后来在整个选区，我没有辜负头头们的期望。警察局和党部逐渐培养了我作为硬汉的名气，我在首都和全省的竞选活动中是个不可多得的人物。当时的竞选充满暴力；先生，我不谈那些个别的流血事件了，免得您听了腻烦。那些激进派叫我看了就有气，他们至今还捧着阿莱姆的大腿。人人都尊敬我。我搞到一个女人，一个卢汉娘儿们，和一匹漂亮的栗色马。

就这样过了一段时间，华雷斯多少有些厌倦了，当雷亚尔出现的时候：

那时谁都弄不明白的事发生了。我在那个莽撞的挑衅者身上看到了自己的影子，感到羞愧。我并不害怕，如果害怕，我倒出去和他较量了。我装着什么事也没有发生似的。他凑近我的脸，大声嚷嚷，故意让大家听见。

那个瞬间，华雷斯想明白了，自己和雷亚尔决斗，如果雷亚尔杀了他，他也就这么死了，而雷亚尔会接替他继续变成警察的打手，所以：

我扔掉刀子，不慌不忙地走了出去。人们诧异地让开。我才不管他们是怎么想的。

为了摆脱那种生活，我到了乌拉圭，在那里赶大车。回国后，我在这里安顿下来。圣特尔莫一向是个治安很好的地区。

从华雷斯的急流勇退中我们可以看出博尔赫斯对待生命的基本态度。博尔赫斯的生命中当然有一股激情，从外表上看，他是个非常内向的文弱书生，但他骨子里有一股鲜血在涌动。但是博尔赫斯出身于一个城市中产阶级之家，他的母亲家庭出身非常好，也可以算得上是贵族。博尔赫斯非常崇拜他的外祖父，他的外祖父是阿根廷一位著名的上校，参加过阿根廷独立战争，在一场非常重要的战役——胡宁战役中牺牲了。因此，博尔赫斯跟绝大多数的拉丁美洲作家又不一样，他们都是很激进的，但博尔赫斯受他的家族影响，是比较保守的。

略萨在《博尔赫斯的虚构》中给博尔赫斯做了一个总评：

> 他是一个躲进书本和幻想天地里逃避世界和现实的艺术家；他是一个傲视政治、历史和现实的作家，他甚至公开怀疑现实，嘲讽一切非文学的东西；他是个不仅讽刺左派的教条和乌托邦思想，而且把自己嘲弄传统观念的想法实行到了一个极端地步的知识分子：加入保守党，其理由是嘲弄性的：绅士们特别愿意投入到失败的事业中去。

这决定了博尔赫斯不仅在阿根廷，而且在拉丁美洲都是非常特殊的一个作家。

海子《海子诗全集》

从今天起，做一个
幸福的人

海子（1964—1989），原名查海生，出生于安徽省怀宁县高河镇查湾村，当代青年诗人。海子在农村长大，1979年15岁时考入北京大学法律系，1982年大学期间开始诗歌创作，1983年自北大毕业后分配至北京中国政法大学哲学教研室工作，1989年3月26日在山海关附近卧轨自杀，年仅25岁。

《**海子诗全集**》收录迄今为止所有发现的海子文学作品。全书以上海三联书店1997年出版的《海子诗全编》为底本，依照时间与类别结合的方式，收入海子的抒情短诗、长诗诗剧、诗学提纲、日记小说等各种体裁作品。以"补遗"的方式增加了当时没有收入的海子早期油印诗集《小站》《麦地之瓮》中的作品，以及近年陆续发现的散佚作品。

"一个民族愈文明，它的风俗习惯就愈没有诗意"，因此，"诗需要的是一种巨大的粗犷的野蛮的气魄"（狄德罗）；所谓的诗人，应该是"有道德的原始人"（卢梭）。而海子，就其本质而言，正是这个意义上一匹四只趾爪摁着泥土，从大地上腾起的野蛮的豹子，一只五脏俱裂而咆哮着扑向太阳的血淋淋的豹子。

——燎原《海子评传》

海子去世三十周年祭

2019年3月26日是海子去世三十周年，在海子去世前后的这一周里，我看到全国有很多场纪念海子的专题活动，我们在志达书店、在复旦附中举办的海子诗歌朗诵会，也算是全国纪念海子的系列活动之一，能够在这样一个特殊的日子里，组织纪念海子的诗歌朗诵会，作为主要的策划人和参与者，我感到非常荣幸。

从教近二十年来，几乎每届学生，我都会给他们讲解海子的诗歌，由此衍生的诗歌创意写作课也一直持续了下来。2019年的整本读海子一课尤为特殊，我把二十年来阅读海子的心得和体会都融汇到这堂课中，算作一个小小的总结。

我第一次读到海子的诗，是在大学图书馆的文科阅览室里。西川编写的那本厚厚的《海子诗全编》，躺在无人问津

西川编《海子诗全编》，上海三联书店；西川编《海子诗全集》，作家出版社

的角落里，和《顾城诗全编》《戈麦诗全编》《骆一禾诗全编》码在一起，于我而言，简直就是一个诗歌的"黄金王国"。

那时，我刚刚开始写诗，水平还停留在新诗初创的幼稚阶段，亟须阅读大量的优秀诗作充实我的头脑，提升我的诗学品质，上海三联出版的这套"全编"丛书，一下子就吸引了我的阅读目光，让我很长时间都沉浸在阅读新诗的饕餮中。

在这套丛书中，"于我心有戚戚焉"的就是海子的诗，虽然海子比我年长15岁，但是他的成长背景跟我们这些从农村考出来的学生很相似。对海子诗中的"村庄"和"麦子"，我有一种天然的亲切感，颇能领会它背后蕴涵着的深层文化心理。从60后到80后，中国的乡村并没有发生太大的变化，我们其实还生活在同一种语境中。

记得当初我最喜欢的一首短诗，就是海子的《村庄》：

村庄里住着
母亲和儿子
儿子静静地长大
母亲静静地注视

芦花丛中
村庄是一只白色的船
我妹妹叫芦花
我妹妹很美丽

这首小诗很美，但是美得很自然，达到了"羚羊挂角、无迹可求"的艺术境界。像我这样有着深切农村生活体验的人，一下子就能体会到那种"静静地长大"的感受，相较于喧哗与躁动的城市，农村生活，尤其是到了傍晚，夜色渐渐向你围拢过来，那长存于天地之间的阒无一人的静寂，让人不知不觉地感觉到，时间正在慢下来。愈是静寂，愈是缓慢，然而你并不觉得无聊，世间万物都在生长，你也在生长。

我非常喜欢"芦花"这个意象，它就像《诗经》里的杨柳、《楚辞》中的兰芷、唐诗中的关山、宋词中的阑干一样贴切，恰如其分地出现在海子的这首诗中，与村庄构成了一幅完美的乡村画图，一阵秋风吹来，村庄就像一只小船，晃荡在芦花丛中，而真正晃荡的却是那风中的芦花，让人不禁想起叶芝的诗集《苇间风》。

结尾两句堪称绝唱，我们知道，海子只有三个弟弟，没有妹妹，他总不能实写成"我弟弟叫芦花"，委实也太煞风景。一句虚拟的"我妹妹叫芦花，我妹妹很美丽"，就抒发了海子对故乡的深情厚谊。这美丽的芦花妹妹之于海子，不正如翠翠之于沈从文吗？

海子还有一首名为《村庄》的短诗，比这首更短，我也煞是喜欢：

村庄，在五谷丰盛的村庄，我安顿下来

我顺手摸到的东西越少越好！

珍惜黄昏的村庄，珍惜雨水的村庄

万里无云如同我永恒的悲伤

放在唐诗里，这就是一首绝句；放在宋词里，这就是一首小令；比起日本的俳句来，它诗句更长，诗味更隽永。像"万里无云如同我永恒的悲伤"这种空灵辽阔的句子，真是二流诗人生造也造不出来的，海子却信手拈来，毫不费力地安放在最末一句，让你不得不诧异这是何等的天才！

木心在《醉舟之覆——兰波逝世百年祭》一文中，将诗人视作拥有"卓荦通灵，崇高的博识，语言的炼金术"之人。前两者且不必去说，单是"语言的炼金术"一项，海子就是一位当之无愧的大诗人。

可惜他一心想成为当代的歌德、但丁，渴望成为"太阳的一生"，年仅25岁就燃烧尽了自己的生命，令人扼腕叹息。倘使海子活到今天，就算他完不成《太阳·七部书》，他的抒情短诗也一定蔚为大观。

2019年3月，正值海子逝世三十周年之际，我从海子的短诗中精选了九首较有代表性的作品，略作疏解，一则回顾阅读海子二十年的心路历程，一则阐发如何读懂一首新诗的基本方法。在这个春暖花开的季节，让我们一起走进海子的诗歌世界。

秋天深了，王在写诗

首先向大家推荐一本海子的传记，燎原的《海子评传》。"知其人，论其世"这种文学批评方法虽则古老，但有时愈是古老，愈是管用。把那些海子都未必接触过的后现代批评理论生搬硬套在海子身上，还真未必合适。

市面上流传的海子传记很多，但大多系小说家言，不足取信。唯独燎原所著《海子评传》一书有着扎实的实证功底和考辨精神，读之则茅塞为之顿开，颇有醍醐灌顶之效。例如关于海子的生日这种琐屑小事，他也不乏精细的考证。

过去流传着一种说法，说海子死于生日当天，好像一切都是命中注定，或者精心挑选的日期，实则悖谬。据燎原《海子评传》考证，海子的公历生日应为1964年3月24日，而非3月26日。

再如关于"四姐妹"的身份，海子深深爱过的这四位恋人，B、S、A、P分别是哪四个女人，燎原都考证得非常清楚，还有"四姐妹"之外的第五位，H，虽然只是海子暗恋的对象，也被燎原考证出来了。这"五朵金花"，是海子抒情短诗的主要表达对象，只有一一交代清楚其背后的爱恨情仇，我们才能真正读懂海子。当然，秉着为尊者讳和保护个人隐私的原则，书中没有点出这"五朵金花"的原名，仍用字母代替。

燎原编《神的故乡鹰在言语：海子诗文选》，广西师范大学出版社

燎原在2018年4月编选过一部海子的诗文集，名为《神的故乡鹰在言语》。这部诗文集的名字取自海子的短诗《秋》，燎原对这首诗评价很高。

《秋》（1987）

秋天深了，神的家中鹰在集合

神的故乡鹰在言语

秋天深了，王在写诗

在这个世界上秋天深了

该得到的尚未得到

该丧失的早已丧失

燎原认为，这首《秋天》无疑可视作当代诗歌中的名篇，它"单调拖沓，执着于'秋天深了'这悲伤的一念而咕咕哝哝"，"那似乎是另外一个世界的话语——秋天的深处，神、鹰、王、诗歌、言语，在那里窃窃私语的际会，就那么几个意念在反复堆摞，但却像藏传佛教中的六字箴言，在反复的叨念中就果真现出了它的真味。在这首诗的最后两行，当他突然回到了人间的话语系统时，却已是泪流满面"。

海子在这首诗中所选取的意象"鹰"，很容易让我们联想起诗人昌耀的诗，这位中国当代的边塞诗人非常喜欢运用"鹰"这个意象，这位生活在高原之地、近乎隔绝之所的诗人，以一种孤绝的斗士之心进行着诗歌创作，恰如翱翔在草原上空的雄鹰，俯瞰着芸芸众生。

曾经有人将海子视作"诗歌英雄"，我觉得这个称号更适合昌耀，他在长达二十多年的流放生涯中所遭受的苦难，远非海子可以比拟。更适合海子的称号应是"诗人王"，虽然他生前未能获得任何荣誉称号，但是从他死后三十多年来持久而广泛的影响力来看，他完全当得起"诗人王"这个称号。

海子生前喜欢以王者自居，在这首短诗中略见端倪，所谓"王在写诗"，指的就是海子自己在写诗。可惜，他在生前未能登上诗歌的王位，他就是他自己笔下的"那些没有成为王的王子"。

在《诗学：一份提纲》中，海子写道：

我更珍惜的是那些没有成为王的王子。代表了人类的悲剧命运。命运是有的。它不管你承认不承认。自从人类摆脱了集体回忆的创作（如印度史诗、旧约、荷马史诗）之后，就一直由自由的个体为诗的王位而进行血的角逐。可惜的是，这场场角逐并不仅仅以才华为尺度。命运它加手其中。正如悲剧中，最优秀最高贵最有才华的王子往往最先身亡。我所敬佩的王子行列可以列出长长的一串：雪莱、叶赛宁、荷尔德林、坡、马洛、韩波、克兰、狄兰……席勒甚至普希金。马洛、韩波从才华上，雪莱从纯洁的气质上堪称他们的代表。他们的疯狂才华、力气、纯洁气质和悲剧性的命运完全是一致的。他们是同一个王子的不同化身、不同肉体、不同文字的呈现、不同的面目而已。他们是同一个王子，诗歌王子，太阳王子。对于这一点，我深信不疑。他们悲剧性的抗争和抒情，本身就是人类存在最为壮丽的诗篇。他们悲剧性的存在是诗中之诗。他们美好的毁灭就是人类的象征。我想了好久，这个诗歌王子的存在，是继人类集体宗教创作时代之后，更为辉煌的天才存在，我坚信，这就是人类的命运，是个体生命和才华的命运，它不同于人类早期的第一种命运，集体祭司的命运。

由此看来，海子对于自己及其诗歌的命运，是心知肚明的。在为"诗的王位"进行的"血的角逐"的过程中，海子深知自己缺少的不是才华，但是即便是最有才华的诗人也难逃作为诗人的悲剧宿命——"最优秀最高贵最有才华的王子往往最先身亡"。在写下这份诗学提纲的时候，他已经预见了自己的悲剧命运，他坦然接受了这种宿命。

海子在短诗《夜色》中，对自己的一生做了一个小结：

《夜色》(1988)

在夜色中

我有三次受难：流浪　爱情　生存

我有三种幸福：诗歌　王位　太阳

这首短小的诗歌，可以作为我们理解海子及其诗歌的一个提纲。夜色，或者黑夜，是海子诗歌的永恒背景，除了隐喻他所生活的心理背景，多少也跟他所选择的写作时间有关，海子总是在夜色中写作，从傍晚7点一直伏案写作，写到第二天早晨7点，在上午睡觉，下午上班，周而复始。

众所周知，"受难"这个词语源自基督教，指的是耶稣为承担世人的罪孽，被钉上十字架。从"受难"一词，我们可以推断出海子的"救世"情结，他所要拯救的，正是那些像他一样在尘世间得不到幸福的人。在海子后期的抒情诗中，"愿你在尘世获得幸福"一句曾经反复出现，这正是海子"救世"情结的集中体现。

王国维在《人间词话》中对南唐后主李煜之词如是评价道：

尼采谓："一切文学，余爱以血书者。"后主之词，真所谓以血书者也。宋道君皇帝《燕山亭》词亦略似之。然道君不过自道身世之戚，后主则俨有释迦、基督担荷人类罪恶之意，其大小固不同矣。

后主之词的确是"以血书者也"，但是否达到"释迦、基督担荷人类罪恶之意"，则尚未可知；不过，海子之诗显然也是"以血书者也"，而且肯定达到了"释迦、基督担荷人类罪恶之意"。在海子诗歌的话语体系中，很多关键词都出自《圣经》，像《春天，十个海子》一诗中的"复活"观念，显然来自耶稣基督的复活。

海子在1986年5月写过一首名为《让我把脚丫搁在黄昏中一位木匠的工具箱上》的诗，这首诗题中的"木匠"指的就是耶稣的父亲约瑟。这首诗化用了大量的《圣经》典故，集中反映了基督教对海子的影响。

《让我把脚丫搁在黄昏中一位木匠的工具箱上》（1986.5）

我坐在中午，苍白如同水中的鸟

苍白如同一位户内的木匠

在我钉成一支十字木头的时刻

在我自己故乡的门前

对面屋顶的鸟

有一只苍老而死

是谁说，寂静的水中，我遇见了这只苍老的鸟

就让我歇脚在马厩之中

如果不是因为时辰不好

我记得自己来自一个更美好的地方

让我把脚丫搁在黄昏中一位木匠的工具箱上

或者让我的脚丫在木匠家中长成一段白木

正当鸽子或者水中的鸟穿行于未婚妻的腹部

我被木匠锯子锯开，做成木匠儿子

的摇篮。十字架

"十字架"原是罗马帝国用来处决犯人的刑具，但是当耶稣在十字架上受死之后，十字架被赋予了新的意义，代表着上帝对世人的爱与救赎，是神圣不可侵犯的标志。

在这首诗中，海子愿将自己打造成"十字架"，"做成木

匠儿子的摇篮"。"木匠儿子"指的是耶稣，相传生于马厩之中；而"未婚妻的腹部"指的是怀孕的玛利亚。诗中最难理解的是那只苍老而死的鸟，这应该是海子原创的意象，跟《圣经》没有什么关系。

海子将死刑之刑具化作新生之"摇篮"，显然隐喻了"复活"之意。在这首短小精悍的诗中，概括了海子一生所有的秘密。在海子的诗歌中，一以贯之的正是海子的"三次受难"和"三种幸福"。鉴于其涉猎的背景太深太广，且待在下文中分别论述之。

不幸诗人的一份公开遗嘱

1.《面朝大海，春暖花开》（1989.1.13）

从明天起，做一个幸福的人

喂马，劈柴，周游世界

从明天起，关心粮食和蔬菜

我有一所房子，面朝大海，春暖花开

从明天起，和每一个亲人通信

告诉他们我的幸福

那幸福的闪电告诉我的

我将告诉每一个人

给每一条河每一座山取一个温暖的名字

陌生人，我也为你祝福

海子《海子诗全集》
从今天起，做一个幸福的人

愿你有一个灿烂的前程

愿你有情人终成眷属

愿你在尘世获得幸福

我只愿面朝大海，春暖花开

这首诗因为入选中学语文教材而被广泛传诵，但也是被广大中学生和读者误读得最严重的诗之一。近年随着对海子诗歌研究的逐渐深入，关于这首诗的解读也渐渐明朗起来，估计很少还会有人把这首诗读作"心灵鸡汤"，当作励志宝典。

要知道，"面朝大海，春暖花开"般的诗意生活，只存在于海子对"超我"生活的无限憧憬之中，在"本我"的现实生活层面，海子所经历的"三次受难"，流浪、爱情、生存，都将他牢牢地禁锢在"人生的枷锁"之中。

西川在《怀念》一文中写道：

与梦想着天国，而却在大地上找到一席之地的西班牙诗人希梅内斯不同，海子没有幸福地找到他在生活中的一席之地。这或许是由于他的偏颇。在他的房间里，你找不到电视机、录音机，甚至收音机。海子在贫穷、单调与孤独之中写作，他既不会跳舞、游泳，也不会骑自行车。在离开北京大学以后的这些年里，他只看过一次电影——那是1986年夏天，我去昌平看他，我拉他去看了根据陀斯妥耶夫斯基小说改编的苏联电影《白痴》，除了两次西藏之行和给学生们上课，海子的日常生活基本是这样的：每天晚上写作直至第二天早上7点，整个上午睡觉，整个下午读书，间或吃点东西，晚上7点以后继续开始工作。

其实，海子对生活的要求并不高，他在《幸福的一日》这首诗中对"尘世的幸福"做了这样的描述：

《幸福的一日——致秋天的花楸树》（1987）

我无限地热爱着新的一日

今天的太阳　今天的马　今天的花楸树

使我健康　富足　拥有一生

从黎明到黄昏

阳光充足

胜过一切过去的诗

幸福找到我

幸福说："瞧，这个诗人

他比我本人还要幸福"

在劈开了我的秋天

在劈开了我的骨头的秋天

我爱你，花楸树

在这首诗中，我们仿佛看到了海子的新生，这是一个跟"黑夜的儿子""绝望的麦子"完全不一样的海子，对新生活充满无限希望无限憧憬的海子。太阳、马、花楸树，这些自然界中最简单不过的事物，都有着它们的不凡之处，这些简简单单的事物都是诗人幸福的催化剂，能让海子感到健康、富足、拥有一生，仿佛时间可以停驻在此时此刻，诗人身体上的康健，精神上的丰富，于此足矣。

于"秋天的花楸树"而言，幸福是从黎明到黄昏的阳光充足，这种幸福却胜过一切诗中所描绘的幸福，就连诗人海子，也被这种简单快乐的幸福感染了。海子向往这种幸福，也拥有这种幸福，连幸福本人都觉得海子比"幸福"还要"幸福"。这种幸福是深入骨髓的对生活的热爱，是发自内心深处的灵魂的悸动，让人酣畅淋漓，欣喜不已。

可惜，"幸福的家庭都是相似的，不幸的家庭各有各的不幸"。海子"没有幸福地找到他在生活中的一席之地"，他打算从头开始，"从明天起，做一个幸福的人"，彻底告别"今天"的"不幸"，而只有像耶稣一样，躺在"十字架"的摇篮里，才能重获新生。

诗人西渡在《读诗记》中把《面朝大海，春暖花开》这首诗视作海子的"一份遗嘱"，确实非常恰当。他说：

这首诗具有某种仪式的性质——这是一个告别的仪式，诗人依次把他要交代的话告诉不同的对象。它的形式和口吻，确实非常像一份遗嘱。在某种程度上，它就是一份公开的遗书，而且比诗人自杀前留下的那几份散文遗书更能代表诗人的真实意思。

诗中描述的那所"面朝大海，春暖花开"的"房子"，或许指的就是他心中早已设想好的葬身之所。海子卧轨自杀的地点，山海关至龙家营的一段铁路，距离大海的确也很近。

学者朱大可认为从海子的死亡地点可以解读出"先知之门"的"神学消息"，这消息首先蕴含在海子设定的死亡坐标上。他在一篇名为《先知之门》的文章中写道：

他进入一座叫做秦皇岛的城市，或者说，进入一个最著名的极权主义者的领土，以面对他下令修造的羁押人民的墙垣——长城。山海关不仅是该墙垣的地理起点，而且是它的逻辑起点：巨大的种族之门，正是从这里和由这个统治者加以闭合的。

这种强加在海子身上的政治意义，无疑是没有任何实证根据的妄议。海子对代表中国专制皇权的长城，从无半点非议。我们很难在海子身上发现甚至发掘出自由知识分子的意义来，把海子这样一个纯粹的诗人政治化，是很不负责任的一种解读。

海子的死，的确如同他自己所说的那样，和任何人无关，这不仅仅是说和活着的人无关，同时也是在宣告，和死去的人也毫不相干，尤其是和秦始皇这种八竿子打不着的人。

从海子同时期写的大量关于太平洋的诗歌来看，他之所以选择山海关，是因为这里"面朝"的不仅仅是"大海"，而且是太平洋。而此时他之所以写下很多关于"太平洋的献诗"，是因为他得知他的初恋女友B即将远渡重洋，赴美定居。

因此，这首诗中的"愿你有情人终成眷属"一句，背后埋藏着诗人真正的悲伤和绝望，既然他自己得不到这份"尘世"中的"幸福"，他就只能站在太平洋的此岸，凝望着、祝愿着彼岸的"有情人终成眷属"，获得永恒的幸福。

《太平洋的献诗》写于1989年2月2日，距离《面朝大海，春暖花开》的创作时间不足三周之遥，显然是同一主题的不同呈现而已。原诗如下：

海子《海子诗全集》
从今天起，做一个幸福的人

《太平洋的献诗》（1989.2.2）

太平洋　丰收之后的荒凉的海

太平洋　在劳动后的休息

劳动以前　劳动之中　劳动以后

太平洋是所有的劳动和休息

茫茫太平洋　又混沌又晴朗

海水茫茫　和劳动打成一片

和世界打成一片

世界头枕太平洋　雨暴风狂

上帝在太平洋上度过的时光　是茫茫海水隐含不露的

希望

太平洋没有父母　在太阳下茫茫流淌　闪着光芒

太平洋像是上帝老人看穿一切、眼角含泪的眼睛

眼泪的女儿，我的爱人

今天的太平洋不是往日的海洋

今天的太平洋为我流淌　为着我闪闪发亮

我的太阳高悬上空　照耀这广阔太平洋

如此广阔的太平洋，在海子笔下，为何会只"为我流淌"，只"为着我闪闪发亮"，打上如此鲜明的个人色彩？这当然跟即将远渡重洋的"我的爱人"有关。生于中国内陆的海子，连游泳都不会，跟太平洋又能产生什么联系呢？"太平洋没有父母"，"我的爱人"却有父母，就像即将阻隔"有

情人终成眷属"的"太平洋"一样，曾经阻隔着诗人和他的"爱人"。

但是，诗人并不畏惧太平洋的阻隔，诗人就像那高高在上的太阳一样，将永远照耀这广阔的太平洋，照耀着远渡重洋的"我的爱人"。

这首诗乍看上去很宏大，又是太平洋，又是太阳，其实寄寓的情感很具体，很绵长。此时，诗人对生活依然是充满希望的，对即将远走他乡的恋人依然是充满祝福的。因此，把海子的自杀完全看作一个绝望的行动，不仅是对诗人的误解，也是对诗人的不敬。

正如西渡所言，海子在最后时刻，字里行间留给尘世的，如果用一个字概括，那就是"爱"——"诗人把他对爱人、对亲人、对人类以至整个世界的爱带到了最后"，与其说《面朝大海，春暖花开》是一首绝望的诗，还不如说这是一首关于希望的诗。

这是一个黑夜的儿子，倾心死亡

2.《春天，十个海子》（1989.3.14凌晨3点—4点）

春天，十个海子全都复活
在光明的景色中
嘲笑这一野蛮而悲伤的海子
你这么长久地沉睡究竟为了什么？

春天，十个海子低低地怒吼

围着你和我跳舞，唱歌

扯乱你的黑头发，骑上你飞奔而去，尘土飞扬

你被劈开的疼痛在大地弥漫

在春天，野蛮而悲伤的海子

就剩这一个，最后一个

这是一个黑夜的儿子，沉浸于冬天，倾心死亡

不能自拔，热爱着空虚而寒冷的乡村

那里的谷物高高堆起，遮住了窗户

他们把一半用于一家六口人的嘴，吃和胃

一半用于农业，他们自己的繁殖

大风从东刮到西，从北刮到南，无视黑夜和黎明

你所说的曙光究竟是什么意思

　　无论是时间上，还是内容上，这首诗都可以被视作海子生前的最后一首诗。有人认为海子最后的诗作应是"桃花"系列，其实这一系列初稿写于1987年，于1989年3月14日修订而成，这里不再详说。前面我们已经讲过海子诗歌中的"复活"观念源自基督教，这里也不再赘述。

　　这首诗无疑是面向海子的身后之事的，诗中的"春天"指向的是海子死后，每一个纪念他的春天，"十个海子全都复活"。至于为什么是"十个"？我们不得而知，我们只能根据海子深受影响的文化传统，作一较为合理的解释。

　　《说文解字》有语："十，数之具也。"数字十，是满盈

海子

之数，终结之数，满十归零。一元是开始，十方是圆满。在这首诗中，我们首先感受到的就是"十"与"一"的对立，"十个海子"全都复活，嘲笑"这一野蛮而悲伤的海子"，后面显然是指选择卧轨自杀这一野蛮行为的海子，而前者，正象征着种种规劝不该如此死去的世俗的海子。

　　"十个海子"也无法理解这一个海子，正如世俗中的我们，也在不停地追问诗人：你这么长久地沉睡究竟为了什么？"你被劈开的疼痛在大地弥漫"一句，仿佛在告诉我们，海子早已选择好了自己离开的方式。

　　"这一野蛮而悲伤的海子"，自称是"黑夜的儿子"，却未能磨砺出一双"寻找光明的眼睛"，一味地沉浸于冬天，倾心死亡，不能自拔，直到死神彻底吞噬了他的生命。

　　西川在《死亡后记》中分析了海子自杀的七种原因，其中第一条就是"海子是一个有自杀情结的人"。他在诗中反复、具体地谈到死亡——死亡与农业、死亡与泥土、死亡与天堂，以及鲜血、头盖骨、尸体等等。

海子在1986年写过一首诗《自杀者之歌》，在这首诗中，他早就考虑过结束自己生命的诸多方式。是溺水而亡，还是伏斧而亡？是上吊身亡，还是枪击身亡？最终什么都不是。

《自杀者之歌》（1986）

伏在下午的水中

窗帘一掀一掀

一两根树枝伸过来

肉体，水面的宝石

是对半分裂的瓶子

瓶里的水不能分裂

伏在一具斧子上

像伏在一具琴上

还有绳索

盘在床底下

林间的太阳砍断你

像砍断南风

你把枪打开，独自走回故乡

像一只鸽子

倒在猩红的篮子上

海子之所以最终选择了卧轨自杀，在西川看来，"在诸种可能的自杀方式中，卧轨似乎是最便当、最干净、最尊严的一种方式"。

在海子仅存的三篇日记中，有两篇也是写于1986年，其中一篇写于1986年11月18日的日记，提及他当时差点就自杀了。

我一直就预感到今天是一个很大的难关。一生中最艰难、最凶险的关头。我差一点被毁了。两年来的情感和烦闷的枷锁，在这两个星期（尤其是前一个星期）以充分显露的死神的面貌出现。我差一点自杀了：我的尸体或许已经沉下海水，或许已经焚化；父母兄弟仍在痛苦，别人仍在惊异，鄙视……但那是另一个我——另一具尸体。那不是我。我坦然地写下这句话：他死了。我曾以多种方式结束了他的生命。但我活下来了，我——一个更坚强的他活下来了，我第一次体会到了强者的尊严、幸福和神圣。我又生活在圣洁之中。过去蜕下了，如一张皮。我对过去的一张面孔，尤其是其中一张大扁脸充满了鄙视……我永远摆脱了，我将大踏步前进。

我体会到了生与死的两副面孔，似乎是多赚了一条生命。这'生命是谁重新赋予的？我将永远珍惜生命——保护她，强化她，使她放出美丽光华。今年是我生命中水火烈撞、龙虎相斗的一年。在我的诗歌艺术上也同样呈现出来。这种绝境。这种边缘。

在我的身上在我的诗中我被多次撕裂。目前我坚强地行进，像一个年轻而美丽的神在行进。《太阳》的第一篇越来越清晰了。我在她里面看见了我自己美丽的雕像：再不是一些爆炸中的碎片。日子宁静——像高原上的神的日子。

我现在可以对着自己的痛苦放声大笑！

这篇日记非常明确地点出，海子1986年差点自杀的原因是"两年来的情感和烦闷的枷锁"，其中"情感的枷锁"指的是他和B之间的恋爱关系，而"烦闷的枷锁"，从下文推断，主要是指关于长诗《太阳》的创作。

幸而当时海子创作的长诗《太阳》的第一篇"越来越清晰了"，使他走出了第一次自杀的阴霾，一个更坚强的他活下来了，让他"第一次体会到了强者的尊严、幸福和神圣"。如果海子始终能够"对着自己的痛苦放声大笑"就好了！

在这篇日记中，我们已经可以看出海子的精神走向分裂的端倪了，所谓"另一个我"，正是那个"沉浸于冬天，倾心死亡，不能自拔"的海子，是"一个黑夜的儿子"；与之相对的，是"一个光明的儿子"，一个坚强地活下来的海子，一个"生活在圣洁之中"的海子。这一次是光明战胜了黑夜，圣洁战胜了枷锁，下一次黑夜还会卷土重来。

在1987年11月4日的日记中，海子这样写道：

我要把粮食和水、大地和爱情这汇集一切的青春统统投入太阳和火，让它们冲突、战斗、燃烧、混沌、盲目、残忍甚至黑暗。我和群龙一起在旷荒的大野闪动着亮如白昼的明亮眼睛，在飞翔，在黑暗中舞蹈、扭动和撕杀。我要首先成为群龙之首，然后我要杀死这群龙之首，让它进入更高的生命形式。生命在荒野不可阻挡地溢出，舞蹈。我和黑夜，同母。

但黑暗总是永恒，总是充斥我骚乱的内心。它比日子本身更加美丽，是日子的诗歌。创造太阳的人不得不永与黑暗为兄弟，为自己。

魔——这是我的母亲、我的侍从、我的形式的生命。它以醉为马，飞翔在黑暗之中，以黑暗为粮食，也以黑暗为战场。我与欲望也互通心声，互相壮大生命的凯旋，互为节奏，为夜半的鼓声和急促的屠杀。我透过大火封闭的牢门像一个魔。对我自己困在烈焰的牢中即将被烧死——我放声大笑。我不会笑得比这个更加畅快了！我要加速生命与死亡的步伐。我挥霍生命也挥霍死亡。我同是天堂和地狱的大笑之火的主人。

像海子这种深陷光明与黑暗、生与死、天堂与地狱等二元对立思维模式的人，很容易从一个极端走向另一个，所谓"黑暗总是永恒，总是充斥我骚乱的内心"成为海子生活的全部背景，海子以醉为马也好，以梦为马也好，无论付出怎样的代价，最终都无法战胜这无边无际的黑夜，最终都只能通向死亡。

"你所说的曙光究竟是什么意思？"海子当然知道"曙光"是什么意思，可是他在无边的黑夜中，看不到真正的"曙光"，即使海子点燃了自己，也只能发出微弱的光亮。这才是真正意义上的绝望。

黑夜一无所有，为何给我安慰

3.《黑夜的献诗——献给黑夜的女儿》（1989.2.2）

黑夜从大地上升起

遮住了光明的天空

丰收后荒凉的大地
黑夜从你内部上升

你从远方来，我到远方去
遥远的路程经过这里
天空一无所有
为何给我安慰

丰收之后荒凉的大地
人们取走了一年的收成
取走了粮食骑走了马
留在地里的人，埋得很深

草杈闪闪发亮，稻草堆在火上
稻谷堆在黑暗的谷仓
谷仓中太黑暗，太寂静，太丰收
也太荒凉，我在丰收中看到了阎王的眼睛

黑雨滴一样的鸟群
从黄昏飞入黑夜
黑夜一无所有
为何给我安慰

走在路上
放声歌唱

大风刮过山冈

上面是无边的天空

    早在1987年11月4日的日记中，海子就说要写一首以"黑夜"为题的诗，直到1989年2月2日，海子才写出这首《黑夜的献诗》。这首诗跟《太平洋的献诗》写于同一天，同为"献诗"，应该有其内在的关联。

    在1987年11月4日的日记中，海子以"黑夜"为题的诗是这样构思的：

    想起八年前冬天的夜行列车，想起最初对女性和美丽的温暖感觉——那时的夜晚几乎像白天，而现在的白天则更接近或等于真正的子夜或那劳动的作坊和子宫。我处于狂乱与风暴中心，不希求任何的安慰和岛屿，我旋转犹如疯狂的日。我是如此的重视黑暗，以至我要以《黑夜》为题写诗。这应该是一首真正伟大的诗，伟大的抒情的诗。在《黑夜》中我将回顾一个飞逝而去的过去之夜、夜行的货车和列车、旅程的劳累和不安的辗转迁徙、不安的奔驰于旷野同样迷乱的心，渴望一种夜晚的无家状态。我还要写到我结识的一个个女性、少女和女人。她们在童年似姐妹和母亲，似遥远的滚动而退却远方的黑色的地平线。她们是白天的边界之外的异境，是异国的群山，是别的民族的山河，是天堂的美丽灯盏一般挂下的果实，那样的可望而不可即。这样她们就悸动如地平线和阴影，吸引着我那近乎自恋的童年时代。接下来就是爆炸和暴乱，那革命的少年时代——这疯狂的少年时代的盲目和黑暗里的黑夜至今也未在我的内心平息和结束。少年时代他迷恋超越和辞句，迷恋一切又打碎一切，但又总是那么透明，那么一往情深，犹如清晨带露的花朵和战士手中带露的枪支。那是没有诗而其实就是盲目之诗的岁月，执着于过眼烟云的一切，忧郁感伤仿佛上一个世纪的少年，为每一张匆匆闪过的脸孔而欣悦。每一年的每一天都会爱上一个新的女性，犹如露珠日日破裂日日重生，对于生命的本体和大地没有损害，只是增添了大地诗意的缤纷、朦胧和空幻。一切如此美好，每一天都有一个新的异常美丽的面孔等着我去爱上。每一个日子我都早早起床，我迷恋于清晨，投身于一个又一个日子，那日子并不是生活——那日子他只是梦，少年的梦。这段时间在我是较为漫长的，因为我的童年时代是结束得太早太快了！

海子认为这首以"黑夜"为题的诗，"应该是一首真正伟大的诗，伟大的抒情的诗"，《黑夜的献诗》是否当得起"伟大"二字，我们尚未可知，不过，它确实是一首优秀的抒情诗。崔卫平在《真理的祭献》一文中称其为海子抒情诗中"最优秀的一首"。那它到底"优秀"在哪里呢？

燎原在《海子评传》中曾经写道："海子短暂一生所致力的两个根本性的诗歌命题，一个是天空，一个是黑夜。"而在这首"献诗"中，这两个诗歌命题都被呈现出来了，而且是以相同的句式呈现。

"天空"和"黑夜"都呈现出"一无所有"的状态，却都能给海子带来安慰。"一无所有"在海子的诗歌中反复出现过很多次，熟悉20世纪80年代摇滚音乐的人都知道，这是歌手崔健的一首歌的名字，当时这首歌的横空出世，让国人深刻认识到了自己的贫穷，《一无所有》唱出了无数国人的心声。而贫穷，也是海子的生活实况。

我们先来看一下《一无所有》的歌词：

我曾经问个不休

你何时跟我走

可你却总是笑我

一无所有

我要给你我的追求

还有我的自由

可你却总是笑我

一无所有

噢……你何时跟我走

噢……你何时跟我走

脚下的地在走

身边的水在流

可你却总是笑我

一无所有

为何你总笑个没够

为何我总要追求

难道在你面前

我永远是一无所有

噢……你何时跟我走

噢……你何时跟我走

脚下的地在走

身边的水在流

告诉你我等了很久

告诉你我最后的要求

我要抓起你的双手

你这就跟我走

这时你的手在颤抖

这时你的泪在流

莫非你是在告诉我

你爱我一无所有

噢……你这就跟我走

噢……你这就跟我走

噢……你这就跟我走

1986年，在北京举行的国际和平年百名歌星演唱会上，崔健首次演唱了这首歌。1989年这首歌收录在崔健发行的专辑《新长征路上的摇滚》中。正是这首歌，开启了中国摇滚乐的时代。

在这首歌中，崔健高亢而真诚的嘶吼、近似北方民歌的曲子和口语化的歌词给人们带来了强烈的震撼。在那个刚打开国门不久，面临着剧烈社会转型的年代，《一无所有》让一群痛苦、失落、迷惘又无奈的青年，终于找到了一种释放自己能量的渠道。物质和精神上的贫困状态在这段大白话里得到坦诚的陈述，在摇滚乐的形式下变成尖锐的呐喊，充溢在这首歌中的是一股无所不在的愤怒与无力感。

我相信海子一定听过这首在当时家喻户晓的歌，也一定会被这首歌深深地震撼，因为崔健唱出了他的心声。我觉得，"一无所有"一词在海子诗中的反复出现，绝对不是偶然的，"一无所有"的表现力绝对达到了像"嚎叫"在"垮掉的一代"中所具有的那股感召力。

崔卫平在《真理的祭献——读海子〈黑夜的献诗〉》一文中精辟地指出了"黑夜"与"黑暗"的不同之处：

"黑夜"与"黑暗"又不同，"黑夜"是有可能性的，它包含着闪闪发光的东西在内……"黑夜"是什么？黑夜不是白昼，它是白昼的背面，不为人们的目光所熟悉、所习惯。它令人感到陌生、神秘、捉摸不定。因而包含一种否定，意味着经由否定而分离出去的那种东西，是一个"它"。跟踪这个"它"的人，必定也是分离出去的，换句话来说，是在心灵、情感上经受了分离、分裂的人。没有一个内心和谐并与环境和谐的人会首先选中黑夜。那些进入黑夜者是被驱入者，是一些漂泊的灵魂。因此，"黑夜"一旦被"说出"，某种残酷的心灵解体已经发生。

崔卫平所谓的"在心灵、情感上经受了分离、分裂的人"，正是对海子后期精神状况的真实写照，海子就是那个被驱入无边黑夜中的人，一个在黑夜中"漂泊的灵魂"，黑夜不单吞噬了他的外在生活，而且在他的内在生命中上升。

诗中所谓"黑夜从你内部上升"中的"你"，正是那些从自身分离和分裂出去的东西，包括大地的、作者本人的，以及读者的，当然主要指的是海子的。

紧接着，我们又看到了这种撕裂，所谓"你从远方来，我到远方去"中的"你"与"我"再次构成了一种内部对立。由此可见，海子心中总有两股相反的力量在拉锯、撕扯、争夺着海子，海子处于一种激烈的自我冲突、自我争斗和自我分裂之中。

而那片应承载着他的大地，其根基却是不牢固的，仅仅是一个想象中的、不可靠的虚假承载。崔卫平将这首诗中的"大地"与海子所热爱的诗人荷尔德林的大地进行了比较：

> 荷尔德林的大地是"神性的大地"，是以神性作为它的内在尺度的，荷尔德林是在神性的大地上漫游和歌唱。海子的大地是自然的大地，是脆弱和无力自救的，或者毋宁说它是一个固体的黑夜，同样经历着难以弥合的分离，经历着没有归宿的漂泊。（崔卫平《真理的祭献》）

而这种漂泊，对于海子来说，早已经不是一般意义上的"流浪"或无所归宿。一般的流浪或漂泊，作为个人，仍然可能是完整的、统一的，他只是找不到一个安身立命之所，而在海子身上，"身"和"命"本身即是分裂的，无法统一。

因此，崔卫平指出：

> 漂泊不是漂泊在某条道路上或只身在漂泊，而是无数的"我"（也是无数的"你"）同时分散在所有的道路上，在同一时刻既"经过这里"，也经过那里，经过那些尚叫不出名字来的许多地方。哀痛出现了。（同上）

海子的大地不但不能承载他，而且还被掏空了。"丰收之后荒凉的大地／人们取走了一年的收成"，"取走"是一种分裂。"取走了粮食骑走了马"，是大地的分裂和大地的痛苦，分裂出去的东西再也不返回。大地被抽空了，而"留在地里的人"，都失去了生命，成为被埋在地里的死人。

在崔卫平看来：

"埋得很深"意味着一股永远下坠的力量，仿佛黑暗的地心深处有一种吸引力，一种召唤，深不可测，深不见底，它是可怕的地狱、深渊，永远没有一个底部，永远不存在一个依托，因此也不存在走出它的可能。大地永远走不出自身，它是如此悲惨绝望，被取走而永远下沉是它永恒的宿命。（同上）

而"我在丰收中看到了阎王的眼睛"一句，颇具震撼力，让我们看到了大地的撕裂与悖谬，"丰收"本应滋养着大地上的生命，然而丰收之后，留下的却是埋在地里的死人，"阎王的眼睛"回应了上文中被埋得很深的人。

崔卫平说，丰收即是一种死亡，在任何生命之上，都凌驾着一个死神——"阎王"，"它掌管着一切生的生，死的死，生的死和死的生，在它面前，生即是死，死即是生，其余一切都是徒劳……海子的'阎王'是土地的主宰和归宿，一切从土里生长出来的东西都要复归到它那儿去"（同上）。

诗的最后一节说"走在路上／放声歌唱／大风刮过山冈／上面是无边的天空"。

歌唱什么？歌唱痛苦，歌唱绝望。这种痛苦"最终无可遏止，漫过山冈，漫过田野，漫过大地，乃至漫过天空，漫过所有那些经历过和没有经历过的，获得了一个高高在上的、超越的本质"（同上）。

正如崔卫平所言：

因为痛苦的存在和提醒，我们便不致因麻木而沉沦，因冷漠而变为白痴，因情感紊乱成为不知不觉的食人者和被食者。

海子便是屹立在这痛苦的中心，屹立于痛苦的风暴中不断歌唱的人。他的歌声穿越我们，有一种令人震惊的元素，一种充盈激荡的水位，使我们得以联合和超越。（同上）

我爱过的这糊涂的四姐妹啊

4.《四姐妹》(1989.2.23)

荒凉的山岗上站着四姐妹

所有的风只向她们吹

所有的日子都为她们破碎

空气中的一棵麦子

高举到我的头顶

我身在这荒芜的山岗

怀念我空空的房间，落满灰尘

我爱过的这糊涂的四姐妹啊

光芒四射的四姐妹

夜里我头枕卷册和神州

想起蓝色远方的四姐妹

我爱过的这糊涂的四姐妹啊

像爱着我亲手写下的四首诗

我的美丽的结伴而行的四姐妹

比命运女神还要多出一个

赶着美丽苍白的奶牛　走向月亮形的山峰

到了二月，你是从哪里来的

天上滚过春天的雷，你是从哪里来的

不和陌生人一起来

不和运货马车一起来

不和鸟群–起来

四姐妹抱着这一棵

一棵空气中的麦子

抱着昨天的大雪，今天的雨水

明天的粮食与灰烬

这是绝望的麦子

请告诉四姐妹：这是绝望的麦子

永远是这样

风后面是风

天空上面是天空

道路前面还是道路

这首诗中的"四姐妹"，涉及海子四段令他心碎的恋情——"所有的日子都为她们破碎。"海子与四姐妹的感情究竟是怎样的呢？

燎原的《海子评传》根据多年的考证，终于确定了"四姐妹"的身份。在海子的诗中，"四姐妹"都曾以大写字母的缩写名字出现，即B、S、A、P。其中B是海子的初恋女友，给海子造成的影响最为深远。

她是中国政法大学1983级女生，呼和浩特人，燎原曾据此推断，海子早期诗歌大多发表于内蒙古的文学期刊，就跟

201

海子《海子诗全集》
从今天起，做一个幸福的人

海子的初恋女友有关。海子将B引为缪斯女神，他早期大量的爱情诗都是写给她的。

在1986年8月的日记中，海子这样写道：

抒情，比如说云，自发地涌在高原上。太阳晒暖了手指、木片和琵琶，最主要的是，湖泊深处的王冠和后冠。湖泊深处，抒情就是，王的座位。其实，抒情的一切，无非是为了那个唯一的人，心中的人，B，劳拉或别人，或贝亚德丽丝。她无比美丽，尤其纯洁，够得上诗的称呼。

日记中提及的"劳拉"指的是意大利诗人弗兰齐斯科·彼特拉克（Francesco Petrarca）的女友，彼特拉克以其十四行诗著称于世，为欧洲抒情诗的发展开辟了道路，后人尊称他为"诗圣"，是文艺复兴第一个人文主义者，被誉为"文艺复兴之父"，与但丁、薄伽丘齐名，文学史上称他们为"三颗巨星"。

1327年，23岁的彼特拉克已成长为一名精力旺盛、才华横溢的青年。就在这一年，发生了一件令彼特拉克终生难忘的事情。有一天，他在阿维农的一所教堂与一位骑士的妻子邂逅相识。这位年方20岁的少妇劳拉，仪态端庄，妩媚动人。彼特拉克对她一见钟情，深深坠入情网之中。从此之后，彼特拉克对她一往情深，对她的爱恋之情有增无减。

可惜，劳拉于1348年在席卷欧洲的黑死病中死去。噩耗传来，彼特拉克痛不欲生，遂寄情笔端，吟诗抒怀，留下了大量脍炙人口的情诗。彼特拉克的爱情诗收在他的代表作——《歌集》中，一共366首，分为上下两部分：《圣母劳拉之生》和《圣母劳拉之死》。

彼特拉克的爱情诗冲破了禁欲主义的藩篱，一扫中世纪诗歌中隐晦寓意、神秘象征的手法，直接描写现实生活中的人。在他的笔下，劳拉已不是中世纪那种矫揉造作、高不可攀的贵妇人，而是单纯开朗、平易可亲的新时代女性。彼特拉克通过长期的创作实践，把十四行诗推到一个完美的境地，发展成一种新诗体，即"彼特拉克诗体"。意大利式十四行诗（Petrarchan Sonnet）一名即来源于他。

而贝亚德丽丝（Beatrice）则是诗人但丁的女友。但丁被称为中古时期意大利文艺复兴中最伟大的诗人，也是西方最杰出的诗人之一，最伟大的作家之一。

但丁有过一次刻骨铭心的爱情，在其文学创作中留下了不可磨灭的烙印。那是在他的少年时代，他随父参加友人聚会，遇上一位名叫贝亚德丽丝的少女。少女的端庄、贞淑与优雅的气质令但丁一见钟情，再不能忘。

遗憾的是贝亚德丽丝后来遵从父命嫁给他人，婚后数年竟因病夭亡，年仅25岁。哀伤不已的但丁将自己多年来陆续写给她的三十一首抒情诗以散文相连缀，取名《新生》(1292—1293) 结集出版。

诗中抒发了诗人对少女深挚的感情、纯真的爱恋和绵绵无尽的思念，风格清新自然，细腻委婉。这部诗集是当时意大利文坛上"温柔的新体"诗派的重要作品之一，也是西欧文学史上第一部剖露心迹，公开隐秘情感的自传性诗作。

海子将他对B的感情，比作彼特拉克之于劳拉、但丁之于贝亚德丽丝的感情，从中可见B对于海子抒情诗的重要性。海子曾经写过一首赠予B的抒情短诗：

《给B的生日》(1986.9.10)

天亮我梦见你的生日

好像羊羔滚向东方

——那太阳升起的地方

黄昏我梦见我的死亡

好像羊羔滚向西方

——那太阳落下的地方

秋天来到,一切难忘

好像两只羊羔在途中相遇

在运送太阳的途中相遇

碰碰鼻子和嘴唇

——那友爱的地方

那秋风吹凉的地方

那片我曾经吻过的地方

在这首诗中,海子将"你的生日"和"我的死亡"并举,可以说是一语成谶——虽然海子并非死于9月10日,但却是死于初恋女友出国之际。海子一生都无法从初恋失败的阴影里走出来,最终还成为他自戕的导火索。对初恋的迷恋执着,可以看作衡量一个人纯情的重要指标。

"羊羔"在海子的诗中,一直象征着纯洁。海子一直坚信,自己和女友的恋情,就好比两只纯洁的羊羔一般。海子也一直坚信,女友只是受到家庭的压迫,不得不做出放弃他的痛苦决定——这几乎成为支撑海子的一种信念。诗人始终活在自己编织的梦幻之中，永远也无法理解这其实是一个非常世俗的选择。

海子形容自己和女友的相恋，是在"运送太阳的途中相遇"，海子对自己纯洁的判断，也给了女友。他们曾经拥有过三四年浪漫的恋期，海子始终难以忘怀这段岁月，难以忘怀"那片我曾经吻过的地方"。初恋往往蕴含着纯粹的幸福，这种幸福令人无法自拔。

可惜幸福总是短暂的，那种纯粹的发自心灵深处的幸福之感，再也没有了——这必定是终身的遗憾。海子曾经深深地体会过这种强烈的幸福之感，它可以令人迷醉地静坐，直坐到"双膝如木"，那是灵魂充溢的状态——一切难忘！

据燎原《海子评传》考证，"四姐妹"中的第二位S，是北京市昌平县文化馆的工作人员，海子曾经获得过"昌平县1986年业余文艺创作一等奖"，海子参加这个文学奖，极有可能就是这位女友张罗的结果。

1987年2月11日，海子在《献诗——给S》中第一次写下了"S"的名字，这可以视作两人情感明朗化的一个标志，原诗如下：

《献诗——给S》（1987.2.11）

谁在美丽的早晨

谁在这一首诗中

谁在美丽的火中　飞行

并对我有无限的赠予

谁在炊烟散尽的村庄
谁在晴朗的高空

天上的白云
是谁的伴侣

谁身体黑如夜晚　两翼雪白
在思念　在鸣叫

谁在美丽的早晨
谁在这一首诗中

所谓"无限的赠予"，当然是指S为海子所做的一切，包括情感的默默奉献。不过，海子还是有所保留，从他在这首诗中惯用的疑问句式"谁在……"中就可以看得出来。

S应该就是西川曾经提及的那位想跟海子结婚的女友，可惜海子是个不婚主义者。对此，西川在《死亡后记》一文中记叙道：

1988年底，一禾和我先后结了婚，但海子坚持不结婚，而且劝我们也别结婚。他在昌平曾经有一位女友，就因为他拒绝与人家结婚，人家才离开了他。我们可以想象海子在昌平的生活是相当寂寞的；有时他大概是太寂寞了，希望与别人交流。

在燎原看来，海子和S之间的情感，是海子1987年的情感主线。在1987年2月到5月期间，两人的情感一切正常，但是在8月末9月初，事情却发生了突然的变化。这种变化主要体现在海子草成于9月3日的《秋日黄昏》一诗中，而在10月所写的《石头的病或八七年》一诗中道出了他和S的情感故障和症结所在。

"石头"就是S，"石头的病"就是S想要成为一个贫穷诗人的"屋顶"，即结婚成家。而在海子看来，S想要结束他四海为家的漂泊生涯，像其他普通人一样在昌平结婚成家，是不可思议的。他几乎不曾有过结婚生子的打算，也欠缺这方面的生活能力。好在他与S的情感终结，并未给他造成多大的劫难。

据燎原《海子评传》考证，"四姐妹"中的第三位女友A，是来自四川省达县的一位女生，大学毕业后回到成都某医科大学工作，第四位女友P则是海子在中国政法大学的同事，也就是海子在著名的抒情诗《日记》中所称的"姐姐"（姐姐，今夜我在德令哈，夜色笼罩/姐姐，今夜我只有戈壁）。

海子写过一首名为《太阳和野花——给AP》的诗，就是献给A和P的。原诗如下：

《太阳和野花——给AP》（1988.5.16夜）

太阳是他自己的头。
野花是她自己的诗。

我对你说
你的母亲不像我的母亲

在月光照耀下
你的母亲是樱桃
我的母亲是血泪

我对天空说，
月亮，她是你篮子里纯洁的露水
太阳，我是你场院上发疯的钢铁

太阳是他自己的头
野花是她自己的诗

在一株老榆树的底下
平原上
流过我的骨头

在猎人夫妻的眼中在山地
那自由的尸首
淌向何方

两位母亲在不同的地方梦着我
两位女儿在不同的地方变成了母亲
当田野还有百合，天空还有鸟群
当你还有一张大弓、满袋好箭
该忘记的早就忘记
该留下的永远留下

太阳是他自己的头
野花是她自己的诗

总是有寂寞的日子

总是有痛苦的日子

总是有孤独的日子

总是有幸福的日子

然后再度孤独

是谁这么告诉过你：

答应我

忍住你的痛苦

不发一言

穿过这整座城市

远远地走来

去看看他　去看看海子

他可能更加痛苦

他在写一首孤独而绝望的诗歌

死亡的诗歌

他写道：

平原上

流过我的骨头

当高原的人　在榆树底下休息

当猎人和众神

或起或坐，时而相视，时而相忘

当牛羊和牛羊在草上

看见一座悬崖上

牧羊人堕下，额角流血
再也救不活他了——
他写道：
平原上
流过我的骨头

这时，你要
去看看他

答应我
忍住你的痛苦
不发一言
穿过这整座城市

那个牧羊人
也许会被你救活
你们还可以成亲
在一对大红蜡烛下
这时他就变成了我

我会在我自己的胸脯找到一切幸福
红色荷包、羊角、蜂巢、嘴唇
和一对白色羊儿般的乳房

我会给你念诗：

太阳是他自己的头

野花是她自己的诗

到那时　到那一夜

也可以换句话说：

太阳是野花的头

野花是太阳的诗

他们只有一颗心

他们只有一颗心

海子在首诗后面留下了一句颇为耐人寻味的话："删86年以来许多旧诗稿而得。"1986年正是海子跟初恋女友B分手的年份，是他差一点就自杀了的日子。

燎原认为，A和海子的关系应该只是比较要好的异性朋友而已，或者说，是海子寄托了情爱念想的异性朋友，是一个能与海子谈论但丁且极富诗歌品位的女孩。

P则是一位平时就跟海子有来往且性格比较成熟的女性，这是一位从小就随父母生活在北京的女性，且与海子同在中国政法大学工作的"姐姐"式的人物。

《太阳和野花》这首诗的抒情主体应该是A，这首诗前半部分中的"你的母亲是樱桃／我的母亲是血泪"，可以视作海子在1986年对B的表达，后半部分才是写给A和P的。

现在让我们回过头来，看《四姐妹》这首诗。

西川早在写于1990年2月17日的《怀念》一文中就注意到了这首诗：

海子一生爱过4个女孩子，但每一次的结果都是一场灾难，特别是他初恋的女孩子，更与他的全部生命有关。然而海子却为她们写下了许许多多动人的诗篇。"荒凉的山冈上站着四姐妹／所有的风只向她们吹／所有的日子都为她们破碎。"(《四姐妹》)这与莎士比亚《麦克白斯》中三女巫的开场白异曲同工："雷电轰轰雨蒙蒙，何日姐妹再相逢？"海子曾怀着巨大的悲伤爱恋着她们，而"这糊涂的四姐妹啊／比命运女神还多出一个。"哦，这四位女性有福了！

在这首诗中，原本不可能相识的四个人，因为海子的爱走到了一起。她们"结伴而行"，走入了这首凄美的爱情诗中。"四姐妹"既是美的象征，"光芒四射"；又是希望的象征，是诗人夜晚梦中的"蓝色远方"；她们更是绝望的象征，站在"荒凉的山冈上"，居然"比命运女神还要多出一个"，抱着这一棵"绝望的麦子"。

对海子而言，她们就是抒情的主体，是灵感的源泉，是"那个唯一的人""心中的人"。"所有的风只向她们吹／所有的日子都为她们破碎"，这四段凄美的感情，每一段都很珍贵。他因她们而置身山冈，怀念着"落满灰尘"的空空房间；他追忆着她们的踪迹，但无迹可寻。

海子看到了生命之中的死灭："昨天的大雪，今天的雨水／明日的粮食与灰烬"；也感到了空旷的威胁："风后面是风／天空上面是天空／道路前面还是道路"。这种死灭和空旷是激情与命运的必然，所以诗人称其为"糊涂"。

诗中出现的"绝望的麦子"，孤悬在空气之中，"高举到我的头顶"，成为诗歌视点的中心。麦子是海子最常用的意象之一，它既是粮食的象征，也宛若诗人的宿命。

燎原在《海子评传》中曾经高度评价过"麦子"对于海子诗歌的重要意义。他说：

当麦子在海子的诗歌中相继出现，并成为一个词根的时候，它对于中国广大读者和诗人来说，即是黑暗泥炭层集体记忆的激活，也是精神结核的一次酣畅放血。当时的诗坛上，正流行着从法国现代主义画家高更那里转换过来的、对于生命本源的追问：我们从哪里来？我们是谁？我们向何处去？而对于中国的诗人们，大家于此突然明白：我们从麦子中来，我们是吃麦子长大的。

麦子之于海子，正如向日葵之于凡·高，都是太阳崇拜的表现。金黄的麦地，具有光芒感的麦芒和颗粒状的麦子，无不与太阳对应，以逼人的炽热、火辣、灼烫，继而进入他此后庞大的《太阳·七部书》中，构成了一部磅礴痛楚的太阳史诗。

这首诗第四节所写到的"二月"是实写，二月正是春天回归、记忆再生的象征，尘封的爱情也在绝望的催生之下，在神话般的景观中真实地复活了。爱与诗歌合一，幻象和悲痛共生，死亡共永恒同在，难怪西川会夸张地慨叹："被海子爱过的女子们有福了！"

姐姐，今夜我不关心人类，我只想你

5.《日记》（1988.7.25火车经德令哈）

姐姐，今夜我在德令哈，夜色笼罩
姐姐，今夜我只有戈壁

草原尽头我两手空空

悲痛时握不住一颗泪滴

姐姐，今夜我在德令哈

这是雨水中一座荒凉的城

除了那些路过的和居住的

德令哈……今夜

这是唯一的，最后的，抒情

这是唯一的，最后的，草原

我把石头还给石头

让胜利的胜利

今夜青稞只属于她自己

一切都在生长

今夜我只有美丽的戈壁　空空

姐姐，今夜我不关心人类，我只想你

　　这首诗是海子艺术成就最高的一首抒情诗，其思想境界
基本上达到了存在主义的哲学高度。这首诗的写作背景涉及
海子生命中的第五个女人，一位西藏女诗人，燎原在《海子
评传》中称她为H，她不在"四姐妹"之列，也不是这首诗
开篇所倾诉的对象"姐姐"。这首诗中的"姐姐"，指的依然
是海子中国政法大学的同事P。

　　据燎原考证，海子在1988年7月20日左右，受邀参加了
在拉萨举办的"太阳城诗会"，这次诗会的组织者，正是闻

名诗坛的西藏女诗人H，她出生于1953年，当时正值35岁的锦绣年华，是西藏文学界的核心人物。

海子对这位生于内地却能与西藏文化融合的汉族女诗人怀有兴致，他认为自己是西藏文化的痴迷者，与H可以互为知音，于是对H展开了追求。几经情感波折、此时已然家庭解体的H，断然拒绝了这位比自己小11岁的小兄弟的追求。

燎原在《海子评传》中对两位当事人的想法做了如下揣摩：

大约正是H身上不无传奇色彩的经历，及其与藏地文化精神混化了的生命内质，对应了海子心灵深处原生自然之美的审美理想。另外，这种生命方式的本身也足以对具有漂泊天性，不时流露着做一个野蛮的文明人的海子，形成一种召唤。只要联系到海子此行结束返回昌平后，房子墙壁上张贴的天真灵动的西藏女童头像，他对于从西藏带回的印度香的迷醉，他到了秋天即将结束时仍在房子中有床不睡而打地铺的情景——当正是折射着他迷恋于西藏生命方式的基本心理信息。并且，这都无疑与H有着曲折的关系……

……无论海子是否在自己的心目中觉得他早已对大姐熟悉透顶，而且并不把H视作一个大姐，而是相同的诗性生存理想中的知音，而知音间就应水乳交融，就应以相互间的合力，来表达对日渐恶化的社会生态中非诗性生存的共同拒斥，但是，当这种形而上的意念要以具体的方式体现时，却无论如何也抹不去形而下的色彩。并且，H大姐绝不认为自己对这个小兄弟，有着相互等同的心理熟悉程度。

无论海子多么固执地追求，他得到的都是拒绝。他没有得到女神的回应，也就证实了今夜并无女神，他心情沮丧地离开了拉萨，到了日喀则和萨迦。

1988 年 8 月 19 日，海子在萨迦写下了著名的《远方》这首诗：

《远方》（1988.8.19）

远方除了遥远一无所有

遥远的青稞地

除了青稞　一无所有

更远的地方　更加孤独

远方啊　除了遥远　一无所有

这时　石头

飞到我身边

石头　长出　血

石头　长出　七姐妹

站在一片荒芜的草原上

那时我在远方

那时我自由而贫穷

这些不能触摸的　姐妹

这些不能触摸的　血

这些不能触摸的　远方的幸福

远方的幸福　是多少痛苦

　　在这首诗中，海子开篇就写下了"远方除了遥远一无所有"这样悲凉的诗句，从下文的"青稞地"，我们很容易推断出，"远方"指的就是他所迷恋的西藏。但是，海子不但未能在"远方"找到真爱，而且遭到了残酷的打击，"更远的地方　更加孤独"。自称"我要做远方的忠诚的儿子"的海子，在远方收获的只是虚妄，只是"不能触摸的　姐妹"。他所梦寐以求的"远方的幸福"，全部化作了"是多少痛苦"。

　　在海子的诗中，"石头"往往象征着具有结实、本质、恒久的属性，深陷在云雾中，高踞于人类之上的一种事物。而"七姐妹"往往象征着在黑夜之中熠熠发光的北斗七星。

　　在远方找不到幸福的海子，想起了远在北京的姐姐P，"姐姐，今夜我只有戈壁"，言下之意便是：没有你。一句话道出了海子此时的孤独与绝望，在"夜色笼罩"的德令哈，海子在远方什么也没有得到，"草原尽头我两手空空／悲痛时握不住一颗泪滴"，在这个失恋的夜晚，连一个可以安慰他的人都没有，面对此情此景，诗人的内心是多么荒凉，一如雨水中德令哈这座"荒凉的城"，德令哈很少下雨，这"雨"只能是诗人内心泪水的滴答。

　　"这是唯一的，最后的，抒情／这是唯一的，最后的，草原"，这两句道出了海子内心的疲惫与绝望。言下之意，他再也不会爱了，他再也不要回到这令人伤心的西藏了。

　　"今夜我只有美丽的戈壁　空空"，这里的"空空"，是

217

孤独，也是绝望。当诗人被巨大的绝望与疲惫席卷，他已无力再像往常一样忧心全人类的疾苦，他只想回到他最思念的"姐姐"身边。海子生前的好友孙理波曾经这样描述海子的这位姐姐：她岁数比海子大一点，自海子死后不久，她撕掉了海子写给她的一些诗稿，去了南方，至今一人。

燎原在《海子评传》中对此诗评述道：

他（按：即海子）为之倾注了自己所有心血的诗歌，似乎从来没有反哺过他以什么，而给了他可以感触的友情与爱的，则是那一个个的女性；给了他荒寒生命以暖流，以温馨的情感心灵哺喂的，则是那个姐姐。而此刻，当他就独坐在那个姐姐也可能独坐过的德令哈的天空下，在最需要热气呵耳的时刻，姐姐却不在身边。他恍惚间感受到自己被整个的世界弃却，他因而语无伦次，执着一念：姐姐、姐姐，今夜的大地，空空；今夜美丽的戈壁，空空。连今夜的青稞也只属于她自己，而没有什么属于我。因此，"姐姐，今夜我不关心人类，我只想你"。

海子之所以被认为"从思想上，他接近于一个存在主义者"，主要的文本依据就是《日记》这首诗的结尾一句："姐姐，今夜我不关心人类，我只想你。"因为存在主义者关心的是具体的人类存在，是单个的人，而不是抽象的人类存在，所谓存在主义的第一原则"存在先于本质"，讲的就是这个道理。

1988年8月中下旬，当海子离开西藏，写下令他万念俱灰的"远方除了遥远一无所有"的诗句之时，他已经达到了绝望的终点。我们只要看一下他写于1988年8月的《西藏》

这首诗，就知道了。

《西藏》（1988.8）

西藏，一块孤独的石头坐满整个天空

没有任何夜晚能使我沉睡

没有任何黎明能使我醒来

一块孤独的石头坐满整个天空

他说：在这一千年里我只热爱我自己

一块孤独的石头坐满整个天空

没有任何泪水使我变成花朵

没有任何国王使我变成王座

诗中那块"坐满整个天空"的"孤独的石头"，正是诗人自己孤独心境的真实写照，他已经绝望到了极点，对原本热爱着的一切，都失去了热情，"没有任何夜晚能使我沉睡／没有任何黎明能使我醒来"，连他所热爱的"诗人王"的王座，也对他失去了吸引力，"没有任何泪水使我变成花朵／没有任何国王使我变成王座"，他只想一走了之。他此时清醒、镇定、铁石心肠，他此时决绝、自负、冷漠如霜，他既是孤独的石头，又是未能登上王座的"王子"。

我的事业，就是要成为太阳的一生

6.《祖国（或以梦为马）》（1987）

我要做远方的忠诚的儿子

和物质的短暂情人

和所有以梦为马的诗人一样

我不得不和烈士和小丑走在同一道路上

万人都要将火熄灭　我一人独将此火高高举起

此火为大　开花落英于神圣的祖国

和所有以梦为马的诗人一样

我藉此火得度一生的茫茫黑夜

此火为大祖国的语言和乱石投筑的梁山城寨

以梦为上的敦煌——那七月也会寒冷的骨骼

如雪白的柴和坚硬的条条白雪　横放在众神之山

和所有以梦为马的诗人一样

我投入此火　这三者是囚禁我的灯盏　吐出光辉

万人都要从我刀口走过　去建筑祖国的语言

我甘愿一切从头开始

和所有以梦为马的诗人一样

我也愿将牢底坐穿

众神创造物中只有我最易朽　带着不可抗拒的死亡的速度

只有粮食是我珍爱　我将她紧紧抱住　抱住她　在故乡
生儿育女

和所有以梦为马的诗人一样

我也愿将自己埋葬在四周高高的山上　守望平静家园

面对大河我无限惭愧

我年华虚度　空有一身疲倦

和所有以梦为马的诗人一样

岁月易逝　一滴不剩　水滴中有一匹马儿一命归天

千年后如若我再生于祖国的河岸

千年后我再次拥有中国的稻田　和周天子的雪山　天马

踢踏

和所有以梦为马的诗人一样

我选择永恒的事业

我的事业　就是要成为太阳的一生

他从古至今——"日"——他无比辉煌无比光明

和所有以梦为马的诗人一样

最后我被黄昏的众神抬入不朽的太阳

太阳是我的名字

太阳是我的一生

太阳的山顶埋葬　诗歌的尸体——千年王国和我

骑着五千年凤凰和名字叫"马"的龙——我必将失败

但诗歌本身以太阳必将胜利

就表现海子的诗学理想而言，这首诗是最重要的一首。
这首诗集中体现了海子对光明的执着追求，对太阳的崇拜心
理，对永恒的诗歌事业的追求，几乎囊括了海子诗学中最重
要的思想。尽管在艺术上，它并不是最优秀的作品。

在海子的诗歌中，对光明的追求，对太阳的崇拜，是最为突出的主题。光明，在海子的诗歌中，具体化为太阳这一核心意象，太阳成为海子诗歌中光明的象征物，成为海子咏唱的主要意象。海子曾经写过十首长诗，其中七首以《太阳·七部书》命名（由骆一禾命名）。海子的长诗很复杂，但是在海子的抒情短诗中，我们也可以反复看到海子对太阳的咏唱，对光明的追求。这首《祖国（或以梦为马）》堪称海子短诗中的长诗。

　　"我的事业　就是要成为太阳的一生。"海子一直自视为太阳之子，和太阳合而为一的愿望，是海子追求光明的最佳写照。与"光明"对立的，正是海子身处的"黑夜"，这"黑夜"主要跟海子的成长经历有关，尤其是其对贫穷的生命体验，即所谓"物质的短暂情人"。

　　从小在贫瘠的土地上长大，饥寒交迫，海子这种奇特而悲凉的感受，生长在城市中的人很难体会——海子永远也摆脱不了贫困岁月给他留下的深刻印象，也知道金钱的可贵，但对于物质生活，他并不刻意求之。物质对海子而言，至多是个"短暂情人"。

　　海子短暂的一生，饱受贫困折磨，虽然毕业以后，他在大学任教，有一份固定的工资，但他的收入，都用来购买书籍和接济家里，稍有积蓄，也都在"远方"的游历中耗尽。到了月底，海子往往要借钱度日。

　　但物质的匮乏并不是海子痛苦的根源，海子的主要痛苦，源于世俗世界对诗歌的不理解，对诗人的不理解。孤独的海子，在黑暗的世界里摸索着前行，全凭着对光明的一种强烈执着。海子"不得不和烈士和小丑走在同一道路上",如果说"烈士"指的是像凡·高、荷尔德林、叶赛宁那样殉身伟大诗学理想的人,而"小丑"则指的是那些不理解海子的诗学理想,却反而指责海子的诗学理想的人。

西川在《死亡后记》中曾经谈到所谓的"荣誉问题":

追求荣誉是所有伟大人物的通病。我想海子也不是一个对被社会承认毫无兴趣的人。但和所有中国当代诗人一样,海子也面临着两方面的阻力。一方面是社会对于诗人的不信任……另一方面是受到压制的先锋文学界内部的互不信任、互不理解、互相排斥。海子生前(甚至死后)可谓深受其害。尽管我们几个朋友早就认识到了海子的才华和作品的价值,但事实上 1989 年以前大部分青年诗人对海子的诗歌持保留态度。诗人 AB 在给海子的信中就曾批评海子的诗歌"水分太大"。1988 年左右,北京有一个诗歌组织,名为"幸存者"。有一次"幸存者"的成员们在诗人 CD 家里聚会,会上有诗人 EFG 和 HI 对海子的长诗大加指责,认为他写长诗是犯了一个时代性的错误,并且把他的诗贬得一无是处(海子恰恰最看重自己的长诗,这是他欲建立其价值体系与精神王国的最大的努力。他认为写长诗是工作而短诗仅供抒情之用)。1987 年,海子到南方去旅行了一趟。回京后他对骆一禾说,诗人 JK 人不错,我们在北京应该帮帮他。可是时隔不久,海子在一份民间诗刊上读到了此人的一篇文章,文中大概说到:从北方来了一个痛苦的诗人,从挎包里掏出上万行诗稿。这篇文章的作者评论道:"人类只有一个但丁就够了。""此人(指海子)现在是我的朋友,将来会是我的敌人。"海子读到这些文字很伤心，竟然孩子气地跑到一禾处哭了一通。这类超出正常批评的刺激文字出自我们自己的朋友实在有些说不过去，因为几乎在同时，北京作协在北京西山召开诗歌创作会议，会上居然有人给海子罗列了两项"罪名"："搞新浪漫主义"和"写长诗"。海子不是作协会员，当然不可能去参加会议，于是只有坐在家里生闷气，而对于那浅见蠢说毫无还击之力。在所有这些令人不解和气愤的事情当中，有一件事最为恶劣。海子生前发表作品并不顺畅，与此同时他又喜欢将写好的诗打印出来寄给各地的朋友们，于是便有当时颇为著名的诗人LMN整页整页地抄袭海子的诗，并且发表在杂志上，而海子自己都无法将自己的作品发表。后来，此人欲编一本诗集，一禾、海子和我便拒不参加。

因此，海子所谓"万人都要将火熄灭／我一人独将此火高高举起"实有所指，这种在世人眼中近于疯狂的思想，却是海子思想中的核心，是海子对光明的执着追求达到极点的表现。

海子对于光明近乎疯狂的追求，使他产生了两种截然相反的感觉。一是睥睨天下的豪气，二是近于绝望的孤独。海子一方面坚信自己的诗歌才华终将走向永恒，"万人都要从我刀口走过　去建筑祖国的语言"，另一方面却发现自己始终得不到世人甚至同行的理解，"年华虚度　空有一身疲倦"。面对时间的长河和易逝的生命，他明知自己"必将失败"，还是愿意将今生与来世都投入这份"永恒的事业"。

海子在《动作（〈太阳·断头篇〉）代后记》一文中曾经指出：

太阳就是我，一个舞动宇宙的劳作者，一个诗人和注定失败的战士。总而言之，我反抗过生命以外的一切，甚至反抗过死亡，因此就在这上天入地的路途上，听见了这样一句话：地狱之火烧伤他的面颊，就像烧伤但丁一样。

海子在这篇后记中，将诗歌分成"小诗"和"大诗"这两种："诗有两种：纯诗（小诗）和唯一的真诗（大诗），还有一些诗意状态。"

在海子看来：

诗人必须有力量把自己从大众中救出来，从散文中救出来，因为写诗并不是简单的喝水，望月亮，谈情说爱，寻死觅活。重要的是意识到地层的断裂和移动，人的一致和隔离。诗人必须有孤军奋战的力量和勇气。

诗人必须有力量把自己从自我中救出来，因为人民的生存和天、地是歌唱的源泉，是唯一的真诗。"人民的心"是唯一的诗人。

在写大诗时，这是同一个死里求生的过程。

海子生前的好友，诗人骆一禾在《海子生涯》一文中最早揭示了《太阳·七部书》的内在悲剧，这不惟是海子生与死的关键，也是他诗歌的独创、成就和贡献：

《七部书》的想象空间十分浩大，可以概括为东至太平洋沿岸，西至两河流域，分别以敦煌和金字塔为两极中心；北至蒙古大草原，南至印度次大陆，其中是以神话线索"鲲（南）鹏（北）之变"贯穿的。这个史诗图景的提炼程度相当有魅力，令人感到数学之美的简赅。海子在这个图景上建立了支撑想象力和素材范围的原型谱，或者说象征体系的主轮廓（但不等于"象征主义"），这典型地反映在《太阳·土地篇》（以《土地》为名散发过）里。在铸造了这些圆柱后，他在结构上借鉴了《圣经》的经验，包括伟大的主体史诗诗人如但丁和歌德、莎士比亚的经验。这些工作的进展到1987年完成的《土地》写作，都还比较顺利。往后悲剧性大致从三个方面向《太阳》合流。

　　海子史诗构图的范围内产生过世界最伟大的史诗。如果说这是一个泛亚细亚范围，那么事实是他必须受众多原始史诗的较量。从希腊和希伯来传统看，产生了结构最严整的体系性神话和史诗，其特点是光明、日神传统的原始力量战胜了更为野蛮、莽撞的黑暗、酒神传统的原始力量。这就是海子择定"太阳"和"太阳王"主神形象的原因：他不是沿袭古代太阳神崇拜，更主要的是，他要以"太阳王"这个火辣辣的形象来笼罩光明与黑暗的力量，使它们同等地呈现，他要建设的史诗结构因此有神魔合一的实质。这不同于体系型主神神话和史诗，涉及一神教和多神教曾指向的根本问题，这是他移向对印度大诗《摩诃婆罗多》及《罗摩衍那》经验的内在根源。那里，不断繁富的百科全书型史诗形态，提供了不同于体系性史诗、神话形态的可能。然而这和他另一种诗歌理想——把完形的、格式塔式造型赋予潜在精神、深渊本能和内心分裂主题——形成了根本冲突，他因而处于梵高、尼采、荷尔德林式的精神境地：原始力量核心和垂直蒸晒。印度古书里存在着一个可怕的（也可能是美好的）形象：吠陀神。他杂而一，以一个身子为一切又有一切身，互相混同又混乱。这可能是一种解决之道又可能是一种瓦解。——海子的诗歌道路在完成史诗构想——"我考虑真正的史诗"的情况下，决然走上了一条"赤道"：从浪漫主义诗人自传和激情的因素直取梵高、尼采、荷尔德林的境地而突入背景诗歌——史诗。冲力的急流不是可以带来动态的规整么？用数学的话说：两点之间的最短距离是直线。在这种情况下，海子用生命的痛苦、浑浊的境界取缔了玄学的、形而上的境界作独自挺进，西川说这是"冲击极限"。

海子的长诗大部分以诗剧方式写成，这里就有着多种声音，多重化身的因素，体现了前述悲剧矛盾的存在。从悲剧知识上说，史诗指向睿智、指向启辟鸿蒙、指向大宇宙循环，而悲剧指向宿命、指向毁灭、指向天启宗教，故在悲剧和史诗间，海子以诗剧写史诗是他壮烈矛盾的必然产物。正如激情方式和宏大构思有必然冲突一样。在他扬弃了玄学的境界的深处，他说了"元素"：一种普洛提诺式的变幻无常的物质与莱布尼茨式的没有窗户的、短暂的单子合成的突体，然而它又是"使生长"的基因，含有使天体爆发出来的推动力。也就是说海子的生命充满了激情，自我和生命之间不存在认识关系。

这就是1989年3月26日的轰然爆炸的根源。

骆一禾的《海子生涯》被认为是海子诗歌最卓越的阐释文本，毕竟，没有人比骆一禾更了解海子。骆一禾是海子诗歌最早的发现者、整理者和阐释者，也是海子遗嘱中的诗歌托孤者。他对中国诗歌提出了"修远"的命题，具备中国传统诗人的人格风骨，兼具当代中国诗人的精神气质。他是一个有文字有骨血有情义的诗人，被陈东东在《我们时代的诗人》一书中尊称为"圣者骆一禾"。

在《冲击极限——我心中的海子》和为海子的长诗《土地》所写的序言中，他概括了"大诗"的四个要点：

一、不是一种终结、一种挽歌，而带有一种朝霞艺术的性质；

二、代表了人类创造性的积极方面，本身是行动性的；

三、更多的是百科全书式的繁复总合与不断丰富，但没有放弃构造、造型力；

四、走一条将格式塔式的完形能力与内心对抗、潜层深渊中的现代主义主题合龙的道路。

骆一禾也写过两首著名的长诗，长达两千八百多行的《世界的血》和长达五千多行的《大海》，陈东东在《我们时代的诗人》中对他这样评价：

骆一禾是我们的时代里一个正欲起草自己《神曲》的但丁——一个还来不及成为但丁的诗人；他完成了一部《世界的血》，留下了一个以《大海》为基础的诗歌万神殿的施工现象……他在二十八岁英年早逝，让我们失去了可能的但丁。

而骆一禾的死，与海子的死有着莫大的关联。得知海子自杀之后，骆一禾隔天便赴山海关去处理海子的遗体，紧接着帮忙料理后事，安抚海子的父母。在随后一个多月的时间里，骆一禾为海子整理了他留下的长诗诗稿，为海子的诗歌写分析评论等研究文章，接下来又奔走各大高校做关于海子的演讲，同友人西川一起开展纪念海子的活动，向诗坛力荐海子。

海子的死对骆一禾的打击很大，据说那段时间他整日整夜忙碌奔波。1989年5月14日凌晨，骆一禾突发脑溢血被送去医院进行开颅手术，多日昏迷之后，骆一禾于5月31日去世。那年的5月10日，他还写道："这一年春天的雷暴不会将我们轻轻放过。"

骆一禾生前的最后一篇文章就是《海子生涯》，写于突发脑溢血的前一天。"一个人不是要活得长，而是要轰轰烈烈。"骆一禾在日记中这样写道。他把最好的岁月献给了诗坛，最后的时光留给了海子。

如果说骆一禾是"可能的但丁"，那海子就是"可能的歌德"。在海子的《诗学：一份提纲》中，海子以歌德为"亚当型巨匠"（米开朗琪罗、但丁、莎士比亚、歌德）的杰出代表。他说：

在亚当型巨匠那里（米开朗琪罗、但丁、莎士比亚、歌德）又是另外一种情况，原始力量成为主体力量，他们与原始力量之间的关系是正常的、造型的和史诗的，他们可以利用由自身潜伏的巨大的原发性的原始力量（悲剧性的生涯和生存、天才和魔鬼、地狱深渊、疯狂的创造和毁灭、欲望与死亡、血、性与宿命，整个代表性民族的潜伏性）来为主体（雕塑和建筑）服务。歌德是一个代表，他在这种原始力量的洪水猛兽面前感到无限的恐惧（如他听贝多芬的某些音乐感到释放了身上的妖魔），歌德通过秩序和拘束使这些凶猛的元素、地狱深渊和魔法的大地分担在多重自我形象中（他分别隐身于浮士德、梅非斯特——恶魔、瓦格那——机械理性，荷蒙库阿斯——人造人、海伦、欧福里翁、福尔库阿斯、守塔人林叩斯和女巫的厨房中），这些人对于歌德来说都是他原始力量的分担者，同时又借他们完成了悲剧主体的造型。歌德通过秩序和训练，米开朗琪罗通过巨匠的手艺，莎士比亚通过力量和天然接受力以及表演天才，但丁通过中世纪神学大全的全部体系和罗马复兴的一缕晨曦（所有人都利用了文明中基本的粗暴感性、粗鄙和忧患——这些伟大的诗歌力量和材料），这"父亲势力"可与"母亲势力"（原始力量）平衡。产生了人格，产生了一次性行动的诗歌，产生了秩序的教堂、文明类型的万神殿和代表性诗歌：造型性的史诗、悲剧和建筑，"这就是父亲主体"。

亚洲铜，你是唯一的一块埋人的地方

7.《亚洲铜》（1984.10）

亚洲铜，亚洲铜
祖父死在这里，父亲死在这里，我也会死在这里
你是唯一的一块埋人的地方

亚洲铜，亚洲铜
爱怀疑和飞翔的是鸟，淹没一切的是海水
你的主人却是青草，住在自己细小的腰上，守住野花的手掌和秘密

亚洲铜，亚洲铜

看见了吗？那两只白鸽子，它是屈原遗落在沙滩上的白鞋子

让我们——我们和河流一起，穿上它吧

亚洲铜，亚洲铜

击鼓之后，我们把在黑暗中跳舞的心脏叫做月亮

这月亮主要由你构成

《亚洲铜》是海子的成名作，被诗人骆一禾称为"不朽之作"。

作为统领全篇的核心意象，"亚洲铜"具有深刻的双重象征含义，它既是贫穷祖国形象的精妙比喻，"亚洲铜"在视觉上很容易让人联想起北方贫瘠广袤的黄土地，而海子本人又常常把北方当成心目中的祖国，同时又是民族传统文化的形象命名与概括，表达了诗人对于民族苦难生存景况的深沉广阔的文化反思。

诗人燎原指出，海子之所以选择"铜"这个意象，跟"东亚铜鼓"有关，铜鼓以及青铜器，一般具有中华民族历史文化的象征。但与"铜鼓"不同，"铜"具有更广袤的面积感，使它可以象征中国北方的黄土地，进而象征整个中华民族的黄土文化。因此，它不但具有"埋人"的功能，更具有孕育着生生不息的青草象征着的一切生命的功能。这很容易让人想起爱尔兰诗人谢默斯·希尼那首著名的诗《挖掘》(袁可嘉译)：

在我手指和大拇指中间

一支粗壮的笔躺着，舒适自在像一支枪。

我的窗下，一个清晰而粗厉的响声
铁铲切进了砾石累累的土地：
我爹在挖土。我向下望
看到花坪间他正使劲的臀部
弯下去，伸上来，二十年来
穿过白薯垄有节奏地俯仰着，
他在挖土。
粗劣的靴子踩在铁铲上，长柄
贴着膝头的内侧有力地撬动，
他把表面一层厚土连根掀起，
把铁铲发亮的一边深深埋下去，
使新薯四散，我们捡在手中，
爱它们又凉又硬的味儿。

说真的，这老头子使铁铲的巧劲
就像他那老头子一样。

我爷爷的土纳的泥沼地
一天挖的泥炭比谁个都多。
有一次我给他送去一瓶牛奶，
用纸团松松地塞住瓶口。他直起腰喝了，马上又干
开了，
利索地把泥炭截短，切开，把土
撩过肩，为找好泥炭，
一直向下，向下挖掘。

白薯地的冷气，潮湿泥炭地的
咯吱声、咕咕声，铁铲切进活薯根的短促声响
在我头脑中回荡。
但我可没有铁铲像他们那样去干。

在我手指和大拇指中间
那支粗壮的笔躺着。
我要用它去挖掘。

在这首诗中，希尼描写了他在爱尔兰度过的难以忘怀的童年时光和对那片故土的热爱。他精确描写了父亲和祖父的辛勤劳作，表达了自己对他们的敬畏之情。在诗中，他拿"笔"和"铁铲"作类比。诗人的祖父用"铁铲"挖掘泥炭，诗人用"笔"挖掘爱尔兰的传统文化，从某种意义上来说，祖父的铁铲就是诗人手中的笔，祖父挖的泥炭就是爱尔兰的历史与文化。

海子虽然没有把祖父和父亲的"挖掘"写出来，但是海子却像希尼一样，在用他的一支健笔挖掘中国的历史和文化之根。

在第二节中，海子用"青草"在海水"淹没一切"的荒凉背景中"守住野花的手掌和秘密"这一自然意象，在燎原看来，这传达了诗人对于民族苦难命运内在的深沉思索以及隐秘的反抗意向。在这里，鸟象征着自由的远方、象征着可以拥有一片广博的蓝天，而海水象征着残酷的现实，即使社会现实终将残酷，但我们还是应该展翅翱翔，即使现实磨灭了理想，我们还是应该坚持奔向远方，

他渴望像鸟儿一样飞翔，渴望远走他方，他有他的人生理想。

第三节则顺承第二节的脉络，通过将"白鸽子"转化成"屈原遗落在沙滩上的白鞋子"的大胆联想，以及"穿上它们"的热烈恳求，这里的"白鞋子"象征着人类的文化遗产，河流象征着时间的流逝，海子要用历史的眼光，重新来打量这个世界，引发对人生的思考。

在燎原看来，第四节对前三节所表达的思想感情给予了进一步的深化，它通过一场想象中的"击鼓"舞蹈所呈现出来的狂欢图景，在内在深层的痛苦中传达出人们对于生命和生存的虔诚祈祷以及美好憧憬，有力地揭示了"寻根"的深刻主题。

燎原在《海子评传》中对这首诗评价道：

从某种意义上说，它是当代诗歌写作中的一个特殊标本。一方面，身处北方的他，正在追取北方诗人史诗倾向中具有恢宏、深沉、庙堂指向上的阔重大块；另一方面，南方的水系背景又赋予他一种潜在的灵动、自由和散漫。而正是源于这两种因素，这首诗在建构上才形成了一种不是叠加而是冲和的组织关系。由此反挫出虽小犹大、断章中气象伏藏的这样一种幻觉。

在燎原看来，《亚洲铜》是海子在年仅20岁之时对20世纪80年代风行的"文化寻根"热的呼应，虽然它是海子文化反思的第一个文本，但已然是一篇无法超越的作品。此后，他将在长诗创作中更加深入地"挖掘"全人类的经验，只可惜功亏一篑。

邀请一切火中取栗的人

8.《阿尔的太阳——给我的瘦哥哥》(1984.4)

一切我所向着的自然创作的，是栗子，从火中取出来的。啊，那不信仰太阳的人是背弃了神的人。

——凡·高致其弟泰奥书信

到南方去

到南方去

你的血液里没有情人和春天

没有月亮

面包甚至都不够

朋友更少

只有一群苦痛的孩子，吞噬一切

瘦哥哥凡·高，凡·高啊

从地下强劲喷出的

火山一样不计后果的

是丝柏和麦田

还有你自己

喷出多余的活命的时间

其实，你的一只眼睛就可能照亮世界

但你还要使用第三只眼，阿尔的太阳

把星空烧成粗糙的河流

把土地烧得旋转

举起黄色的痉挛的手，向日葵

邀请一切火中取栗的人

不要再画基督的橄榄园

要画就画橄榄收获

画强暴的一团火

代替天上的老爷子

洗净生命

红头发的哥哥，喝完苦艾酒

你就开始点这把火吧

烧吧

海子在1984年4月便写下了这首一气呵成的杰作。在这首诗中，海子称凡·高为"我的瘦哥哥"，可见凡·高对海子的影响之深。凡·高和海子的一生，皆为短暂而痛苦的一生。年轻的海子并不是在诗中预见到了自己的未来，而是在表达自己对这位伟大画家的崇拜和引为知己的愿望。

海子在《诗学：一份提纲》中将现代主义精神（世纪精神）的合唱队中的圣徒分作两类：

一类用抽象理智、用智性对自我的流放，来造建理智的沙漠之城，这些深渊或小国寡民之极的土地测量员（卡夫卡、梭罗、乔伊斯）；这些抽象和脆弱的语言或视觉的桥的建筑师（维特根施坦、塞尚）；这些近视的数据科学家或临床大夫（达尔文、卡尔、弗洛伊德）。他们合在一起，对"抽象之道"和"深层阴影"的向往，对大同和深渊的摸索，象征"主体与壮丽人格建筑"的完全贫乏，应该承认，我们是一个贫乏的时代——主体贫乏的时代。他们逆天而行，是一群奇特的众神，他们活在我们近旁，困惑着我们。

另一类深渊圣徒和一些早夭的浪漫主义王子一起，他们符合"大地的支配"这些人像是我们的血肉兄弟，甚至就是我们的血……凡·高、陀思妥耶夫斯基、雪莱、韩波、爱伦·坡、荷尔德林、叶赛宁、克兰和马洛（甚至在另一种意义上还有阴郁的叔伯兄弟卡夫卡、理想的悲剧诗人席勒、疯狂的预言家尼采）都活在这种原始力量的中心，或靠近中心的地方，他们的诗歌即是和这个原始力量的战斗、和解、不间断的对话与同一。他们的对话、指责和辩白。这种对话主要是一种抒发、抒发的舞，我们大多数的人类民众们都生活在原始力量的表层和周围。

　　在海子的抒情短诗中，我们可以非常明显地看出海子对第二类圣徒的偏爱，在他致敬的诗人序列中，大多是凡·高、陀思妥耶夫斯基、雪莱、韩波、爱伦·坡、荷尔德林、叶赛宁这些"我们的血肉兄弟"，海子的诗歌，尤其是抒情短诗，都同他们的作品一样，是在和"原始力量的战斗、和解、不间断的对话与同一"中抒发。

　　海子笔下的凡·高，正如他自己一般，血液里"只有一群苦痛的孩子，吞噬一切"，"没有情人和春天／没有月亮／面包甚至都不够／朋友更少"。两个人从事的艺术形式虽然不同，但是生存状态极其接近，怪不得海子这么早就引凡·高为"我们的血肉兄弟"。

　　这首诗的后半部分陡转，从"其实，你的一只眼睛就可能照亮世界"开始，转向对凡·高的精神世界的理解和致敬。而凡·高对海子影响最为深远的就是太阳崇拜，诗中所谓"你的第三只眼"，也就是"阿尔的太阳"和"向日葵"，集中表现了凡·高对光明的追求和对太阳的崇拜。

凡·高用"太阳"作为双眼来诠释对生命存在的理解，在海子看来，他就是上帝遗落在人间的"圣徒"，是敢于火中取栗的人，所以他才会如此热烈地点燃自己、拥抱太阳，所以他才会用他"多余的活命时间"来体验艺术的真谛和人间的痛楚，"代替天上的老爷子／洗净生命"。

海子诗作中的太阳意象和麦地情结，都深受凡·高的影响。"我画太阳时，要画得让人们感觉到它以可怕的速度在旋转。它发射出力量无穷的光波和热波。我画麦田时，要人们感觉到谷粒中的原子在生长、爆裂。我画苹果时，要人们感觉到苹果中的液汁溅到皮肤上，果核中的种籽在往外钻向开花结果！"这是凡·高对高更说的一段话，海子也有同样的理想和创作追求，他用诗在画麦地和太阳。

海子深知像凡·高这一类"深渊圣徒"的局限性，他曾经试图通过"河流三部曲"和"太阳·七部书"来改变自己的命运，但最终他还是像凡·高一样，被原始力量压垮，并席卷而去。他在《诗学：一份提纲》中批评凡·高的这段话，正是对他自己际遇的真实写照：

但凡·高他们活在原始力量中心或附近，他们无法像那些伟大的诗人有幸也有力量活在文明和诗歌类型的边缘，他们诗歌中的天堂或地狱的力量无限伸展，因而不能容纳他们自身。也不会产生伟大的诗歌和诗歌人格——任何诗歌体系或类型。他们只能不懈而近乎单调地抒发。他们无力成为父亲，无力把女儿、母亲变成妻子——无力战胜这种母亲，只留下父本与母本的战争、和解、短暂的和平与对话的诗歌。

诗歌终于被原始力量压垮，并席卷而去。

我永久怀念着你，不幸的兄弟

9.《不幸——给荷尔德林》（组诗·其四·血以后还是黑暗——比血更红的是黑暗）

荷尔德林——告诉我那黑暗是什么

他又怎样把你淹没

把你拥进他的怀抱

像大河淹没了一匹骏马

存在者　嘶叫者　和黑暗之桶的主人啊

你——现在又怎样在深渊上飞翔——阴郁地起舞——将我抛弃

并将我嘲笑——荷尔德林

你可是也已成为黑暗的大神的一部分

故乡

……我们仍抱着这光中飞散的桶的碎片营造土地和村庄

他们终究要被黑暗淹没

告诉我，荷尔德林——我的诗歌为谁而写

掘地深藏的地洞中毒药般诗歌和粮食

房屋和果树——这些碎片——在黑暗中又会呈现怎样的景象，荷尔德林？

延续六年的阴郁的旅行之路啊

兄弟们是否理解？狄奥提马是否同情——她虽已早死？

哪一位神曾经用手牵引你度过这光明和黑暗交织的
道路？

你在那些渡口又遇见什么样的老母和木匠的亲人？

他们是幻象？还是真理？

是美丽还是谎言？是阴郁还是狂喜？

还是这两者的合一：统治。

血以后还是黑暗——比血更红的是黑暗

我永久永久怀念着你

不幸的兄弟　荷尔德林！

《不幸》是海子献给德国诗人弗里德里希·荷尔德林
（1770—1843）的一首组诗，原诗一共有五首，这里选的是第
四首。

荷尔德林是古典浪漫派诗歌的先驱，曾被世界遗忘了将
近一个世纪。1770年3月20日，荷尔德林生于内卡河畔的劳
芬。父亲是当地修道院总管，在他出生后的第三年去世，母
亲是牧师之女，于1774年改嫁。1793年荷尔德林从神学院毕
业。1796年初他到法兰克福银行家贡塔尔德家当教师。在此
后两年多的时间内，与女主人苏赛特·贡塔尔德之间发生了
爱情。他的书信体小说《许佩里翁，或希腊的隐士》和诗中
的狄奥提马，就是女主人苏赛特。

1798年，荷尔德林与贡塔尔德发生争吵，被迫离开法
兰克福，住在附近的洪堡，试图创办期刊《伊杜娜》（日耳

荷尔德林

曼神话中的青春女神），并创作悲剧《恩沛多克勒斯之死》。
自1802年起，荷尔德林便精神失常，直到1843年6月7日
逝世。

　　海子在《我热爱的诗人——荷尔德林》一文中写道：

　　他于1843谢世，在神智混乱的"黑夜"中活了36个年
头，是尼采"黑夜时间"的好几倍。荷尔德林一生不幸，死
后仍默默无闻，直到20世纪人们才发现他诗歌中的灿烂和光
辉。和歌德一样，他是德国贡献出的世界诗人。

　　荷尔德林是海子最喜欢的诗人之一，而在荷尔德林的诗
作中海子最喜欢的诗歌之一便是下面这首《面包和美酒》：

　　《面包和美酒》

　　待至英雄们在铁铸的摇篮中长成，

　　勇敢的心灵像从前一样，

去造访万能的神祇。

而在这之前，我却常感到，

与其孤身独涉，不如安然沉睡。

何苦如此等待，沉默无言，茫然失措。

在这贫困的时代，诗人何为？

可是，你却说，诗人是酒神的神圣祭司，

在神圣的黑夜中，他走遍大地。

《面包和美酒》是荷尔德林献给好友威廉·海因泽的组诗，海子选择的是第七首。有人认为这是一首宗教诗，应该翻译成《面饼和美酒》，意为"圣餐"，但是约亨·施密特认为，这是"历史作为文化漫游的观念的根据，其神话的隐喻是狄俄尼索斯从印度向西方的行进"。在古希腊时代，人们认为是狄俄尼索斯从印度带来了种植技术并且在周游列国时传播了法制。

荷尔德林在这首诗中提出了一个海子颇有同感的问题："在这贫困的时代，诗人何为？"荷尔德林给出的答案是："诗人是酒神的神圣祭司，/在神圣的黑夜中，他走遍大地。"这正是令海子心有戚戚的主题。

海子就荷尔德林的这首诗写道：

看着荷尔德林的诗，我内心的一片茫茫无际的大沙漠，开始有清泉涌出，在沙漠上在孤独中在神圣的黑夜里涌出了一条养育万物的大河，一个半神在河上漫游，唱歌，漂泊，一个神子在唱歌，像人间的儿童，赤子，唱歌，这个活着的，抖动的，心脏的，人形的，流血的，琴。

在《不幸》这首组诗中，海子不停地在向荷尔德林追问："荷尔德林——告诉我那黑暗是什么 / 他又怎样把你淹没 / 把你拥进他的怀抱 / 像大河淹没了一匹骏马。"其实海子内心追问的正是他自己，他害怕会像荷尔德林一样最终被"黑暗"淹没。

海子此时已经悲观绝望到了极点，认为一切"终究要被黑暗淹没"，既然如此，海子便向荷尔德林追问，也是在追问他自己——"我的诗歌为谁而写？"

"延续六年的阴郁的旅行之路啊 / 兄弟们是否理解？狄奥提马是否同情——她虽已早死？"这两句叙述，虽然讲的是荷尔德林的个人经历，所谓"延续六年的阴郁的旅行之路"指的是荷尔德林在神学院学习的六年，那是荷尔德林弃绝神学、献身诗歌的理想磨砺和定型的六年。1793年荷尔德林从神学院毕业时，他婉拒了教会要他担任神职的要求，违背了母亲的期盼，决计自谋生计。初涉社会，他以家庭教师为业，工作之余从事诗歌创作。

狄奥提马（又译作"狄奥提玛"）是荷尔德林在小说和诗歌中创作的一个人物形象，原型即是他的恋人苏赛特。这个名字源自古希腊哲学家苏格拉底的导师，柏拉图的那些对话里，苏格拉底只有两个导师：文法家普罗迪科斯（Prodicus）以及一名女祭司狄奥提玛（Diotima）。狄奥提玛教导了苏格拉底有关爱的知识。

荷尔德林为她写过两首著名的抒情诗：《狄奥提玛》和《梅农为狄奥提玛哭泣》。第二首是较长的组诗，这里介绍一下组诗中的第五首，选自王佐良翻译的《狄奥提玛——荷尔德林诗选》。

《梅农为狄奥提玛哭泣·七》

可是，哦那时当我在你面前沉沦，你

仍宽慰地在十字路口为我指点迷津，

你，曾像她，平静而充满激情地教导我，

去仰望那伟大者，快乐地歌唱众神；

神之子！你还会那样向我现身和问候，

还会那样和我谈论崇高的事物吗？

看！我必定要向你哭诉，当我回想起

那尊贵的时光，心灵就觉得羞愧难当。

因我已在大地疲惫的小路太久，太久，

我曾在你身边居住，在迷途中找寻你，

快乐的保护神！可是徒劳，时光流逝，

自我们担心地看见，四周已暮色苍茫。

这是一首悲歌体的诗，从《悲歌》第二稿本引出，又被译作《梅农为狄奥提玛而哀叹》约作于1800年夏，梅农（Menon），从希腊语直译过来就是"存活的""永久的"意思，荷尔德林根据柏拉图在对话《梅农》（或译《美诺》）中赋予它的意义把它用作"记忆"。因此，这首诗主要表达的是荷尔德林对逝去的苏赛特的永久怀念。

狄奥提玛肯定是同情和理解过荷尔德林的，这本毋庸置疑。至于曾经用手牵引荷尔德林度过"这光明和黑暗交织的道路"的大神，的确不止一位，荷尔德林将之一一写入了诗作《唯一者》之中，海子所指称的荷尔德林在渡口遇见的"老母和木匠的亲人"，显然指的是耶稣。他们既是"幻象"与"真理"的合一，也是"美丽"与"谎言"的合一，还是

"阴郁"与"狂喜"的合一。这种种对立之中的合一正是荷尔德林精神分裂的内在表现，也是海子精神分裂的表现。

在《疯狂的谱系》一书中，莫里斯·布朗肖指出：

在一些病人身上，一种形而上的深刻性似乎得到了揭示。一切都挥发了，仿佛在这些存在者的生命里，某种把他们暴露给战栗、恐惧和狂喜的东西，短暂地显露了自己。他们以一种无拘无束的方式，更加激情、更加绝对地过着他们的生活；他们更加自然，但同时，也更加疯癫，更加着魔。仿佛在狭隘的人类视野所限制的世界里出现了一颗流星，并且往往不等周围人意识到这幽灵的陌异性，着魔的存在就终结于精神错乱或把自己献给了死亡。

凡·高、荷尔德林和海子都属于这种流星，他们都属于程蝶衣这种"不疯魔，不成活"的人，直到精神错乱或者死亡，"血以后还是黑暗——比血更红的是黑暗"，这句点题之笔，既表达了诗人对希望的怀疑，也表达了诗人对死亡的渴望，即使是代表着死亡的"血"过后，也不能迎来光明，依然会是"黑暗"。

这首诗写到这里本可以终止，但是海子还是要特意地点明一下主旨：向荷尔德林致敬。正如海子在这首诗的结尾深情地对荷尔德林说："我永久永久怀念着你/不幸的兄弟荷尔德林！"我们也将会永久永久怀念着你，不幸的兄弟，海子！

木心《哥伦比亚的倒影》

一生飘零的文艺鲁滨逊

木心（1927—2011），本名孙璞，字仰中，号牧心，笔名木心。中国当代作家、画家。1927年出生于浙江省嘉兴市桐乡乌镇东栅。毕业于上海美术专科学校。2011年12月21日3时逝世于故乡乌镇，享年84岁。

《哥伦比亚的倒影》是木心的第一部简体中文版作品，选编《九月初九》《哥伦比亚的倒影》《上海赋》等最能表现木心行文风格的散文13篇，并全文刊印1986年5月9日纽约《中报》副刊《东西风》发起的"木心的散文专题讨论会"文本。这本散文集分上下两辑，上辑是诸篇散文的结集，是真正的"散文"，下辑则用《上海赋》的总名，对上海的历史、人情、风物、民俗进行了描摹。

有人用"归来的局外人"来形容木心，真是再恰当不过了。在当代文学家中，他是如此鹤立，如此失群，让你不得不把他单独安放在一个僻静的角落里，慢慢欣赏，细细咀嚼。

"一生飘零的文艺鲁滨逊"是用来形容木心的。木心生于乌镇，成长于上海，50多岁以后去了美国留学，直到晚年才回到大陆，所以，用"一生飘零"来说他一点儿也不夸张。

　　木心非常喜欢张爱玲和鲁迅这两位现代作家。但是他对张爱玲的小说有所批评，认为她的作品不够完整，这主要指的是张爱玲晚期的一些作品，尤其是像《小团圆》那样的作品。他在《飘零的隐士》中说：

　　张爱玲在小说的进程中时常要"才气"发作，一路地成了瑕疵，好像在做弥撒时忽然嗑起西瓜子来。当年的希腊是彩色的，留给我们的是单色的希腊。艺术，完美是难，似乎也不必要，而完整呢，艺术又似乎无所谓完整——艺术应得完成，艺术家竭尽所能。张爱玲的不少杰作，好像都还没有完成，也不知怎么办才好。

　　同时，他又认为张爱玲作出了错误的选择，这也导致了她一生的飘零：

　　艺术家，第一动作是"选择"，艺术家是个选择家，张爱玲不与曹雪芹、普鲁斯特同起讫，总也能独力挡住"若是晓珠明又定"，甘于"一生长对水精盘"。已凉天气未寒时，中国文学史上自有她八尺龙须方锦褥的偌大尊容的一席地。（同上）

　　"若是晓珠明又定，一生长对水精盘"出自李商隐的

《碧城》，张爱玲曾经引用过这首诗的颈联"星沉海底当窗见，雨过河源隔座看"。二者一脉相承，说明木心非常熟悉张爱玲的作品。木心中年大半在上海度过，对于上海作家张爱玲情有独钟，多次在《上海赋》中引用张爱玲的名言，也算是一种对文学前辈的致敬。

他从乌镇来

木心1927年出生于乌镇，上海美术专科学校毕业。这个学校1949年后搬到无锡去了，校址上原来的小洋楼还在，只不过已经变成了民居。1982年，木心定居美国纽约，实际上是去学习美术去了。2006年，木心回到故里，在乌镇定居。1998年的时候，他写过一篇文章《乌镇》，那个时候，他偷偷地回了一趟乌镇，写了这篇文章，发表在台湾的文学杂志上。乌镇的党委书记陈向宏不知道在什么情况下看到了这篇文章，他非常好奇，便开始研究木心是何许人也，而后千方百计地把晚年的木心接回乌镇定居，所以后来木心就成了乌镇的一张文化名片。此前乌镇已经有一张文化名片了，那就是茅盾，所以乌镇可以说是江南古镇里面文化内涵最好的。

木心有一个大姐姐和一个小姐姐，他的父亲去世得比较早，是母亲把他们抚养长大的。他的小姐姐早夭，大姐姐后来给他们全家带来了很大的麻烦。1949年以后，他们已经定居在上海高桥了，但是划定成分的时候，乌镇老家的人找出了一张地契，上面有他姐姐的名字，所以他们家就变成了地主，后来木心因此坐了五年牢，出狱之后，他的母亲也过

250

世了。

《乌镇》这篇文章其实写得很沉痛，他是这样说的：

> 我，是这个古老大家族的末代苗裔，我之后，根就断了，傲固不足资傲、谦亦何以为谦——人的营生，犹蜘蛛之结网，凌空起张，但必得有三个着点，才能交织成一张网，三个着点分别是家族、婚姻、世交。

这个生活之网在他回乌镇的时候就全都没有了。他恨他所在的那个家族，因为如果不是那张地契的话，他们家就不会这样凄惨。木心没有结过婚，他也有过一个有可能跟他结婚的女性，他们相恋了五年，但是还是没有结婚：

> 我的生活之网尽在空中飘，可不是吗，一无着点——肩背小包，手提相机，单身走在故乡的陌生的街上。（同上）

接着，木心做了一个关于家乡文化的深刻的自我反省。他说：

> 乌镇人太文，所以弱得莫名其妙，名门望族的子弟，秀则秀矣，柔靡不起，与我同辈的那些公子哥儿们，明明是在上海北京读书，嫌不如意，弗称心，一个个中途辍学，重归故里，度他们优裕从容的青春岁月，结婚生子，以为天长地久，世外桃源，孰料时代风云陡变，一夕之间，王孙末路，贫病以死，几乎没有例外。（同上）

这句话说得很沉痛，我们只能结合现代中国的政治社会变迁来理解。在这些人中，木心算是幸运的，因为他在上海，他这个人也比较倔强，就活下来了。他有一次被打倒，那是因为调侃"文革"当中的新贵。这位新贵在台上批评海涅，他在下面讲了一句话，意思是你这种人也配批评海涅，被旁边的人听到后检举揭发了，就被关进了大狱。这是他的第二次牢狱之灾。

木心说他向来讨厌我们写作文时常用的拟人、比喻这些庸俗的手法，认为什么移情作用、物我对话，都是矫揉造作，但对于他年少时候的书房，他有了例外：

> 我实地省知这个残废的、我少年时候的书房，在与我对视——我不肯承认它就是我往昔的娜嬛宝居，它坚称它曾是我青春的精神岛屿，这样僵持了一瞬间又一瞬间……整个天井昏昏沉沉，我站着不动，轻轻呼吸——我认了，我爱悦于我的软弱。

> 外表剥落漫漶得如此丑陋不堪，顽强支撑了半个世纪，等待小主人海外归省。

> 因为我素来不敢"拟人化"的末技，所以这是我第一次采用，只此一次，不会再有什么"物象"值得我破格使用"拟人化"的了。（同上）

在遍览了故居之后，他说："我渐渐变得会从悲惨的事物中翻拨出罗曼蒂克的因子来，别人的悲惨我尊重，无言，而自身的悲惨，是的，是悲惨，但也很罗曼蒂克。"他的情绪发生了转化，所有的事都翻篇了，他说：

永别了，我不会再来。

然而木心食言了。也许就是这句话刺痛了乌镇的党委书记陈向宏，所以他频繁地联系木心，向他承诺：第一，按原样翻修他家的故居；第二，给他建造一个美术馆。所以木心晚年就定居在了乌镇，有几个人专门照顾他，直到他过世。现在，乌镇有一个木心故居纪念馆，样式上就是江南的民

木心故居一隅

木心美术馆

居。木心美术馆则比较现代化，里面收藏着木心的手稿和画作。木心的画作境界并不比常玉的低。英国BBC出品的纪录片《文明》在讲中国古代山水画的时候，就是拿木心的画作来开篇的。

他称茅盾为伯伯

前面说过，乌镇除了木心，还有一位作家茅盾，也就是沈雁冰。木心和茅盾实际上是有亲戚关系的，但是木心在写《塔下读书处》的时候含糊其词，故意跟茅盾撇开一定的关系，不让人认为他们两家关系非常密切。其实木心的母亲姓沈，属于茅盾所在的沈氏家族，但因为女性不入家谱，所以无法确知他们是何种亲戚关系，可以知道的是木心称茅盾为伯伯。

木心在文章中写到自己小时候的阅读经历：

抗日战争时期，茅盾先生携眷生活在内地，沈太夫人大概已经逝世，沈家的老宅，我三日两头要去，老宅很普通，一层楼，砖地，木棂长窗，各处暗沉沉的，再进去，豁然开朗，西洋式的平房，整体暗灰色调，分外轩敞舒坦，这是所谓"茅盾书屋"了，我现在才如此称呼它，沈先生不致自名什么书屋的，收藏可真丰富——这便是我少年期间身处僻壤，时值战乱，而得以饱览世界文学名著的福地了。（木心《塔下读书处》）

这个"福地"里的书籍不仅丰富，而且有很多善本，比如高尔基的签名本之类的。可以说，在木心少年时代所受的

乌镇上的茅盾故居

教育中，茅盾书屋里面的书给他的教育是最好的。

对于自己家和沈家的关系，他说道：

与沈氏究属什么故戚，一直不清楚，我母沈姓，从不叙家谱，只是时常听到她评赞沈家太夫人的懿德睿智……黄门与沈门四代通家之好，形同嫡系，我的二表哥是黄门女婿——由此可见一个古老的重镇，世谊宿亲，交错累叠，婚来姻去的范围，不外乎几大氏族，一呼百应，周旋固是顺遂，恐怕也就是因循积弱的原委了。（同上）

茅盾的故居也坐落在乌镇，离木心的故居非常近，我在十年以前去过，当时还没有留意所谓的木心美术馆。

在文章中，木心记叙了他一次拜访茅盾的经历：

木心《哥伦比亚的倒影》
一生飘零的文艺鲁滨逊

抗日战争忽然胜利，我的宿疾竟也见疗，便去上海考进一家专科学校，在文艺界集会见到茅盾先生，老了不少，身体还好，似乎说仍住在山阴路。不久黄妙祥的独生子阿全自乌镇来，约我去沈雁冰家叙旧，有什么旧可叙呢，我一直不要看他的小说，茅盾能背诵《红楼梦》？半信半疑，实在很滑稽。（同上）

对于茅盾能背诵《红楼梦》，我也是不相信的。《红楼梦》哪有那么容易背呢？背一回都难，更不要说是一百二十回了。我想只能说是他对《红楼梦》的文本比较熟悉，知道各个版本的不同。

回忆这次拜访，他说：

直到后来，才渐渐省知我的刚愎的原委——森严的家教中我折磨过整个童年少年，世俗的社交，能裕然进退合度，偏偏是面对文学前辈，我一味莽撞，临了以为"题字"岂不麻烦，说"不要了不要了"是免得他拔笔套开墨匣……之所以肆意发问，倒是出于我对茅盾先生有一份概念上的信赖，不呼"伯伯"而称"先生"，乃因心中氤氲着关于整个文学世界的爱，这种爱，与"伯伯""蜜橘""题字"是不相干的，这种爱是那书屋中许许多多的印刷物所集成的"观念"，"观念"就赋我"态度"，头脑里横七竖八积满了世界诸大文学家的印象，其间稍有空隙，便挂着一只只问号，例如，听到什么"中国高尔基""中国左拉"，顿时要反质：为何不闻有"俄国鲁迅""法国茅盾"的呢？（同上）

以上算是对木心其人其事的一个简要的"知人"，文中提到的两篇文章《乌镇》和《塔下读书处》也并未收在散文集《哥伦比亚的倒影》一书中。下面我们就来读一下这本散文集，散文不同于小说，因为内容实在是"散"得很，我们不可能一一加以赏鉴，在这里，我们且取其中一瓢来饮，重点讲讲这部散文集中的名篇《上海赋》。

他也曾经是一位新上海人

木心的《上海赋》，我认为是《哥伦比亚的倒影》中写得最好的一篇文章。过去的上海语文教材中收录了很多诸如《故都的秋》《想北平》《胡同文化》这种描写北京的文章，偏偏没有一篇描写上海的文章，实在是奇怪得很。现在上海的老师如果要编写关于"家乡文化生活"的校本教材，无论如何都应该把木心的这篇文章首先编选进去。因为在写上海的文章里面，这篇《上海赋》算是上海的文学家公认写得最好的了。曾经有人编选过一本名为《感受上海》的书，里面就收入了这篇《上海赋》的节选。其他作家写的上海，包括胡风、张爱玲、余秋雨、王安忆、程乃珊、陈丹燕等人的文章，我都浏览过，私以为都没有木心写得好。

青年时期的木心十分英俊，从某些照片上看长得有点像小虎队里的吴奇隆。在《战后嘉年华》一文中，他写过他的母校上海美术专科学校，他在这里一待就是四年。这个美术专科学校非常自由和散漫，跟我们现在讲的大学概念不太一样，老师就是放养式的教育：

虽然没有什么可容可包却俨然兼容并包，虽然无所谓学

青年时期的木心

术自由你完全可以学术自由……我在上海美专所享用到的
"自由",与后来在欧美各国享受到的"自由",简直天海一
色,不劳分别……

在这里,木心也留下了一些照片,比如他在美专边上留
影的那张。那时的美专在顺昌路上,现在已经变成了民居,
也不可能恢复成原貌了。还有一张摄于1946年,这个时候他
们在上海策划了一个美展。这张照片木心早就遗忘了,是陈
丹青后来找到并且专门拿给他看的,照片中的三个人都颇富
文人气息。

木心的《上海赋》由这样几篇文章组成:《从前的从前》
写从古代到近现代上海历史的变迁;《繁华巅峰期》写上海
的"畸形繁华";《弄堂风光》写上海老弄堂;《亭子间才情》
写上海的亭子间——现在已经基本上没有人住亭子间了,都

拆迁得差不多了；接着写上海人的吃穿——《吃出名堂来》《只认衣衫不认人》。这后面本来还有三章，但木心已经意兴阑珊了，就没有写完。

《上海赋》有一个小序，是这样写的：

古人作赋，开合雍容，华瞻精致得很，因为他们是当作大规模的"诗"来写的（"赋者，古诗之流也"），轮到我觊觎这个文体，就弄得轻佻刻薄，插科打诨，大失忠厚之至的诗道。

其实他写得很好，他自嘲写得轻佻刻薄，的确是有一点点，但是还不至于"插科打诨"，如同郭德纲的相声、周立波的清口，他的文章还是写得很漂亮的。

（一）木心《上海赋·从前的从前》

从前的从前是写上海的历史，从1842年以前的上海说起。其实上海的历史也没那么久远，简单地讲了一下后，他就说道：

其实老辈的眷恋感喟，多半是反了向的理想主义，朝后看的梦游症。要知申江旧事已入海市蜃楼，尽可按私心的好恶亲仇的偏见去追摹。传奇色彩铺陈得愈浓，愈表明说者乃从传奇中来，而那些副牌杂牌的上海人的想当然听当然，只不过冀图晋身"上海人"的正式排档耳。

其实近代上海的历史是从1842年开始的，我们历史课本上叫《南京条约》，晚清没有南京这个概念，那时的南京叫江宁：

道光二十二年中英《江宁条约》的订立，不论厄运好

运，上海是转运了，从兹风起云蔚为商埠，前程一天比一天
更未可限量。

如果熟知近代史就会知道，开埠使得上海迅速崛起，而
这就导致了广州的衰落，因为英国人就不用在广州十三行做
生意了，而是来到了上海，上海依托长江，进出中国的腹地
更便利。这样一来，广州码头的工人就失业了，许多人参加
了太平天国的起义，但是上海却一天比一天繁荣。每当中国的
内地比较混乱的时候，上海总是更加繁荣，因为这里有租界，
租界是个法外之地。抗日战争全面爆发的前四年，也就是从
1937年7月到1941年12月，被称为孤岛时期，这时期上海发展
得最快，因为日本人不能进租界，而江浙一带都沦陷了，于是
有钱人全都跑到了上海，上海一下子就形成了畸形繁荣。

木心就此评说道："从黄浦江外滩起，由公共租界的大马
路和法租界的法大马路，下去下去卒达静安寺长约十里，就
是口口声声的十里洋场。""总之近世的这番半殖民地的罗曼
蒂克，是暴发的、病态的、魔性的。西方强权主义在亚洲的
节外生枝，枝大于节。从前的上海哟，东方一枝直径十里的
恶之华，招展三十年也还是历史的昙花。"

木心在此提到，上海的罗曼蒂克是魔性的，现在我们也
称上海为魔都。这个名称当然不是从木心这里来的，而是来
自一个日本人村松梢风的著作《魔都》。不过用"魔都"二
字来形容上海的魔性，确实非常恰当。

（二）木心《上海赋·繁华巅峰期》

上海的繁华巅峰期就是孤岛时期。很多人都去过淞沪抗

战纪念馆。我们要了解一下蒋介石为什么要打淞沪会战。因为中国的东部地区一马平川，没有什么天险可守，如果让日本人从北方往南侵略，那基本上一下子就能打到海南岛，中国就完蛋了。而选择上海，一来靠近租界，外国人会很敏感，他们的安全受到了威胁；同时，让日本人从东往西打，西部地区交通不大方便，穷山恶水，日本人打到中部就打不进去了，从而以空间换时间，可以持久作战。因此就有了后来的淞沪会战。国民政府在淞沪会战中投入了大量的兵力，粉碎了日军三个月灭亡中国的嚣张气焰，不过还是因为军事实力过于悬殊，最终战败了。战败之后上海就进入了孤岛时期：

> 整四年，上海畸形繁华的巅峰期是整整四年，已过去半个世纪。一九三七年秋末，日军在杭州湾登陆，租界之外的上海地区全部沦陷，租界有了个新名称："孤岛"。"八一三"抗战爆发后，不仅苏州河以北的居民仓皇避入租界，上海周围许多城市的中产者，及外省的财主殷户富吏，纷纷举家投奔租界，好像赶国难狂欢节，人口从一百万猛增到四百万。

因此那个时候，上海的房租特别贵。对于这个时期的上海的社会风气，木心总结道：

> 然而若要成为"真正上海人"，就大有讲究，一"牌头"、二"派头"、三"嚎头"（又称"苗头"）。"牌头"是指靠山，亦即后台，当时说法是"背景"。总之得有军政要员、帮会魁首、实业大王、外国老板，撑你的腰，即使沾一两分裙带风，斜角皮带风，也够牌头硬了。

当时上海滩的风云人物比较著名的就是所谓的"三大

木心《哥伦比亚的倒影》
一生飘零的文艺鲁滨逊

亨"：黄金荣、张啸林和杜月笙，木心原本想开辟专章来好好写写关于"三大亨"的上海往事，而且颇为自负地以为"道来或可十不离九"，可惜终究未能付诸文字，我们只能通过徐铸成的《杜月笙正传》聊补遗憾。

再说"派头"，原是人生舞台的服装和演技，要在上海滩浪混出名堂来，第一是衣着华贵大方，谈吐该庄时必庄，宜谐时立谐，更要紧的是庄谐杂作，使人吃不准你的路数，占不了你的上风，你就自然占了他的上风。

这就刻画了生活在上海的这些人那种互相攀比的心理，说得难听点就是比较市侩。其实市侩之风无处不有，势利之眼无处不在，只不过生活在上海这种高度商业化的风险社会，三教九流的人到处都有，各个阶层的人随处可见，每天都在上演各种明争暗斗的戏码，自然会形成一种颇为势利的市井文化。这原本是无可厚非的事，身在其中浸染得久了，也就颇为习惯了。

"噱"，在汉书中是大笑的意思，口腔之上下亦谓之"噱"，但上海话的"噱"的含义是不妙而微妙的，贬中有褒，似褒实贬……巧言令色是噱功好，貌似忠厚是噱功更好，三十六计七十二变，上海人一字以蔽之："噱"。……"噱"有阴阳之分，阴噱的段数高于阳噱，从前的上海人的生活概念，是噱与被噱的宿命存在，是阳噱阴噱的相生相克，阴噱固然歹毒叵测，而一旦遇上牌头硬的，堂而皇之噱过来，侬挡得牢伐。

牌头、派头、噱头这三"头"之中，要数这"噱头"最为传神，虽然距离木心所描述的畸形繁华巅峰时期的上海已经过去七十多年了，身在当下魔都的我们，依然可以切身感受得到那种"挡勿牢"的噱头之风，而这股风气还会在商品经济的浪潮之下愈演愈烈，吹得十里洋场的游人沉醉其中无法自拔。

分述完这三"头"之后，木心又总结道：

> 上海的畸形繁华巅峰期……既是糜烂颓唐烟云过眼，又是勾心斗角锱铢必争，形成了"牌头""派头""噱头"三宝齐放的全盛时代，外省外市的佼佼者一到上海，无不惊叹十里洋场真个地灵人杰道高魔高。那繁华是万花筒里的繁华，由"牌头""派头""噱头"三面幻镜折射出来，有限的实质成了无限的势焰，任你巨奸大猾也不免眼花缭乱……然后，"时代的巨轮滚滚向前"，牌头派头噱头都属轹碎扬弃之列——一个大都会，一宗观念形态的渊薮，它的集体潜意识的沉淀保留期相当长……是则要上海人免于牌头派头噱头的折腾，还远得不知所云哩。而且，作为上海人而不讲牌头派头噱头，未知更有什么可讲的。

因此改革开放以后，上海人又开始"噱"了，一直噱到十里洋场遍地"名媛"不可，牌头派头噱头也就演变成了而今上海生活气息最为浓郁的市民文化，成为全国人民心中最具魔性的所在。

（三）木心《上海赋·弄堂风光》

从《弄堂风光》开始，《上海赋》后面的部分都写得非常好，文笔极尽夸张敷衍之能事，最为符合赋体的特点。先看《弄堂风光》，这部分写了上海的老弄堂。这种老弄堂在

263

黄浦区、静安区还有一点遗存，对此感兴趣的人要早点去实地感受一下，因为随着旧城拆迁的深入腹地，老弄堂可是越来越少了。木心先是拿北京的胡同和杭州的巷子来作比较：

（北京的胡同）出现砖面的墙，砖的青灰色使人透口气，分明一对石狮，两扇红漆的门，门和狮都太小，反而起了寒伧之感，北京的"胡同"是寂寞的，西风残照也没有汉家气象了。杭州的"巷"呢，也早已与油壁香车遗簪坠珥的武林不相干，两堵墙墉凛凛对峙，巷子实际是窄的，看起来就更窄，墙之所以高，为了防火，故称封火墙，恐怕也是为了防盗贼。

他认为北京的胡同和杭州的巷子一个早已没落，一个太小家子气，没有办法跟上海的弄堂媲美，他以这两个例子来作反衬和对照，介绍起上海的弄堂：

发酵的人间世，肮脏，嚣骚，望之黝黑而蠕动，森然无尽头。这里那里的小便池，斑驳的墙上贴满性病特效药的广告，垃圾箱满了，垃圾倒在两旁，阴沟泛着秽泡，群蝇乱飞，洼处积水映见弄顶的狭长青天。又是晾出无数的内衣外衫，一楼一群密密层层，弄堂把风逼紧了，吹得它们猎猎价响。

这么"嚣骚"的地方，我曾在原闸北区的上海火车站北广场附近见过。那时我还在读大学，有一次去买自行车，那个带我去买自行车的人就在这样的小巷子里绕来绕去，"森然无尽头"。那个人大概是卖黑车的，生怕我是警察。黄浦区现在还有这样的地方。福州路或者九江路上，别看附近就是光鲜亮丽的淮海路或南京路，你往里面的小巷子稍微走一走，就不是那么回事了。垃圾倒还好些，现在已经分类了，衣服还都是晾在外面猎猎价响。这种地方按现在的条件来看，是没法儿住人的，因为它没有抽水马桶，于是木心接着讲了老上海人倒马桶的情形：

> 各层楼中的张师母李太太赵阿姨王家姆妈欧阳小姐朱老先生，个个一手把住楼梯的扶栏，一手拎着沉重的便桶，四楼三楼二楼地下来，这种惊险的事全年三百六十五次天天逢凶化吉，真是"到底上海人"。

看来上海人早已练就了这个功夫，不会摔倒。这里给"到底上海人"打上了引号，是因为张爱玲从香港返沪以后，就写过一篇文章《到底上海人》。她比较了上海和香港，得出的结论当然就是"到底上海人"。

上海人从来不会感叹日子腻，张爱玲惯用的词汇中有一个"兴兴轰轰"，乃是江苏浙江地域的口头语，在中国没有比"上海人"更"兴兴轰轰"的了。

"兴兴轰轰"其实就是比较热闹的意思，木心用这个词颇为准确地概括了上海的弄堂风光。现在的上海人居住条件当然不知道好了多少倍，再也不会出现这种"肮脏，嚣骚"的局面，不过上海人"兴兴轰轰"的生活状态却是越发变本而加厉了。即便是在疫情期间，你在周末到五角场去逛一圈的话，那如涌的人潮简直要把你淹没得无影无踪，顿生沧海一粟之感。

（四）木心《上海赋·亭子间风情》

现在住亭子间的人当然很少了，亭子间其实也就是老弄堂的楼梯间：

　　所谓亭子间者，本该是储藏室，近乎阁楼的性质，或佣仆栖身之处，大抵在顶层，朝北，冬受风欺夏为日逼，只有一边墙上开窗，或者根本无窗，仅靠那扇通晒台的薄扉来采光透气，面积绝对小于十平方米，若有近乎十平方米便号称后厢房，租价就高了。

　　我上大学的时候有一次到黄浦区去做家教，我教的那个小朋友就住在外婆家的这样一个小于十平方米的亭子间里。所以我对于亭子间还是有过直观印象的，空间的确局促得很。过去有一部小说叫《亭子间嫂嫂》，讲的就是旧上海失足女性的故事，故事地点也是发生在这样局促的背景中。

　　这里，木心讲了住亭子间的人晚上去吃夜宵的情形，颇为传神。他说：

　　上海人的嘴，馋而且刁，即使落得住亭子间，假凤虚凰之流，拉拢窗帘啃骨咂髓神闲气定。半夜里睡也睡了，还会掀被下床，披件大衣趿着拖鞋上街吃点心，非到出名的那家不可，宁愿多走路。斯文一些的是带了器皿去买回来，兢兢业业爬上楼梯，尔后，碗匙铿然，耸肩伏在苹果绿的灯罩下的小玻璃台板上，仔仔细细咀嚼品味。

　　"假凤虚凰"是指没有领证结婚的同居情侣，"啃骨咂髓"大概是吃些鸭脖子、鸡爪子之类。这里的"兢兢业业"大词小用，带点贬义，"碗匙铿然"以声衬静，配上"仔仔细细"，写得十分生动。

　　隔壁的婴儿厉声夜啼，搓麻将的洗牌声风横雨斜，晒台角的鸡棚不安了一阵又告静却。乡下亲戚来上海，满目汽车洋房应接不暇，睡在地板上清晓梦回乍闻喔喔鸡啼，不禁暗叹："到底上海人。"

木心在此又把张爱玲的"到底上海人"拿来一用，真可谓化腐朽为神奇了。其实张爱玲描写上海的散文，实在是乏善可陈，即便是《到底上海人》这篇，也写得过于简短而不够深入细致。半个世纪过后，幸而还有木心，继承张爱玲的文脉，继续书写上海人，还写得那么传神到位，真是文坛一大幸事啊。

最后，木心说：

也许住过亭子间，才不愧是科班出身的上海人，而一辈子脱不出亭子间，也就枉为上海人。

这句话说得很好，言下之意是，一开始到上海打拼的"新上海人"，因为买不起房子，住的都是亭子间这样的地方，但住几年就应该搬到大房子里去了，否则一辈子蜗居在亭子间这样的地方，实在是混得不咋样，还不如不要出来混。

（五）木心《上海赋·吃出名堂来》

我曾经给学生布置过一个创意写作的作业，要求学生撰写一篇不少于三千字的散文，题目是"舌尖上的魔都"，至少写三种以上的上海小吃，要把每种小吃的色香味都描述出来，做法和背后的饮食文化也都要尽量写出来。这份作业学生完成得很好，虽然他们尚且无法超越木心的这篇《吃出名堂来》。木心写道：

上海鱼龙混杂，鱼吃鱼料，龙吃龙料，鱼一阔马上要吃龙料，龙水浅云薄时，只落得偷吃鱼料。鱼为了冒充龙，硬硬头皮请别的鱼吃龙料，龙怕被窥破他处于旱季，借了钞票来请别的龙照吃龙料不误。于是上等上上等，下等下下等的大酒家小粥摊，无不生意兴隆。

远的不说，就说现在复旦大学宿舍边上的国年路，那么点小地方，那么多大学生，那些山东煎饼、东北水饺、兰州拉面、苏州汤包、日式料理、韩国烧烤之类的小摊子，"无不生意兴隆"。

上海是人的海。条条马路万头攒动，千百只收音机同时开响。杨四郎动脑筋去探母，打渔的萧大侠决定要杀家了，黄慧如小姐爱上车夫陆根荣，杨乃武、小白菜正在密室相会。长达十小时的沸腾夜市，人人都在张嘴咂舌，吃掉的鱼肉喝掉的茶酒可堆成山流作河。

前半部分讲的是听戏的场面，分别提到了《四郎探母》《打渔杀家》《黄慧如和陆根荣》《杨乃武与小白菜》这四出戏，后面就开始大谈特谈上海的夜市文化了。

接着木心铺陈精讲了汇聚上海的几大菜系，无不令人垂涎三尺，后来则写到西餐。他说：

然而三十年代的海派西式食品中，夺魁者何？当推"起司炸蟹盖"，"晋隆饭店"出品，每当秋季阳澄湖清水大闸蟹上市，蒸后剔出膏肉，填入蟹的背壳中，洒一层起司粉，放进烤箱熟了上桌，以姜汁镇江香醋为沙司，美味直甲天下。

这样的做法，怎能不令人心向往之？即便不是老饕，读来也会口舌生津，唇齿留香。

最后，木心讲到了阳春面，这部分写得最好。日本作家栗良平有一篇短篇小说被翻译成《一碗阳春面》，其实严格来说应该译作《一碗清汤荞麦面》。所谓阳春面就是没有浇头的面，撒点葱花，俗称"光面"。木心这样形容：

> 这种面类中最惭愧低档的"阳春面"，做得中规中矩，汤清、面健、味鲜，象牙白细条齐齐整整卧在一汪晶莹的油水里，洒着点点碧绿蒜叶屑，贩夫佣妇就此，固不得已也，然而不乏富贵雅人，衣冠楚楚动作尖巧地吃一碗"阳春面"，宁静早已致远，淡泊正在明志，是都市之食中最有书卷气的。

阳春面毕竟是囊中羞涩者的首选佳肴，但是富贵雅人或许是忆苦思甜，或许是吃厌了大鱼大肉，也会偶尔来尝一尝这样一碗最低档的面食，木心这里化用"宁静致远、淡泊明志"的典故，顿时就有了书卷之气，连吃一碗阳春面都显得那么风雅。

（六）木心《上海赋·只认衣衫不认人》

这部分写的是旧上海的服饰文化，在《上海赋》中是写得最好的篇章。木心写道：

> 那时候，要在无数势利眼下立脚跟、钻门路、撑市面，第一靠穿着装扮。上海男女从来不发觉人生如梦，却认知人生如戏。明打明把服装称为"行头""皮子"，四季衣衫满箱满橱，日日价叫苦："呒没啥好着呀。"最难对付的是腊月隆冬，男的没有英国拷花开许米，女的没有白狐紫貂，"不宜出门"，尤其别上人家的门。

接着分讲男女服饰，都有出彩之处。讲到女士旗袍：

"快乐小姐"广告

　　春江水暖女先知，每年总有第一个领头穿短袖旗袍的，露出藏了一冬天的白臂膊，于是全市所有的旗袍都跌掉了袖子似的，千万条白臂膊摇曳上街，从"五四"时代的翩翩倒大袖，缩小缩短，直缩到肩胛骨。夏天了，旗袍无袖可言。

　　春天，好不容易捂白了的胳膊要赶紧露出来。"摇曳"这个词很好地描绘出了上海女性摇摇摆摆地穿着高跟鞋和旗袍上街的样子。当时还有很多旗袍面料的广告，比如一个叫作"快乐小姐"的广告，画面上是位穿蓝色旗袍的女子，广告语现在看起来略嫌傻气：她何以充满了愉快？因为她所穿的"阴丹士林"色布是……接下来罗列了布料不褪色等四个特点。

接着再讲男性的服装：

而纵横洋场已成压倒之势者是"西装"。西装店等级森严，先以区域分，再以马路分，然后大牌名牌，声望最高的都有老主顾长户头，价钱高得你非得到他那里去做不可，否则何以攀跻人夸示人？

时移世易，现在上海男人已经很少穿西装了，平常穿西装的大多是中介小哥了。

从前上海人穿着普遍高水准，其中自然就不乏大师级者。一套新装，要经"立""行""坐"三式的校验，立着好看，走起来不好看——勿灵。立也好走也好，坐下来不好看——勿灵。"立""行""坐"三式俱佳，也不肯连穿两天。"衣靠着，也靠挂"，穿而不挂，样子要疲掉，挂而不穿，样子要死掉。

这样一来，一周里倒要准备上五套西装，一天一套。

讲完男女服饰，木心总结了上海人为什么如此讲究穿着：

面子第一要紧，上海人讲究穿着为来为去为了"面子"，因此服装的含义或可三而述之：一、虚荣；二、爱好；三、自尊——凡虚荣每含欺骗性，是达到目的前的手段，故属权术的范畴。凡爱好，虽说发乎天性，而外向效应也是取悦人引诱人，内向效应则形成优越感，自恋自宠，乐此不疲……

我们看木心的照片就会发现，他自己就是特别注重穿着

271

的人，总是一副风度翩翩的样子。

最后，他感慨道：

能从衣衫上辨别判断"人"，必要时，达到不认衣衫只认人的明哲度——从前的上海人，在"衣"与"人"之关系的推论上，也许总不外乎这样的吧，因为后来上海人就不虚荣了，继之不爱好了，终于不自尊了，再后来又想虚荣又想爱好又想自尊，已不知如何个虚荣爱好自尊法。

1949年以后，服装渐渐统一，上海人也就不虚荣不爱好不自尊了，而到了现在，尤其是上海的中老年人，穿衣服的品位就明显不如年轻人那么时尚了，当然，也没有比较好的服装品牌专为老年人服务，他们大多还是穿着20世纪八九十年代风格的衣服。

在所有的衣服当中，木心认为"以蓝布、阴丹士林布做旗袍最有逸致。清灵朴茂，表里一如，家居劬劳务实，出客神情散朗，这种幽雅贤慧干练的中国女性风格，恰恰是与旗袍的没落而同消失。蓝布旗袍的天然的母亲感、姊妹感，是当年洋场尘焰中唯一的慈凉襟怀"，但这一切都逃不脱消散的命运，最终泥沙俱下——"近恶的浮华终于过去了，近善的粹华也过去了"。

在《上海赋》的后记中，木心说：

海派是大的，是上海的都市性格，先地灵而人杰，后人杰而地灵；上海是暴起的，早熟的，英气勃勃的，其俊爽豪迈可与世界各大都会各争雄长；但上海所缺的是一无文化渊源，二无上流社会，故在诱胁之下，嗒然面颜尽失，再回头，历史契机骎骎而过。

所谓"地灵",指上海据守在长江的出海口,所谓"人杰",指后来在上海汇聚的400万人,有才华的人、有财富的人济济一堂。但上海是没有文化渊源的。在这一点上,作为上海之根的松江人可以很自豪,曾经的松江府对上海县可以高看一头,更何况还有着1 600年的文化渊源撑腰。

毕业于华东师范大学,目前定居美国的李劼著有一本小册子《木心论》,书中主要评价的是木心的《文学回忆录》。他将木心和其他三个人相提并论,分别是南怀瑾、胡兰成、潘雨廷。胡兰成前文已经介绍过。南怀瑾是中国台湾地区的一位文化名人,复旦大学出版社出版了一整套他的著作集。潘雨廷知道的人很少,他是华东师范大学的一位老教授,专门研究老庄哲学。我个人觉得将这四个人放在一起比较有些不伦不类,木心跟他们中的哪一位放在一起都不合适。

木心首先是一个诗人,他的诗写得非常好,后来在美国的时候,他主要是个画家,画画得非常好,于是美国的文艺青年就撺掇他多写点东西,这才有了后面的作品。他的作品一开始是在中国台湾地区发表的,刊登在1986年痖弦主编的《联合文学》创刊号上。这期杂志刊载了台湾地区40多位作家的作品,木心一个人的作品就占了一半篇幅,他也一下子名声大振。随后,木心的书在台湾地区一本一本地出版。到了2006年,他的作品终于在大陆出版,广西师范大学出版社引进了他的全部作品。

李劼认为:

木心身兼世俗、浮华、精深、清高,以清高为最。木心可能会向区区提问道:清在哪里,高在何方?区区回答如是：清在语辞，高在飞翔。仅就语辞文字功底而言，（南怀瑾、木心、胡兰成、潘雨廷）四者之中唯木心妙语连珠，口吐莲花。（李劼《木心论》）

木心的语言风格，通过前文的赏鉴，我们会发现他跟我们以前读过的作家都不一样，比如江曾祺、沈从文这些人，更不用说贾平凹、余华他们了。尤其若跟后者一对照，你就会发现他们的语言太苍白了，而木心得益于他的古典文学功底，所以"妙语连珠，口吐莲花"。木心自己最佩服的人也就只有鲁迅和张爱玲了。我个人认为，中国散文写得最好的作家就是木心，在当代作家之中，能够在语辞上跟木心相媲美的人很少。

木心的文学审美，虽然缤纷绚丽，但并非了无脉络可寻。在西方文学是对基督的诗性解读，对拜伦的向往，引尼采为知己；在汉语文学是与老子的天然相通，与嵇康的兄弟认同，与陶潜的高山流水。这两条脉络，有如天空中的两道彩虹一样，互相映照。借用王勃名句表达，基督与李耳齐飞，拜伦共嵇康一色；尼采似火，陶潜如水。这既是木心的灵气，也是木心的底气。（同上）

这是李劼深入研究《文学回忆录》后得出的结论，概括得比较准确。在西方文学一脉上，木心非常推崇《新约》，后面的拜伦和尼采自不必说。在中国文学一脉上，则是老子、嵇康和陶渊明。木心和嵇康一样是非常倔强的。他在接受采访的时候讲过一句话，就是人家要让他灭亡，他说"我偏不"。他把东西方这两条文脉融会贯通，不仅在文字上融合，更在精神上相接。

木心创作转印画的工具

略谈木心的画

最后简单给大家介绍一下木心的画。

木心的画有一个特点：他的画都不是画出来的。他先在玻璃上作画，然后用纸张拓印，再把它揭下来，基本上要转印几百次才能够选出一张最满意的。

他与潘其流同是林风眠的弟子，受林风眠的影响比较深。王瑞芸在《也谈木心》中评价了木心的画作：

他的画是精神风景的展示，胸中有大丘壑的。那样的抽象画，在我们这种人眼里，根本就是"具象画"，丝丝入扣地把画家心内体悟到的风雨晴晦，曲折流转，深邃旷远，神

秘寂静，一一描摹出来，比外表写实的画更加入木三分地逼近存在的实相。我看着他那些被丹青称为"转印画"的作品，呼吸有些急促，心中感到压迫，因它们实在极好！哪怕是只在两指宽的方寸之地，木心也能从容地经营出云蒸霞蔚的空阔乾坤……这个可就厉害了。

对于为什么会有木心这样的人，王瑞芸联想到了自己的父亲，继而感慨道：

由经父亲，叫我幡然明白一个事实，如木心那样学通中西，博览群书，爱艺术，崇拜美，不是他一个，而是那一代！在那样的历史时期，青年们是照那样被教养的：知道怎么吃饭，怎么穿衣，怎么说话，怎么娱乐，怎么对待自己……父亲的那个样子，几乎正注释了木心说过的话："艺术是可爱的，生活是好玩的，人生是要有坚持的……"木心后面还有一句说"我是很倔强的"，这差不多也可用到父亲身上。以我所知的他，设若被"下放"的地方恰是地狱，他老人家必定要在地狱里先清理出一片地方，挂上花色窗帘，摆上一桌一椅，上面搁着

木心的转印画长卷

诗集、烟、茶！

陈丹青在《绘画的异端》中这样评价木心的转印画：

放弃林风眠的正方形，木心给转印画所裁剪的图式，无疑，是中国古典长卷画。如他不愿使用宣纸和水墨，他并不真去画长卷，而是弄成极小尺寸的微缩版，缩减到有如渺然的记忆——但不是"微型"艺术。象牙玉石的微雕是将大者缩小，木心转印画的景、景别，非常大，如古典长卷的"旷观"，出离尺度，无尺度。

他的画作比较经典的有《金陵秋色》《会稽春明》《辋川遗意》等。这些画的尺寸其实都很小，比如《会稽春明》，下方有一排指甲盖大小的江南民居，和背景中的远山互相映衬，给人一种古典长卷的感觉，但实际上尺寸很小。

木心最有代表性的学术作品是《文学回忆录》，是从他1989—1994年在美国给陈丹青他们上文学课时的讲义整理而来。如果你想读一读不那么严肃的文学史，就可以选择这本书。它包含着木心的独特体验，跟那些专业学者所写的文学史相比有着他自己的理解。此外，若想了解木心，也可以观看一部纪录片《木心物语》。

　　近年出版的研究木心的三部佳作分别为铁戈的《木心上海往事》、夏春锦的《文学的鲁滨逊：木心的前半生(1927—1956)》和陈丹青的《张弨与木心》，而2022年1月出版的《木心遗稿》为我们深入研究木心提供了更多的资料。

费孝通《乡土中国》

传统社会的社会属性

费孝通（1910—2005），江苏吴江（今苏州市吴江区）人，著名社会学家、人类学家、民族学家、社会活动家，中国社会学和人类学的奠基人之一。

费孝通从事社会学、人类学研究，写下了数百万字的著作。他在导师马林诺夫斯基的指导下完成的博士论文《江村经济》被誉为"人类学实地调查和理论工作发展中的一个里程碑"，成为国际人类学界的经典之作。20世纪80年代后期，费孝通先后对中国黄河三角洲、长江三角洲、珠江三角洲等进行实地调查，提出既符合当地实际，又具有全局意义的重要发展思路与具体策略。同时，他开始进行一生学术工作的总结，并结集出版《费孝通文集》(16卷)。

《乡土中国》是费孝通著述的一部研究中国农村的作品。全书由14篇文章组成，涉及乡土社会人文环境、传统社会结构、权力分配、道德体系、法礼、血缘地缘等各方面。在《乡土中国》中，作者用通俗、简洁的语言对中国基层社会的主要特征进行了概述和分析，全面展现了中国基层社会的面貌。

《乡土中国》的社会学类型

　　《乡土中国》是一部社会学著作，近年来因为被收入高中语文课本，所以备受关注。全书由14篇文章构成，只有五万字，而且作者费孝通先生的文笔非常好，他从少年时代就开始在商务印书馆的杂志上不断地发表文章，他的文章文从字顺，介绍概念多用比方，因此并不难读。在这里，我会先介绍这本书的读法。

　　我们先简单介绍一下费孝通先生。费孝通寿命很长，出生于1910年，一直活到了21世纪。在学术界，生理寿命对学术寿命的影响是非常关键的。曾担任费孝通秘书的张冠生写过一本小书《探寻一个好社会：费孝通说乡土中国》，这实际上是一本书话，介绍了费孝通一生的主要著作。读了这本书，我才知道费孝通写了那么多书，真的可以说是著作等身，如果不是"文革"、反右把他耽误了，他的书肯定还能超过他的身高。

　　张冠生在书中说：

　　费先生享寿九五，一生起伏动荡，少年早慧，青年成名，中年成器，盛年成鬼，晚年成仁，暮年得道。其早年心志一以贯之，直达生命终点。

　　"盛年成鬼"不是说过世了，而是说被打成"牛鬼蛇神"。费孝通是反右时著名的六教授之一，在"文革"中也经历了不少磨难。这段话是对他一生最好的概括。除此之外，张冠生还撰写了费孝通的传记和《费孝通：晚年谈话录（1981—2000）》。张冠生本来是深圳的一个记者，后来被调到民盟中央去做费孝通的秘书，那时费孝通已是民盟中央的主席，在民主党派里面很有影响力。《费孝通：晚年谈话录（1981—2000）》的篇幅很长，按照日程事无巨细地做了记录，是非常难得的资料，但也非常难读。

类似的情况还有胡适先生的秘书胡颂平，他也写了一本《胡适之先生晚年谈话录》，只有七八万字，读起来很舒服，不过他还著有一部《胡适之先生年谱长编》，有十一册三四百万字，是研究胡适先生比较权威的著作。这类秘书写的传记著作，有一个好处，就是对传主比较熟悉，写出来的东西比较真实。

据费孝通自己介绍，《乡土中国》收集了他20世纪40年代后期，根据在西南联大和云南大学所讲的一个课"乡村社会学"的内容，应当时的一份杂志《世纪评论》之请而写成的分期连载的14篇文章。所以它本质上还不是一部非常严谨的社会学专门著作。这本书最早由上海观察社于1947年出版发行，被收入观察丛书。费孝通在《乡土中国》的重刊序言中交代了他的写作意图。当我们读一本书的时候，当然要读一读它的序言，这是个小小的阅读策略。他说：

"这算不得是定稿，也不能说是完稿，只是一段尝试的记录罢了。"尝试什么呢？尝试回答我自己提出的"作为中国基层社会的乡土社会究竟是个什么样的社会"这个问题。

可见，这并不是费孝通最满意的著作。他自己最满意的

青年费孝通

著作是之后的《生育制度》，至于《乡土中国》，我们可以说
它的后半部分是错误百出的。你如果完全顺着它读下去，没
有读出它的错误，那你就白读了。至于"作为中国基层社会
的乡土社会究竟是个什么样的社会"，这是个事实判断，也
是社会学需要去研究的一个主要问题。"基层社会"这几个
字很重要，他要研究的不是高层制度，比如科举制度、三省
六部制，也不研究皇帝、后宫，他研究的是基层社会的乡土
社会，但是他的事实判断还是有误的。

　　迪尔凯姆（又译涂尔干）在《社会学方法的准则》中为

社会学确立了有别于其他学科的独立的研究对象，那就是社会事实。他认为我们要把社会学和哲学、心理学、生理学区别开来，而且社会事实的存在不取决于个人，它先于个体的生命而存在，比个体生命更持久，它由先行的社会事实所造成，并以外在的形式强制和作用于人们，塑造人们的意识。费孝通所接受的社会学的观念、方法、主要的学理都来自涂尔干。费孝通在英国留学的时候，老师是马林诺夫斯基，他上课是比较包容的，当时的课名叫"今天的社会学"，上课方法就是每个学生来做报告，介绍今天的社会学在关注什么东西，这时就一定会介绍到涂尔干，费孝通就这样在英国接受了涂尔干的思想。这也是他以后受到冲击的重要原因之一，因为他的学术路径跟马克思不一样，所以1953年旧院系调整，就把社会学给调整没了，这才有了改革开放以后社会学的重建。

284

要注意的是，社会学研究社会事实，但这并不代表它不对社会事实作价值判断。所以我们在看这本书的时候，一定要注意什么叫事实判断，什么叫价值判断。事实判断是指出中国传统社会是什么，价值判断是评价中国传统社会好不好。只要搞清楚这两个问题，进入这本书就比较容易了。而判断这本书写得好不好，首先第一个问题是他的事实判断准不准确，中国传统社会是不是他讲的这个样子，我们脑子里面一定要有这个问题意识。另外一个问题就是对于中国传统社会好不好，作者的观点是什么。如果好的话就不用现代化了，所以这个问题必然是带有否定性判断的，所以千万不要认为所谓差序格局是个好东西，否则这本书就完全读错了。

事实判断与价值判断的分类方法始自苏格兰的启蒙思想家大卫·休谟。事实判断是一个描述性判断，价值判断是一个规范性判断，区分这两种判断的意义可以帮助人们对社会文化领域中的各种思想理论保持清醒的分析批判态度。我们要知道费孝通这本书是在20世纪40年代写的，现代社会学早已经突飞猛进，中国现代的学者对中国传统社会的事实判断也已经翻新了好几轮。因此，我们对这本书要始终保持清醒的分析批判态度。接下来，我会首先对这本书进行分析，而后再进行批判性反思。

学界一般认为，"五四"以来，对"中国传统"的"事实判断"和"价值判断"一直是中国思想界的主题。我们先看看别的学者是怎么研究的，而费孝通是怎么研究的，谁讲得更有道理。所以《乡土中国》这本书提出来的问题可以说是切中要害，我们恰恰需要这个反思。

马勇在《现代中国的展开：以五四运动为基点》中主要评价了五四运动，他就借鉴了费孝通的观点。马勇认为，现代中国的历史展开是从五四运动开始的。马勇在此书序言中这样论述：

五四运动的本质就是现代中国的历史展开，而现代中国就是从传统中国走来。现代中国与传统中国的区别究竟何在，现代的意义究竟是什么，为什么现代中国必须摈弃精英主义文化传统，必须将普罗大众改造成"有知识的劳动者"；传统中国就是基于血缘、族缘的社会形态，而现代中国的全部实现，必然是一个与"熟人社会"完全不同的"陌生人社会"，陈独秀说"孔子之道不合乎现代生活"，也只有从这个意义上来理解，才能给予合乎历史、合乎情理的解释。

不难看出，马勇关于"传统中国就是基于血缘、族缘的社会形态，而现代中国的全部实现，必然是一个与'熟人社会'完全不同的'陌生人社会'"的观念主要来自费孝通，深受费孝通《乡土中国》一书的影响。

《乡土中国》的核心概念

费孝通在重刊序言里接着说："这本小册子和我所写的《江村经济》《禄村农田》等调查报告性质不同。它不是一个具体社会的描写，而是从具体社会里提炼出的一些概念。"《江村经济》是费孝通的博士论文，用英文写成，并在英国的出版社出版，在国外比较畅销，但直到1984年才在国内出版，在当时是非常前沿的著作。现在普通读者已经不太需要读了，因为书里有很多表格、数据，我们不需要知道那些村庄的具体状况，但现在很多社会学研究还是《江村经济》的思路，找个村子蹲点做田野调查，拿一个典型的案例去做分析，比如梁鸿的《中国在梁庄》、熊培云的《一个村庄里的中国》等，当然，这两本书还是非常值得一读的。而《乡土中国》在《江村经济》的基础上进步了一点，从具体社会里提炼概念。他说："搞清楚我所谓乡土社会这个概念，就可以帮助我们去理解具体的中国社会。概念在这个意义上，是我们认识事物的工具。"

要研究《乡土中国》，我们需要一本书作为工具，这本书就是安东尼·吉登斯和菲利·普萨顿合著的《社会学基本概念》，这是进入社会学的入门级别的著作，它会告诉你社会学都研究了哪些问题，研究到什么程度了，要想继续研究可以怎么做。这里面跟我们所讲相关的最重要的一个概念不是"乡土中国"，而是"现代社会"。前文所说的"现代中国"究竟是怎样的，搞清楚这个，就可以跟传统社会对照了。《社会学基本概念》中是这样说的：

现代社会指的是欧洲封建主义之后的时代，是后封建社会的统称，包括工业化、资本主义、城市化和作为一种生活方式的都市主义、世俗化、民主制度的建立和扩散、科学技术在生产过程中的应用，以及人类生活全方位的平等化运动。

在《乡土中国》中，从头到尾贯穿了一个基本的写作手法，就是对照——乡土中国和现代西方的对照。抓住了这一点，这本书就可以读懂了。费孝通早年在英国留学，后来因为反对蒋介石，又避难去美国待了一年，对英美社会有切身的观察，这些观察都融入了这本书。我梳理了费孝通对照的内容，如下表：

	乡土中国	现代西方
经济制度	小农经济	商品经济
社会网络	熟人社会	生人社会
社会秩序	礼俗社会	法理社会
基层结构	差序格局	团体格局
文化模式	阿波罗式	浮士德式
社会规则	礼治社会	法治社会

	乡土中国	现代西方
国家规模	无为政治	有为政治
公共选择	长老统治	民主政治
意识形态	名实分离	名实一致

在这些概念中，最重要的就是"差序格局"。这是费孝通首创的概念，也是他这本书最大的贡献。北京大学社会学教授郑也夫评价《乡土中国》说：

可以毫不夸张地说，中国高校社会学研究生入门考卷中最常见的名词解释是"差序格局"。这是因为中国社会学教授和学者们认为，《乡土中国》中的这一术语是中国社会学对世界社会学理论的最大贡献。

那么差序格局到底是什么东西呢？费孝通在《差序格局》这篇文章中介绍道：

以"己"为中心，像石子一般投入水中，和别人所联系成的社会关系，不像团体中的分子一般大家立在一个平面上的，而是像水的波纹一般，一圈圈推出去，愈推愈远，也愈推愈薄。在这里我们遇到了中国社会结构的基本特性了。

画成示意图即如下图所示。

核心是自己，而后是小家庭和大家庭。所谓小家庭就是社会学讲的英国人的核心家庭，通常就是父母、子女，一家四五口人，孩子成年后就进入社会自己谋生去了；大家庭则是中国人四世同堂的家族，是扩散了的家庭。然后是邻里村

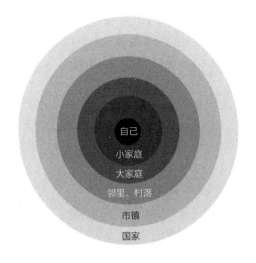

落、市镇、国家。

　　而西方社会则是"团体格局"。这个概念也是费孝通的原创。所谓团体格局就是一个人在社会上，可以基于自己的兴趣爱好、特长，加入不同的小团体，脱离了自己的小家庭以后，在社会上更多的是和那些志同道合的人在一起，一个人可以同时加入不同的团体。这时有人提出，那英国就没有家族了吗？中国就没有团体了吗？不是有东林党人这类团体吗？这里我们要明白，他讲的是普遍状态，不是针对具体个例。

　　费孝通的这两个概念借鉴了涂尔干《社会分工论》中的"机械团结"和"有机团结"这两个概念。涂尔干认为：传统社会是机械团结，它通过强烈的集体意识，比如说家族、乡党，将同质性个体结合在一起，其法律属于"压制性"

的，将违反和触犯集体意识的行为视为犯罪，视为对社会整体的威胁。现代社会以前的英国、法国也是这样子的，只不过到了资本主义社会以后它瓦解了，变成了有机团结。有机团结是一种建立在社会成员异质性相互依赖基础上的社会联结纽带，其法律属于"恢复性"的，旨在把分化的个人组织起来，使之有序相处，维护个人和群体之间的相互依赖关系。这是涂尔干的社会分类，到了费孝通这里，中国传统社会的机械团结的特色就是差序格局。

那么英国社会是不是这个样子呢？艾伦·麦克法兰在清华大学做客座教授时上过一门课——现代世界的诞生，主要探讨的问题就是现代世界为什么诞生在英国。这门课最后形成了一部著作《现代世界的诞生》，书中讲道："俱乐部和社团今日构成了英国社会结构的基石。"俱乐部和社团是什么东西呢？就是团体格局的那个"团体"，比如皇家科学协会、哈利·波特读书会、英格兰超级联赛的俱乐部等。它们的基本特点是：基于人的成就，而非基于人的归属；基于契约，而不是基于身份；怀有有限的鹄的和宗旨；具有选择性；与同样性质的其他社团之间经常发生暗中的或公开的竞争；以一种官僚机构式的组织实施管理；大多拥有资产；通常拥有自己的象征性标志；成员一般由现时成员挑选；不是由国家设立的正式团体，也不受国家控制；可能设有特定的标准；收取会费和捐款；拥有一个名字和一段历史；有一套明确的行为准则；通常由一个强悍人物所缔造；往往存续多年，有的甚至存续几百年；等等。

这些社团和俱乐部非常发达，麦克法兰引用乔尔·莫基尔的评论说:"俱乐部、联谊会、学会、协会形成了无数张网络,这些网络的出现创造了一个公民社会,在公民社会中,公共货物由私人供应变成了现实,造成了一个我们不妨称之为公民经济的体系。"所以当时英国很多社会工作不需要政府出面,比如修桥铺路、科学研究,这些学会就把它完成了。"由于公民社会的发达,英格兰在一种无可比拟的程度上解决了所有社会面临的一个普遍问题,即如何建立公共信任和博爱……若不考虑公民社会的作用,就无法理解现代世界何以能在不列颠小岛上诞生和存续;若无信任和合作精神将英国个人主义的、流动的人民凝聚在一起,就不可能实现议会民主制所导致的政治融合,不可能实现一种举世无双的多元而宽容的宗教格局,也不可能实现技术创新和辉煌的科学成就,更别提运动、游戏、文学、艺术领域的成就了。"(艾伦·麦克法兰《现代世界的诞生》)

以上是英国的情况,而中国传统社会的特点,我们可以对照阅读张宏杰所著的《饥饿的盛世——乾隆时代的得与失》。众所周知,中国的传统社会到康乾盛世就达到了顶峰,此后就是不可挽回的衰落,直到鸦片战争爆发。但即便是在顶峰,老百姓也是很穷困的,衣不蔽体、食不果腹,所以叫"饥饿的盛世"。张宏杰认为,事实上,"乾隆朝的专制政治发展到了极致,它打破一切民间自发组织的可能,把一切社会能量纳入政治控制之下"。当时的白莲教属于邪教,明代东林党这样的团体也是不允许存在的。"读书人因讲学而聚会,因聚会而议论,正是一种人主无法完全驾驭的力量,是必须禁止的。他训诫大小臣工、读书士子,对道学只要埋头潜修、躬行实践就行了，不可以道统所在自居，大讲其仁义道德。"朝中对朋党的行为是严厉打击的，乾隆皇帝最喜欢研究这个臣子和那个臣子之间到底有什么关系，是同年还是姻亲，生怕他们结党。

为什么严厉打击老百姓结党呢？这个传统从商鞅就开始了。孔子的时代还有私学，到了商鞅变法时就开始焚书坑儒了——是的，焚书坑儒不是从秦始皇开始的，而肇始于商鞅，他是最早主张"燔诗书"的人。商鞅的理论是"民弱国强，国强民弱。故有道之国，务在弱民"，当然，这里的"民"首先指的是地方上的贵族豪强，但凡王朝强大，就会消灭豪强，扶持自耕农来支持皇权。学界一般认为，中国传统政治社会结构就是在商鞅变法时期开始形成的，概括来讲就是"编户齐民"。萧公权的《中国乡村：论19世纪的帝国控制》介绍了19世纪清王朝是怎么控制中国乡村的。与《乡土中国》相比，这本书中没有那么多抽象概念，而有更多的实证性素材。

对于差序格局中的"己"，费孝通有一个价值判断：

这并不是个人主义，而是自我主义。个人是对团体而说的，是分子对团体。在个人主义下，一方面是平等观念，指在同一团体中各分子的地位相等，个人不能侵犯大家的权利；一方面是宪法观念，指团体不能抹杀个人，只能在个人所愿意交出的一分权利上控制个人。这些观念必须先假定了团体的存在。

个人主义指的是英国现代社会的健全的个人主义，而自我主义是带贬义的，是一种利己主义，这二者是不相等的。

理解了差序格局，就可以明白中国传统社会中的"私"的问题了，即"各人自扫门前雪，莫管他人瓦上霜"。

在差序格局中，社会关系是逐渐从一个一个人推出去的，是私人联系的增加，社会范围是一根根私人联系所构成的网络，因之，我们传统社会里所有的社会道德也只在私人联系中发生意义。

至今，在我们的生活中，还有很多人特别喜欢拉关系，一有什么事就开始找关系走门路，这样公和私就分不清了。梁漱溟在《乡村建设理论》中的分析刚好可以与费孝通印证："中国人切己的便是身家，远大的便是天下了。小起来甚小，大起来甚大……西洋人不然。他们小不至身家，大不至天下，得乎其中，有一适当范围，正好培养团体生活。"

严复翻译约翰·密尔《论自由》这本书的时候，把它翻译成了《群己权界论》，群就是社团、组织，己就是自己。严复这样翻译，是因为当时还没有"自由"这个词，这个词是后来从日语里面来的。此后还有一本《群学肄言》，群学就是社会学，这本书是赫伯特·斯宾塞的《社会学研究》，也是中国出版的关于社会学的第一本书。斯宾塞信奉社会达尔文主义，当时流行的一句名言就是"物竞天择，适者生存"。

在《差序格局》中，费孝通提道：

我们儒家最考究的是人伦，伦是什么呢？我的解释就是从自己推出去的和自己发生社会关系的那一群人里所发生的一轮轮波纹的差序。"释名"于伦字下也说"伦也，水文相次有伦理也"。潘光旦先生曾说：凡是有"仑"作公分母的意义都相通，"共同表示的是条理，类别，秩序的一番意

293

思"。(见潘光旦《说伦字》,《社会研究》第十九期)

对潘光旦《说伦字》的一番引用告诉我们,费孝通之所以能够提出差序格局这个概念,是受到了潘光旦的启发。潘光旦很早就发现了差序格局这回事,但是他没能用概念把它界定出来,而费孝通则明确地将这个概念提炼了出来。潘光旦是费孝通师长级别的前辈,两人是邻居,但潘光旦在1967年就早早去世了。费孝通国学功底不如潘光旦深厚,所以我们在读《乡土中国》的时候,会发现他对《论语》的引用和解释常常有些牵强附会。

郑也夫在《评〈乡土中国〉与费孝通》一文中说:

笔者认同这一术语的价值,但认为它非一人之功。潘光旦1940年发表《明伦新说》,1947年12月11日发表《说"伦"字》,1948年2月26日发表《"伦"有二义》,1948年4月发表《说"五伦"的由来》。费孝通是在潘光旦研究的基础上,抽绎出"差序格局"的概念。

潘光旦《说伦字》一文明确提出"凡属从仑的字都有条理与秩序的意义",《伦有二义》则说"格局的不同是人我之分的最主要的因素,我之所以为我,与人之所以为人,是由于彼此格局的互异,而尤其要紧的,是此种互异的鉴别与体会"。郑也夫说:

"类别""秩序""人的差别与人的关系""格局"这些字眼,潘的文章中都有。他甚至将"伦"提到sociology当初应翻译为"伦学"的高度。费孝通的贡献在于道出了一层潘未明确表达的意思:"中国的道德和法律,都因之得看所施的对象和'自己'的关系而加以程度上的伸缩",并提出了一个精当的术语"差序格局"。

很多时候，对一个学科的贡献，关键就在于看一个人能不能提出具有开创性的概念。

对《乡土中国》的批判性反思

我们读《乡土中国》，不能只去研究差序格局、团体格局是怎么回事，而是要对其进行批判性的反思，找出它的问题所在。莫提默·J.艾德勒《如何阅读一本书》将阅读分为四个层次：基础阅读（这个句子在说什么）、检视阅读（这本书在说什么）、分析阅读（我读的是哪一类的书）、主题阅读（与同一主题相关的书有哪些）。当下我们的任务就是主题阅读，与《乡土中国》有关的书都需要有所涉猎，这样才能对《乡土中国》进行批判性反思，我们的阅读与思考才是有价值和意义的。

在这里，涉及一个重要的问题就是"大分流"。刘北成评议艾伦·麦克法兰《现代世界的诞生》时说：

现代世界的起源和特征，可以说是近现代人文社会科学的中心议题。近些年来，对这个问题的讨论是围绕着对"大分流"的解释展开的。所谓"大分流"指的是近代"西方的兴起"和"其他地区"，尤其是东亚地区的所谓停滞。

这个停滞表现在包括中国、日本在内的整个东亚地区，背后的原因是什么，有很多学者、学派都在研究，我们也需要从《乡土中国》开始研究这个问题。《停滞的帝国——两个世界的撞击》是法国人佩雷菲特的作品，他在书中感叹，

295

乾隆五十八年（1793）马戛尔尼访华的时候，"如果这两个世界能增加它们间的接触，能互相吸引对方最为成功的经验；如果那个早于别国几个世纪发明了印刷术与造纸，指南针与舵，炸药与火器的国家同那个驯服了蒸汽，并即将制服电力的国家把各自的发明融合起来，那么中国人与欧洲人之间的信息和技术交流必将使双方都取得飞速的进步。那将是一场什么样的文化革命呀！"但美好的幻想并未实现。残酷的事实是鸦片战争的爆发，中国沦为半殖民地半封建社会。

那么，在东亚停滞的同时，西方是怎样兴起的呢？陈小白在埃里克·琼斯的《欧洲奇迹——欧亚史中的环境、经济和地缘政治》的译后记中总结道："'分权'才使欧洲相对于世界其他主要文明而言，既取得了不为专制力量所遏制、压抑的个人自由，导致一系列优势的积累，又在一定程度上获得了中央集权的大经济体才会有的规模经济，这就是琼斯独创性地提出的'诸国体系'，也是他用以与另外三大文明进行比较的主体。"埃里克·琼斯认为："欧亚大陆在16世纪、17世纪和18世纪主要包括四大政治—经济体系，分别是近东的奥斯曼帝国、印度的莫卧儿帝国、中国的明朝和清朝以及欧洲的诸国体系。奥斯曼体系、莫卧儿体系和清朝体系都是外族的、强制的军事专制：收入抽水机。它们对所属国民已被摧残的发展前景负有主要责任……"

"收入抽水机"怎么理解呢？在清朝表现为八旗是不用交税的，而且还可以获得津贴，作者认为这些统治者对中国的贫弱负主要责任。而麦克法兰认为，现代世界起源于英格兰，"欧洲的奇迹"更准确地说是"英格兰的奇迹"。"大分流"在12世纪就埋下了伏笔,"从12世纪起,英格兰就与欧洲其他地区分道扬镳,已经具备了现代社会的核心特征,即经济和法律上的个人主义特征"(艾伦·麦克法兰《现代世界的诞生》,刘北成评议)。这个伏笔就是1215年的《大宪章》,而这一年,中国还处于南宋时期。

《大宪章》规定,"由二十五名贵族组成的委员会有权随时召开会议,具有否决国王命令的权力;并且可以使用武力,占据国王的城堡和财产"。这在宋朝是不可能的,在明朝、清朝就更不可能了。《大宪章》还规定:"除非经过由普通法官进行的法律审判,或是根据法律行事;否则任何自由的人,不应被拘禁或囚禁、或被夺去财产、被放逐或被杀害。"而在清朝,皇帝想拘禁谁就拘禁谁,动不动就抄家,剥夺私有财产。

那么法国为什么没有发展出现代社会呢?为什么在大革命后又复辟了呢?托克维尔的《旧制度与大革命》对这个问题进行了研究总结。他提出了三条真理,第三条是"没有哪个地方,专制制度产生的后果比在上述社会中害处更大;因为专制制度比任何其他地方政体更能助长这种社会所特有的种种弊端,这样就能促使它们随着它们原来的自然趋向朝着那个方向发展下去"。

法国国王路易十四统治的时间非常长,他曾说"朕即国家"。在法国,国王的权力是没有限制的,英国对贵族征收重税,穷人免税,而法国是贵族免税,穷人征收重税。而且法国的贵族从来不跟平民通婚,而英国的贵族正相反,在平民面前反而有点抬不起头的味道。所以英法两个国家发展的路径刚好不一样，这是根本性的原因。

托克维尔总结道：

专制制度夺走了公民身上一切共同的情感，一切相互的需求，一切和睦相处的必要，一切共同行动的机会；专制制度用一堵墙把人们禁闭在私人生活中。人们原先就倾向于自顾自：专制制度现在使他们彼此孤立；人们原先就彼此凛若秋霜：专制制度现在将他们冻结成冰。

这样一来，社会上就没有团体格局，人人都忙自己的一亩三分地，这和英国社会恰恰相反，因为英国在17—18世纪就发展出了公民社会，有大量的社团、机构，而中国和法国没有发展出公民社会。

彭慕兰对此则持不同观点，他在《大分流——欧洲、中国及现代世界经济的发展》一书中认为，欧洲没有什么特色，中国也并不特殊，也能发展出资本主义来。为什么最后是在英国诞生资本主义呢？他认为美洲大陆的发现（提供的棉花、木材）和煤炭资源的开采（英国煤矿的地理位置及地质状况）是英国走向工业革命的决定性力量。

关于棉花的重要性，斯文·贝克特有一部专著《棉花帝国——一部资本主义全球史》，仲伟民在为本书撰写的中文版序言中说道，"棉花产业不仅跨越了国界、洲际的界限，而且跨越了人种、宗教及文化的界限"，"通过棉花产业的全球史，我们可以清楚看到，英帝国是如何崛起的，欧洲各国是如何步步紧跟的，美国是如何摆脱英国走上现代强国之路的，中国、印度是如何被卷入而成为强国附庸的"。

继《大分流》之后，芝加哥学派的王国斌和罗森塔尔在

《大分流之外——中国和欧洲经济变迁的政治》中对前书的观点进行了修正。他们认为政治制度和政权的空间规模是促成"大分流"最根本的原因，"尤其是1650年至1800年间的政治架构，其实早已成为定局"。也就是说，清王朝建立时就形成了这个政治定局，中国必然会被英国甩下。

关于"大分流"的深入讨论，还有一本书，叫《国家、经济与大分流——17世纪80年代到19世纪50年代的英国和中国》，是眼下比较前沿的一本书，作者是皮尔·弗里斯，他认为：

清代中国国家的基础权力很弱，从整体上看，中国缺乏相应的战略来协调整个经济，使之实现结构变革乃至走上增长之路，随着帝国规模越来越大，人口越来越多，经济越来越多样化，这样的战略越来越不可能实现了。即使在最辉煌的时候，清王朝在国家能力方面也是一个赢弱的国家。

这种理解其实是有些问题的，通过阅读萧公权的《中国乡村》，我们就会清楚清朝的乡村控制是怎么回事，其实并没有皮尔·弗里斯想象得那么薄弱，对于乡土中国的历史学研究，萧公权的《中国乡村》深入探讨了清王朝对乡村政治统治体系的设置、理论和实际运作情况，是研究中国近代政治史，尤其是研究中国乡村的学者必须参考的历史巨著，而且是为政者制定和推行基层政策理应参考的重要文献。

被混淆了的概念

在《乡土中国》的后半部分，最重要的文章就是《礼治

《秩序》，它基本上贯穿了后半部分的几篇文章。但这篇文章一开头下的几个概念就不太准确。我前面讲过，我们读费孝通的时候，不能认为他的每一个概念都是准确的，因为他不是一个百科全书式的学者，他最早是学医的，后来才转而研究社会学人类学。

在《礼治秩序》中，他下的一些概念、用的一些词语，其实不大准确。他说：

> 所谓人治和法治之别，不在人和法这两个字上，而是在维持秩序时所用的力量，和所根据的规范的性质。……可是乡土社会并不是这种（按：即"无治而治"的）社会，我们可以说这是个"无法"的社会，假如我们把法律限于以国家权力所维持的规则，但是"无法"并不影响这社会的秩序，因为乡土社会是"礼治"的社会。

乡土社会并不是无治而治的社会，这是对的，但"我们可以说这是个'无法'的社会"就讲得不准确了。乡土社会不是没有法的，商鞅制定的法是渗透到乡土社会里的，不是说一个中国古代的农村地区就没有法的观念和法治的观念了。"假如我们把法律限于以国家权力所维持的规则，但是'无法'并不影响这社会的秩序，因为乡土社会是'礼治'的社会。"这里，费孝通将"礼治"跟商鞅的"法制"完全对立起来了，他认为中国的乡土社会就没有法律、没有法制了，这是完全错误的观念。在乡土社会里面，杀人、偷牛都是要被处罚的。

那么，他说乡土社会是个"礼治"的社会，对不对呢？这句话半对半不对。他认为"礼是社会公认合式的行为规范"，而事实上关于礼是什么，《礼记·曲礼》界定得清楚，礼是用来别尊卑分贵贱的。春秋战国以前的古代中国就是一个等级社会，当时就是靠"礼"把人的等级给划分开来。但是这个"礼"有一个特点，叫"礼不下庶人"，这一点费孝通没有讲清楚，非常遗憾。生活在乡土社会里面的这些老百姓，这些"小人"，他们是不用遵守这些礼的。那么谁要遵守这些礼，比如说三年之丧呢？是士大夫。一个官员，如果父母去世了，就必须得辞职回家，三年之丧至少要服27个月，即服到第三年，这就是所谓的守制三年。但是老百姓是不用服这个丧的，不然整个国家就完蛋了。这就是"刑不上大夫，礼不下庶人"。费孝通讲乡土社会是"礼治"的社会，好像乡土社会的老百姓都要遵守那些礼一样，这就完全错了。一直到了明朝和清朝，这些礼才开始下乡，叫作"礼治下乡"。

　　费孝通接着说："法治和礼治是发生在两种不同的社会情态中。这里所谓礼治也许就是普通所谓人治。"这里概念使用得也不大准确。所谓人治，用亚里士多德的话说就是"一人之治"，讲得难听点就是独裁，它是可以超越法律的君主专制。在中国古代，天子在判定一个人的罪行时，可以惩罚得重一些，也可以特赦，他可以不遵守法律。

　　在乡土社会中，的确也有一个礼，但是这个礼跟周朝制定的礼是不一样的。它是民间约定俗成的一种乡礼，早就把周公制定的礼改造过了，是所谓的乡约、族约、家训这些东西。

　　刘永华考察了闽西地区后，在《礼仪下乡——明代以降闽西四保的礼仪变革与社会转型》一书中下了一个判断，它比费孝通的判断要准确："实际上，纯粹的儒家礼仪只存在于纸面上。因此，在付诸实践的过程中，儒家礼仪总是以某种地方版本的形态存在：在调适自身并在地域社会扎根的过程中，儒家礼仪几乎总是被地方性仪式实践改变和补充。因此，在讨论儒家礼仪时，本质主义路径具有很大的误导性。只有当考量地方脉络和地方过程后，才可能获取对儒家礼仪的全面理解。"这就是入乡随俗。没有一个中国古代的老百姓是按照《周礼》《仪礼》中的规定那样生活的，也没有一个国君是完全按照《周礼》那样去治理国家的。只有一个例外，那就是改制的王莽，但是他很快就失败了。

然而，统治者并不认可这些地方性实践，"数世纪以来，明清朝廷、士绅与现代政治运动曾不时对这些实践发动围剿，然而，不少为士大夫和现代知识精英所不齿的仪式实践，仍顽强地在现当代乡村生活中存续"。不过，现在这些东西已经被连根拔起了。随着城镇化的发展，乡村社会渐渐消失了，乡村文化也将随之衰亡。农民"上楼"，采用了城市的生活方式，熟人社会瓦解，都变成了陌生人社会。先前的传统不断地被新的东西改变，过去的这种礼治秩序现在基本上没有了。

关于四项权力的批判

在礼治秩序之外，费孝通还提出了几个概念，一个是横暴权力。《无为政治》一篇说：

从社会冲突一方面着眼的，权力表现在社会不同团体或阶层间主从的形态里。在上的是握有权力的，他们利用权力去支配在下的，发施号令，以他们的意志去驱使被支配者的行动。权力，依这种观点说，是冲突过程的持续，是一种休战状态中的临时平衡……———这种权力我们不妨称之为横暴权力。

其实这就是权力的本质，权力的本质就是横暴，在下者必须无条件服从，否则就可能被惩罚。

同时，费孝通又提出了同意权力：

从社会合作一方面着眼的，却看到权力的另一性质。社会分工的结果使得每个人都不能"不求人"而生活……没有人可以"任意"依自己高兴去做自己想做的事，而得遵守着大家同意分配的工作……这就发生了共同授予的权力。这种权力的基础是社会契约，是同意……———这种权力我们不妨称之为同意权力。

其实这种分类方法并不科学，这里的权力已经开始脱离权力的概念，不再是权力（power）的本质了，而是权利（right）。所谓的社会契约，就是公民把自己认为可以让渡出来的一部分权利让渡给政府，政府有了这部分权利以后就可以维持社会秩序。这就是霍布斯的社会契约论。

费孝通在《无为政治》中得出一个结论：

在这里，我们可以看到的是乡土社会里的权力结构，虽则名义上可以说是"专制""独裁"，但是除了自己不想持续的末代皇帝之外，在人民实际生活上看，是松弛和微弱的，是挂名的，是无为的。

这里又是另一个认识误区了。根据萧公权的《中国乡村：论19世纪的帝国控制》一书，我们可以知道，清王朝的帝国控制不仅仅是礼治秩序的，它还有严酷的法制，也就是《大清律例》。中国的重刑主义有着很悠久的传统，动不动就是凌迟、腰斩这样的酷刑。

迈克尔·曼著有《社会权力的来源》一书，他根据权力的来源进行分类，把权力分成意识形态权力、经济权力、政治权力和军事权力，这样的分类更为合理。可以说，这是把费孝通的横暴权力分成了四种。同时，他认为只有政治权力是国家特有的权力，并将国家权力又分为专制权力和基础权力：专制权力是国家精英不必与市民社会各集团进行例行化、制度化讨价还价的前提下自行行动的范围，即强加于社会的权力。基础权力是国家事实上渗透市民社会，在其领土范围内有效贯彻其政治决策的能力，即通过社会获得的权力。

迈克尔·曼根据这两种权力的强弱情况，把政权分成了四种类型。如果专制权力和基础权力都很弱，那就是封建国家，比如周朝，周天子对诸侯国的老百姓实际上没有控制力，臣民的臣民其实就不是他的臣民了。传统中国则是专制权力非常强，基础权力比较弱，其实是一个帝国国家，比如秦汉帝国、隋唐帝国、明清帝国。如果专制权力比较弱，基础权力比较强，那么这是一个官僚国家。如果两者都很强，这就是威权国家。

在《长老统治》一篇中，费孝通又提出了一种长老权力，它"既不是横暴性质，又不是同意性质；既不是发生于社会冲突，又不是发生于社会合作；它是发生于社会继替的过程，是教化性的权力，或是说爸爸式的（按：即长老权力），英文里是Paternalism"。

同时，在《名实的分离》中，他提出"在新旧交替之际，不免有一个遑惑、无所适从的时期，在这个时期，心理上充满着紧张，犹豫，和不安。这里发生了'文化英雄'，他提得出办法，有能力组织新的试验，能获得别人的信任。这种人可以支配跟从他的群众，发生了一种权力……它是时势所造成的，无以名之，名之曰时势权力"。

这两种权力其实并不是真正的权力，准确的定义应该是权威，前者来自父辈，后者来自文化英雄。权威跟权力是两个截然不同的概念，它不是强制性的，因此不能称之为权力。像权力和权威、法治和人治这种容易混淆古今意义的概念，《乡土中国》这本书中还有很多，读者在阅读这本书时要注意辨析这些概念在当初使用时的历史局限性。不过，这并无损于《乡土中国》一书的经典性，它依然是一部值得反复阅读的社会学名著。

宗白华《美学散步》

文品如诗品

宗白华（1897—1986），原名之槐，字伯华。祖籍江苏常熟，生于安徽安庆市小南门方宅母亲家中。幼年在南京模范小学读书。1919年在上海主编《时事新报》文艺副刊《学灯》，发现和扶植了郭沫若等文坛新秀。1920年赴德留学，先后在法兰克福大学和柏林大学学习哲学和美学。1925年回国，任南京东南大学、中央大学哲学系教授。抗战期间随校迁至重庆，抗战胜利后返回南京继续任教。1952年改任北京大学哲学系美学史教授直至逝世。他是我国现代美学的先行者和开拓者，被誉为"融贯中西艺术理论的一代美学大师"。著有《宗白华全集》及论文集《美学散步》《艺境》等。

《**美学散步**》初版于1981年，几乎汇集了宗白华一生最精要的美学篇章，也是他生前唯一的一部美学著作。全书文辞典雅，富于诗情画意，将中华传统文化的独特魅力娓娓道来，让收藏在禁宫里的文物、陈列在广阔大地上的遗产、书写在古籍里的文字都鲜活起来，让每一位为俗务所纷扰的现代读者，每一个渴望自由宁静的现代心灵，都能在他灵动的文字里，充分感受人间的诗意和对生命的憧憬。

宗白华首先是一位现代诗人

很多人都不知道，其实宗白华也是一位诗人。在中国新诗的早期探索中，他算是一位非常重要的诗人。

宗白华擅长写抒情小诗，是继冰心之后小诗创作的一个重镇。在由周作人、郑振铎等人发起的20世纪20年代初期的小诗运动中，宗白华是成绩最好、影响最大的诗人之一。小诗运动也是在其诗集《流云小诗》出版以后渐告终结。

宗白华的小诗没有冰心的那种教训人的语气和格言警句，却有更多的哲理蕴含，常常通过对自然的吟咏和描写来抒发和寄托自己的思想感情，从而使诗歌有着一种诗中有画、画中有诗的意境。

下面这首新诗《我们》，是宗白华写给女友的一首相当别致的情诗：

我们并立天河下。

人间已落沉睡里。

天上的双星

映在我们的两心里。

我们握着手，看着天，不语。

一个神秘的微颤

经过我们两心深处。

诗中，两个主人公于七夕夜半幽会在"天河下"，心有

宗白华《流云小诗》，1928年上海亚东图书馆及1947年正风出版社版

灵犀，人间万籁俱寂，天上的双星正在"鹊桥相会"；这引发了主人公的思考，本来甜蜜幸福的心理转变成了苦涩和担忧；结尾，主人公又从自然景象中妙悟到了人生命运，对情感进行了哲理上的升华，融入了诗人悲剧性的爱情体验。

宗白华的诗集名为《流云小诗》，这本诗集的单行本已经很难买到，为了读宗白华的诗，我还专门读了他的全集。《宗白华全集》一共只有四卷，前三卷是他自己的作品，第四卷则是他翻译的作品。与朱光潜先生的全集相比，宗白华的全集算卷数相当少的，因此研究宗白华也相对容易一些。

宗白华的传记作者邹士方在《宗白华评传》一书中写道：

《流云》是中国新诗的最早的几部诗集之一，宗白华为中国新诗提供了一些独具特色的艺术性很高的作品。宗白华的诗作在小诗运动中占有很高的地位，就他的艺术成就看，仅次于冰心和刘大白，可位列前三名。

正如戴望舒被称为"雨巷诗人"，宗白华的诗作中有很多诗以"流云"为题，这让他收获了"流云诗人"的称号。比如下面这首《夜中的流云》：

流云哟！流云！

天宇廖阔，天风怒吼。

你一刻不停地孤飞，

是要向黑暗么？要向光明呢？

漫天的繁星，

燃着无数情爱的灯，

指点你上晨光的道路了！

晨光！晨光！

你携着宇宙的音乐来了！

你在鸟语花鸣中，

也听见我的祈祷声么！

关于新诗创作心境，宗白华在写于1937年的一篇短文《我和诗》中说道：

黄昏的微步，星夜的默坐，大庭广众中的孤寂，时常仿佛听见耳边有一些无名的音调，把捉不住而呼之欲出。往往是夜里躺在床上，熄了灯，大都会千万人声归于休息的时候，一颗战栗不寐的心兴奋着。静寂中感觉到窗外横躺着的大城在喘息，在一种停匀的节奏中喘息，仿佛一座平波微动的大海。一轮冷月俯照这动极而静的世界，不禁有许多遥远的思想来袭我的心，似惆怅，又似喜悦；似觉悟，又似恍惚。无限幽凉之感里夹着无限热爱之感。似乎这微渺的心和那遥远的自然同那茫茫的广大的人类打通了一道地下的深沉的神秘的暗道，在绝对的静寂里获得自然人生最亲密的接触。我的《流云》小诗多半是在这样的心情中写出的。往往在半夜的黑暗里爬起来，扶着床栏，寻找火柴，在烛光摇晃中记下那些别人不甚重视而我私自却很宝爱的小诗。

下面我们再来读两首我个人颇为喜爱的宗白华小诗：

无题

人静后

我立在梦里。

繁星的花开了！

我梦中的蝴蝶

飞过天河。

世界的花

世界的花

我怎忍采撷你？

世界的花

我又忍不住要采得你！

想想我怎能舍得你，

我不如一片灵魂化作你！

其中第一首《无题》很容易让我们想起《庄子·齐物论》中庄周梦蝶的典故，这其实是宗白华"化腐朽为神奇"的杰作。在宗白华笔下，蝴蝶虽小，却犹如《庄子·逍遥游》中的鲲鹏，扶摇直上九万里的高空，飞过了天河，这大大拓展了这首小诗的意境。这首诗虽然只有短短的五句话，却融合了《庄子》一书中最为重要的两个意象，看似轻逸，却极具历史文化底蕴。

第二首小诗名为《世界的花》，从题目上就可以看出它对阳明心学"心外无物"的典故的化用，妙在不落半点痕迹，只有精研过王阳明《传习录》的读者才能从中读出这层文化底蕴来。

因此，大家不要小觑了宗白华的小诗，小诗虽小，每则小诗背后的文化底蕴却深厚得很，值得我们细细品读。有些所谓的长诗虽长，大诗虽大，却空洞乏味得很。

中国现代美学研究第一人

1979年，近现代知名艺术家张安治给宗白华拜年，献上了一首古体诗，总结了宗白华一生的主要贡献：

飞鸟流云自在行，沉吟充实与空灵。

猿声啼尽江流转，花放寒梅岁已新。

这首诗中，"飞鸟"指的是印度诗人泰戈尔的《飞鸟集》，"流云"是指宗白华的《流云》，张安治把宗白华的诗比作泰戈尔的诗，评价是非常高的。"充实与空灵"是宗白华对中国古典美学研究的一个非常重要的学术贡献——宗白华提出的"充实说"和"空灵说"，在《美学散步》中也得以充分体现。

宗白华

《美学散步》中的绝大多数文章写于1949年之前，当时宗白华是中央大学（现南京大学）的教师。他从自己的论文里选了一些文章集成了这本书，没想到这本书出版后非常受欢迎，多次再版，现今依旧很受广大读者的欢迎。

1981年圣诞之际，一位老先生范存忠写信给宗白华，表达了他对《美学散步》的赞叹：

吾兄大作，不能只靠看，或只靠读，即不能专靠视觉或听觉，还须通过味觉，才能体会其神理与气味。正如培根所说：品尝之外，还须细嚼慢咽，慢慢领会。

我们基本上可以说，宗白华就是我国现代美学研究的第一人。

对此，邹士方在《宗白华评传》中写道：

在20世纪30年代初，我国美学研究者寥若晨星，宗白华已经很有影响，他与美学家邓以蛰交相辉映，被称为"南宗北邓"。他是我国现代美学研究的先行者和奠基者之一，也是我国高等院校中首开美学课程的第一位美学教育家。

在中国美学史上，宗白华的学派之所以被称为"散步学派"，也是因为《美学散步》这本书。《美学散步》里收录的一篇文章，原本叫"美学的散步"，把"的"字去掉后就成了"美学散步"。这篇文章是书里的第一篇文章，阐述了宗白华的美学宗旨：

散步是自由自在、无拘无束的行动，它的弱点是没有计划，没有系统。看重逻辑统一性的人会轻视它，讨厌它，但是西方建立逻辑学的大师亚里士多德的学派却唤做"散步学派"，可见散步和逻辑并不是绝对不相容的。

宗白华的美学是"自由自在、无拘无束"或者说"没有计划，没有系统"的，不同于朱光潜美学有很强的系统性，读起来也比较轻松。1949年之后，朱光潜和宗白华代表的两个美学学派还曾发生过论争，不过论证的重点并不在于要不要讲逻辑，而在于客观性和主观性的问题。总之，如果要研究现当代美学，建议把朱光潜和宗白华的书都找来看一看。

散步的时候可以偶尔在路旁折到一枝鲜花，也可以在路上拾起别人弃之不顾而自己感到兴趣的燕石。

无论鲜花或燕石，不必珍视，也不必丢掉，放在桌上可以做散步后的回念。(宗白华《美学散步》)

正如刘小枫所总结的："作为美学家，宗白华的基本立场是探寻使人生的生活成为艺术品似的创造……在宗白华那里，艺术问题首先是人生问题，艺术是一种人生观，'艺术式的人生'才是有价值、有意义的人生。"(刘小枫《湖畔漫步者的身影——忆念宗白华教授》)

中国哲学、中国诗画中的空间意识和中国艺术中的典型精神，被宗白华融成了一个三位一体的问题。可以说，宗白华把中国体验美学推向了极致，后人很难再出其右，他作为一个审美悟道者本身已成为一种道显而美的象征。

我们也应借着散步者的灵光走进茫茫天地之间去不断求索，在日益紧张的异化世界里，保持住人间的诗意和生命的憧憬。

宗白华对美学史的两大贡献

研究宗白华及其作品所要参考的知人论世方面的资料离不开邹士方的《宗白华评传》。这本书是作者邹士方毕生最重要的著作之一，记录了宗白华的成长历程和学术思想演变的过程，附有数百幅照片和手迹，很多都是独家资料，有很高的史料价值和艺术价值。

邹士方在《宗白华评传》中总结道，宗白华对"中国艺术空间意识"和"中国艺术境界"的研究是其在中国现代美术史上最卓越的两项成就。这两项成就分别对应了《美学散步》中的两篇经典文章：《中华艺术意境之诞生》和《中国诗画中所表现的空间意识》。下面我们先来赏析的就是关于"中国艺术境界"的一篇文章——《中华艺术意境之诞生》(1943)。

在这篇文章的引言部分，宗白华开宗明义地写道：

现代的中国站在历史的转折点。新的局面必将展开。然而我们对旧文化的检讨，以同情的了解给予新的评价，也更形重要。就中国艺术方面——这中国文化史上最中心最有世界贡献的一方面——研寻其意境的特构，以窥探中国心灵的幽情壮采，也是民族文化底自省工作。希腊哲人对人生指示说："认识你自己！"近代哲人对我们说："改造这世界！"为了改造世界，我们先得认识。

距离宗白华写下这段话，已经过去了将近八十年，我们惊奇地发现，这段话对于当今的社会，依然具有现实指导意义。迄今为止，我们依然需要不断"检讨"旧文化，并"以同情的了解给予新的评价"，我们依然需要开展"民族文化底自省工作"。宗白华先生把"研寻意境的特构"看作中国文化史上最中心最有世界贡献的一方面，堪称不刊之论。

宗白华在《中华艺术意境之诞生》中总结出了"意境"的"五种境界"：

什么是意境？人与世界的接触，因关系的层次不同，可有五种境界：（1）为满足生理的物质的需要，而有功利境界；（2）因人群共存互爱的关系，而有伦理境界；（3）因人群组合互制的关系，而有政治境界；（4）因穷研物理，追求智慧，而有学术境界；（5）因欲返本归真，冥合天人，而有宗教境界。功利境界主于利，伦理境界主于爱，政治境界主于权，学术境界主于真，宗教境界主于神。但介乎后二者的中间，以宇宙人生的具体为对象，赏玩它的色相、秩序、节奏、和谐，借以窥见自我的最深心灵的反映；化实景而为虚境，创形象以为象征，使人类最高的心灵具体化、肉身化，这就是"艺术境界"。艺术境界主于美。

不难看出，宗白华着重关注的实际上是意境的第六种境界，即艺术境界。不过这里需要指出的是，宗白华的六种境界说，跟王国维在《人间词话》中提炼出来的词学境界说，无论是其内涵，还是其外延，都不尽相同，不可混为一谈。王国维的词学境界说，属于诗学范畴，只是宗白华所谓的中华艺术境界之分支而已。宗白华在《美学散步》中虽然也喜欢拿古典诗词为例，不过他所涉猎的艺术领域，要比《人间词话》深广得多，几乎涉及中西艺术的每一个领域。

在我看来，除了宗白华精研的艺术境界之外，其他五种境界也都有值得阅读的经典著作，在此一一推荐如下：

五种境界	相关著作	作　者
功利境界	《消费社会》	鲍德里亚
伦理境界	《道德形而上学奠基》	康　德
政治境界	《社会契约论》	卢　梭
学术境界	《中国现代哲学史》	冯友兰
宗教境界	《新教伦理与资本主义精神》	马克斯·韦伯

其实，如果沿着宗白华的六种境界说横向拓展开来，我们当然还可以列举出第七、第八甚而更多种境界出来，因为人与世界的接触，因其关系的层次不同，还可以拓展或者细分出更多层次来，每一个层次都可以发展出一门学科来。

而人在解决复杂问题的过程中，往往涉及多种层次的学科领域。

艺术境界：让人成为人

在《批判性思维工具》一书中，两位美国学者理查德·保罗和琳达·埃尔德曾经指出："当你的复杂问题不止涉及一个思维领域时，你可以以问题的思维领域来设置问题的优先次序……要从问题中的每个领域来考虑问题的复杂性，不要遗漏每一个领域。"他们把这些思维领域大体上分为四大思维领域22门学科，其中四大思维领域为生命科学领域、社会科学领域、艺术和人类学领域以及数学和定量学科领域。

两位学者还指出：

一门课程的核心概念通常就是该学科的中心概念。如果你理解了这一核心概念，你应该能够从下面八个结构性问题来界定任何思维模式：

（1）该课程或学科的目标是什么？

（2）核心的问题是什么？

（3）基础的概念是什么？

（4）深入学习该学科需要运用哪些信息？

（5）要做出推理，我需要哪些观点和参考文献？

（6）定义这门课程或学科的假设是什么？

（7）我需要哪种结论来学会如何推理？

（8）这门学科中科学推理的意义是什么？

我们可以将这八个结构性问题运用到宗白华钻研的美学领域，借以评价《美学散步》一书在现代美学史上的学术贡献。宗白华在上文中提出的"艺术境界主于美"的观点实际上就是对第一个结构性问题的精辟回答。

而关于艺术境界的目标和意义，美国学者理查德·加纳罗在《艺术：让人成为人》一书中曾经深入阐述道：

在这个动荡不安、充满着对未来的忧虑的时代，当眼花缭乱的科技进步既可以妙不可言也可以令人沮丧，当我们发现自己的身份在这个时空如此难以定义，人文艺术恰恰为我们提供了一个安全的避难所，一个静谧的避风港，在那里我们的心灵可以抛锚小憩，稍许停留便可看清和肯定我们是谁……通过人文艺术我们不止拥有一次生命：我们存在于此时此地，也存在于过去。那些拒绝探访人文艺术之林的人，如果发现自己陷落在一个僵化的人生里，恐怕只能埋怨自己没有从人类历史积累的这份思想财富里撷取精华……我们也许不能成为文艺复兴巨擘，但我们可以有无尽的选择。在人文艺术方面的涉猎越多，我们的知识面越广，也就可以更好地理解我们自己和别人。在某种意义上我们成为无限的人，我们与无数人神交，可以以无数种方式综合他们多姿多彩的人生而活出异彩纷呈的自己。

因此，我们阅读《美学散步》的意义非常深远，它既可以帮助我们打开进入美学思维领域的大门，堪称初学者迈入美学领域的最佳入门书，又可以帮助我们在中西人文艺术领域中撷取最为精华的部分，成为理查德·加纳罗所说的"无限的人"。

所谓"无限的人",加纳罗指出其主要意义有三条：

第一，一个无限的人从不违逆人性。他或她不再是狭隘的自我，他们可以控制自己的心理冲动，不因遭逢不公而怨恨，也不因曾承受磨难而伺机报复。

第二，一个无限的人超越僵化的偏见，从不会有意识地限制他人追求集会、演说、皈依宗教的权利，而是尊重他们的选择；只要有可能，他们从不干涉他人的自由。

第三，无限的人会全面听取不同意见，了解不同方面的事实，而不是轻易下结论。他们知道任何判断都不是终极的，因而总是乐于根据新了解的事实调整自己的看法。因此这样的人不会受家庭或传统的束缚，他们不会盲目接受别人强加给他们的或者继承下来的信念，而更乐意探寻其起源，并给出自己的评价和判断。

宗白华就堪称一个典型的"无限的人"，虽然他也历经坎坷，但是他从未违逆过人性，从未做过落井下石的事情，严守学术讨论的藩篱，仅仅在学术上有所论争，始终保持不卑不亢的态度，从不干涉他人的学术自由，绝不盲目接受别人强加给他的信念。

《中国艺术境界之诞生》

宗白华的《中国艺术境界之诞生》一文洋洋洒洒一万多字，旁征博引了大量的古代文艺理论专著，对于普通读者而言，读起来确实有一定的难度。为了准确地把握这篇文章的精义，领悟这篇文章的神髓，我们可以先行泛读一遍，圈画出自己读不大懂的地方，然后在查阅相关参考资料的基础上，再次反复精读此文，如此方可取得熟读精思收效颇丰的效果。

核心问题：意境的内涵

在精读这篇文章的时候，首先可以根据这篇文章的五个小标题，将这篇万字长文分作五篇小文章，逐一攻读，分别整理出它的主要内容，将作者的核心观点摘抄出来，看看它主要解决的都是关于中国艺术意境的哪些问题，这些问题背后的内在逻辑是什么，由此推断作者是按照怎样的逻辑思路来谋篇布局的，这样构思又有哪些好处。

这五个小标题分别为：一、意境的意义；二、意境与山水；三、意境创造与人格涵养；四、禅境的表现；五、道、舞、空白：中国艺术意境结构的特点。

我们先以第一篇小文章《意境的意义》为例，在这篇只有1 600字的短文中，要想阐明"意境的意义"这个大问题着实不易。作者先从龚自珍在北京对戴熙说的一段话写起，引发出关于"物理学上的远近"和"心中意境的远近"之间的区别的思考。然后先后援引了方士庶在《天慵庵随笔》和恽南田在《题洁庵图》中关于中国诗人画家"游心之所在"即是其"独辟的灵境"和"创造的意象"的观点，从而引申出作者对"什么是意境"这一核心问题的思考。

关于这个核心问题，宗白华这样总结道：

艺术家以心灵映射万象，代山川而立言，他所表现的是主观的生命情调与客观的自然景象交融互渗，成就一个鸢飞鱼跃，活泼玲珑，渊然而深的灵境；这灵境就是构成艺术之所以为艺术的"意境"……在一个艺术表现里情和景交融互渗，因而发掘出最深的情，一层比一层更深的情，同时也透入了最深的景，一层比一层更晶莹的景；景中全是情，情具象而为景，因而涌现了一个独特的宇宙，崭新的意象，为人类增加了丰富的想象，替世界开辟了新境，正如恽南田所说"皆灵想之所独辟，总非人间所有！"这是我的所谓"意境"。"外师造化，中得心源"。唐代画家张璪这两句训示，是这意境创现的基本条件。

在此，需要着重分析的就是宗白华所引用的唐代画家张璪所留下的这句八字箴言：外师造化，中得心源。北京大学教授朱良志认为这八字箴言是中国艺术理论的重要命题，在一定程度上，它可以说是中国艺术的纲领，是中国美学史上"师造化"理论的代表性言论。

外师造化，中得心源

此语出自张彦远《历代名画记》，原文曰："初，毕庶子宏（按：即毕宏）擅名于代，一见惊叹之，异其唯用秃笔，或以手摸绢素，因问璪所受。璪曰：'外师造化，中得心源。'毕宏于是搁笔。"

所谓"造化"，即大自然，所谓"心源"，即作者内心的感悟。"外师造化，中得心源"也就是说艺术创作源于对大自然的师法，但是自然的美并不能够自动地成为艺术的美，对于这一转化过程，艺术家内心的情思和构设是不可或缺的。长期以来，我们对这句话的理解过于简单化，不少论者认为这个命题浅近明白，反映的是主客观结合或情景结合的问题，其实不尽然。

据朱良志考证，"心源"是个佛学术语。此语在先秦道家、儒家著作中并未出现，它最初见于汉译佛经。《四十二章经》云："佛言：出家沙门者，断欲去爱，识自心源，达佛深理，悟无为法。"《大方广佛华严经》卷十二云："我王心镜净，洞见于心源。"《菩提心论》云："若欲照知，须知心源。心源不二，则一切诸法皆同虚空。"华严宗宗师澄观对此的解说最为详细，他在《答皇太子问心要书》中说："若一念不生，则前后际断。照体独立，物我皆如。直造心源，无智无得，不取不舍，无对无修。"

佛门称"心源"主要明二义：一是本源义，心为万法的根源，所以称"心源"，此心为真心，无念无住，非有非无，而一切有念心、是非心、分别心都是妄心，所以心源是与妄念妄心相对的，佛教所谓"三界唯识，万法唯心。了悟心源，即是净土"。此明其本。一是根性义，心源之"源"，是万法的"本有"或者说是"始有"，世界的一切都从这"源"中流出，世界都是这"源"之"流"，因此，它是通过人心的妙悟所"见"之"性"，是世界的真实展露，此明其性。此二义又是相连一体的。在心源中悟，惟有心源之悟方是真悟，惟有真悟才能切入真实世界，才能摆脱妄念，还归于本，在本源上"见性"，在本源上和世界相即相融。

心源为悟的思想在禅宗中得到进一步发展。心源就是禅宗当下即成的"本心"或"本来面目"。禅宗强调，悟由性起，也就是由心源而起，心源就是悟性……南阳慧忠（？—

775）认为，第一义之悟必是心源之悟："禅宗学者，应遵佛语。一乘了义，契自心源。不了义者，互不相许。"因此，在禅宗中，悟即证得心源；悟必以心源来悟。无悟即无心源，无心源即无悟。以心源去悟，就是第一义之悟。（朱良志《"外师道化，中得心源"佛学渊源辨》）

在阐明"心源"的佛学渊源后，朱良志又说：

在有关张璪作画的记载中，都突出一种"狂态"……观其作画，简直如舞剑一般，在令人眼花缭乱的过程中，展示了画家奔放自由、不为拘束的心灵境界。这是一种由疯狂而至妙悟的心理超越方式。在这个过程中，主宰其创造活动的不是作为理智知识的"糟粕"，而是"玄悟"。"糟粕"是一种"以知知之"，控制创作的是理智知识；而控制"玄悟"的是一种来源于心理深层的生命力量，即"心源"。这一创作过程如同一个舞台，包括其观众都参与了这一过程，都促进了"玄悟"心理状态的出现。当笔酣墨饱之际，一种傲慢恣肆的心态也随之形成，睥睨万物，斥退一切形式法则，忽然间似乎一切都不存在，惟有疯狂的性灵在飞舞，赤裸裸的生命在张扬。正是在此情况下，"心源"的活水就被打通了。

这种境界正是张璪八字箴言所追求的境界："这纲领强调的思想是，以心源去妙悟，艺术创造的根本就在于归复心源，以人的'本来面目'去观照。这本来面目就是最弘深的智慧，而审美认识过程就是发明此一智慧。这里反映的创造方式正是禅宗顿悟的方式。禅宗顿悟之方，一是通过宁静的修炼而达到心虑澄清、万象俱寂的境界；一是通过激起激烈的心灵波涛，在此一境界中超越法度，掘出'心源'之水，

走向自由。张璪在创造中实践的是后者。"（同上）

意境与山水

宗白华在第一节中阐明了"意境的意义"之后，紧接上文，用了不到400字的篇幅，在第二节中简明扼要地阐述了一下"意境与山水"之间的关系，这里的"山水"主要指的是中国古代的山水画。

山水画，简称"山水"，是中国传统绘画的一种，是一种以描写山川自然景色为主体的绘画流派。山水画在我国魏晋、南北朝已逐渐发展，但仍附属于人物画，作为背景居多；隋唐时期开始独立，如展子虔的设色山水、李思训的金碧山水、王维的水墨山水、王洽的泼墨山水等；五代、北宋山水画大兴，作者纷起，南北竞辉，达到高峰，从此成为中国画中的一大画科；元代山水画趋向写意，以虚带实，侧重笔墨神韵，开创新风；明清及近代，续有发展，亦出新貌。

说到山水画的意境，当代中国山水画名家孔仲起认为，山水画由风景到作品，从创作到欣赏，都有着引人入胜和移情于景的特点，没有作者身临其境触景生情的体验就没有读者身临其境的体味和感受，作为山水画家应具备导游的精神，引领观者一起浏览其间，体察其中，为之怡情，为之陶冶，达到情绪的放松和心灵的正合，简而言之，就是画家宗炳所谓的"畅神"。

有意境是山水画的特色，即要有着从情感到气格的"境界"的追求。画山水注重"师造化"，要在造境，高在化境，作画和看画共同身临其境，向审美活动的深层次发展：一是亲近自然，回归自然，和大自然合一，达到主客观世界与时共进光景常新的境界，谓之新。二是潜移默化在真境、神境、妙境的高深境界之中，陶冶情操，净化心灵，达到精神境界的升华！（孔仲起《山水画的境界》）

因此，宗白华在阐述"意境与山水"的这段话中特别指出："山水成了诗人画家抒写情思的媒介，所以中国画和诗，都爱以山水境界做表现和咏味的中心。和西洋自希腊以来拿人体做主要对象的艺术途径迥然不同。"

在这段话中，宗白华先后援引了元人汤采真、明末清初的恽南田和董其昌三人的观点，其中恽南田在题画时所说的"此云山绵邈，代致相思，笔端丝纷，皆清泪也"一段文字须知人论世方可解其大意。

恽南田，即恽寿平，明末清初著名书画家，开创了没骨花卉画的独特画风，是常州画派的开山祖师，后来成为清六家之一。他一生生活在民族矛盾极其尖锐的时代。少时从伯父学画，青少年时期参加过抗清义军，家破人亡，当过俘虏，又被浙闽总督收为义子，曾在灵隐寺为僧，返回故里后卖画为生，一直赡养父亲。

南田先生的家族中，多是抗清义士，他本人参加过抗清运动，两个兄长也都死于抗清战斗中。恽南田本人也坚决采取与清朝"不合作"的立场。他一生不应科举，不做官，连个秀才都不去考。他所有的作品、书信，从来不署清朝的年号，而是用天干地支纪年。他就以这种消极、沉默的反抗抒发自己的民族感情。

南田归家后，开始画山水，在山水画上创出了名声，据

《国朝画征录》记载："近日无论江南江北，莫不家家南田，户户正叔，遂有'常州派'之目。"宗白华这里所引用的"代致相思"，正是恽南田借山水画表达的思念故国之意，所谓"皆清泪也"，正是恽南田借山水画所要表现的亡国之恨。

酒神精神与日神精神

在第三节"意境创造与人格涵养"中，宗白华用不到700字的篇幅阐述了艺术意境的创造与艺术家的人格涵养之间的关系。因为"外师造化，中得心源"这种艺术境界的创设过程"端赖艺术家平素的精神涵养，天机的培植，在活泼泼的心灵飞跃而又凝神寂照的体验中突然地成就"。

宗白华在这一节中援引了两位中国古代画家黄子久和米友仁的绘画创作理论，分别与尼采在《悲剧的诞生》一书中所提出的酒神精神和日神精神相对应，指出：

黄子久以狄阿理索斯（Dionysius）的热情深入宇宙的动象，米友仁却以阿波罗（Apollo）式的宁静涵映世界的广大精微，代表着艺术生活上两种最高精神形式。

这种对应对于熟谙尼采艺术理论的读者自然不难理解，不过对于普通读者而言，可能会如堕云雾，顿生不知所云之感。

《悲剧的诞生》是德国哲学家尼采的代表作之一，写于1870—1871年。

全书围绕日神和酒神的激烈斗争而展开，认为古希腊艺术产生于日神冲动和酒神冲突。日神阿波罗是光明之神，在其光辉中，万物显示出美的外观，而酒神则象征情欲的放纵，是一种痛苦与狂欢交织着的癫狂状态。

日神产生了造型艺术，如诗歌和雕塑。酒神冲动产生了音乐艺术。人生处于痛苦与悲惨的状态中，日神艺术将这种状态遮蔽，使其呈现出美的外观，使人能活得下去。希腊神话就是这样产生的。酒神冲动则把人生悲惨的现实真实地揭示出来，揭示出日神艺术的根基，使个体在痛苦与消亡中回归世界的本体。尼采认为，悲剧产生于这二者的结合。

尼采更强调悲剧世界观，认为只有在酒神状态中，人们才能认识到个体生命的欲火和整体生命的坚不可摧，由此才产生出一种快感，一种形而上的慰藉。在悲剧中所体现出一种非科学的、非功利的人生态度，这是对西方自苏格拉底以来的西方理性主义思想传统的反叛。

尼采一再强调，该书的主旨在于为人生创造一种纯粹的审美价值，即"全然非思辨、非道德的艺术家之神"，因而必须"重估一切价值"。因为"我们的宗教、道德和哲学是人的颓废形式"，因此必须把"我们今日称作文化、教育、文明的一切，终有一天要带到公正的法官酒神面前"，接受"艺术"的审判。（张周志编著《现当代西方哲学原典导读》）

尼采认为，人具有日神精神与酒神精神两种根本性的对立冲动，前者以理性的静观创造外观的幻境，维护个体以获得生存的意义；后者以个体化的毁灭为手段，返归作为世界本原的原始生命冲动，从而获得最高的审美愉悦和生存意义。宗白华借此阐述中国艺术意境的创造过程，可谓非常得当。宗白华进一步指出："艺术境界的显现，绝不是纯客观地机械地描摹自然，而以'心匠自得为高'。"

艺术境界的纵向层深

在第四节"禅境的表现"中，宗白华则从意境创设的纵向层深的角度，阐述了中国艺术意境的不同层级。宗白华先后援引了中国古代艺术领域中的两个门类来加以阐述，分别为诗词意境理论和绘画意境理论。前者援引的并不是王国维著名的三大境界说，而是蔡小石在《拜石山房词》序里提出的词的三层境界：

夫意以曲而善托，调以杳而弥深。始读之则万萼春深，百色妖露，积雪缟地，余霞绮天，一境也。（这是直观感相的渲染）再读之则烟涛颍洞，霜飙飞摇，骏马下坡，泳鳞出水，又一境也。（这是活跃生命的传达）卒读之而皎皎明月，仙仙白云，鸿雁高翔，坠叶如雨，不知其何以冲然而淡，翛然而远也。（这是最高灵境的启示）江顺贻评之曰："始境，情胜也。又境，气胜也。终境，格胜也。"

这是因为王国维的三大境界说，实际上只是借用了三大词人的名句，来阐发其对古人成就大事业、大学问的三个过程的感悟，而非对艺术境界的阐发。蔡小石则不然。《拜石山房词》为清代词人顾翰所作。顾翰，字兼塘，江苏无锡人，嘉庆十五年（1810）举人，曾经执教于东林书院，死于太平天国之乱。

蔡小石，名宗茂，道光癸巳（1833）进士，官司业。其父蔡世松，字友石，江苏上元（在今南京市）人，嘉庆辛未（1811）进士，官太仆。宗白华援引的这段话出自蔡小石为顾翰词集所作的序言。这篇文章虽然不是文艺理论专著，却对诗词意境理论阐发得颇为得当，可以看出蔡小石对顾翰词作颇为赞许，应当是他阅读顾翰词作的重要心得，宗白华将之提炼出来，借以论述古典诗词的三重艺术境界，也颇为得当。

宗白华对中国古典绘画的艺术境界层次理论的阐发，则援引了明代画家李日华在《紫桃轩杂缀》中的观点：

凡画有三次。一曰身之所容；凡置身处非邃密，即旷朗水边林下、多景所凑处是也。（按：此为身边近景）二曰目之所瞩；或奇胜，或渺迷，泉落云生，帆移鸟去是也。（按：此为眺瞩之景）三曰意之所游；目力虽穷而情脉不断处是也。（按：此为无尽空间之远景）然又有意有所忽处，如写一树一石，必有草草点染取态处。（按：此为有限中见取无限，传神写生之境）写长景必有意到笔不到，为神气所吞处，是非有心于忽，盖不得不忽也。（按：此为借有限以表现无限，造化与心源合一，一切形象都形成了象征境界）其于佛法相宗所云极迥色极略色之谓也。

李日华是明代著名的文学家和书画家，万历二十年(1592)进士，官至太仆少卿。据记载，李日华性淡泊，与人无忤，工书画，精善鉴赏，与董其昌、王惟俭并称"三大博物君子"。擅画山水、墨竹，用笔金贵，格调高雅。家有"鹤梦轩""六研斋""紫桃轩"等收藏书画之所，藏书数量达数万卷，多为文学及历史类书籍。著有《味水轩日记》《紫桃轩杂缀》《六研斋笔记》等，内容亦多评论书画，笔调清隽，富有小品意致。

不难看出，李日华关于中国传统绘画的三层次论，实际上可归为两层，因为前两个层次，即"身之所容"与"目之所瞩"，所画之景观毕竟都属于画家眼前之景观，近于写生写实，而第三个层次，即"意之所游"，近于写意虚构。宗白华最为推崇的当然是第三种境界，因此他认为：

中国艺术意境的创成，既须得屈原的缠绵悱恻，又须得庄子的超旷空灵。缠绵悱恻，才能一往情深，深入万物的核心，所谓"得其环中"。超旷空灵，才能如镜中花，水中月，羚羊挂角，无迹可寻，所谓"超以象外"。色即是空，空即是色，色不异空，空不异色，这不但是盛唐人的诗境，也是宋元人的画境。

宗白华的这段话主要化用了南宋诗人严羽《沧浪诗话》中的观点。严羽，自号沧浪逋客，世称严沧浪，邵武莒溪（今福建省邵武市拿口镇严坊村）人。根据他的诗作可以推知他主要生活于理宗在位期间，到度宗即位时仍在世。早年就学于邻县光泽县学教授包恢门下，包恢之父包扬曾受学于朱熹。他一生未曾出仕，大半隐居在家乡。

严羽论诗推重汉魏盛唐，号召学古，所著《沧浪诗话》名重于世，被誉为宋、元、明、清四朝诗话第一人，也是一部极其重要的诗歌理论著作，影响了明代著名文学批评家高棅和明代中后期的前后七子。严羽论诗立足于它"吟咏性情"的基本性质，全书系统性、理论性较强，对诗歌的形象思维特征和艺术性方面有所探讨，论诗标榜盛唐，主张诗有别材、别趣之说，重视诗歌的艺术特点，批评了当时以文字、才学、议论为诗的弊病，对江西诗派尤其表示了不满。

宗白华所化用的《沧浪诗话》中的文字为：

夫诗有别材，非关书也；诗有别趣，非关理也。然非多读书、多穷理，则不能极其至，所谓不涉理路、不落言筌者，上也。诗者，吟咏情性也。盛唐诸人惟在兴趣，羚羊挂角，无迹可求。故其妙处透彻玲珑不可凑泊，如空中之音、相中之色、水中之月、镜中之象，言有尽而意无穷。

由此可见，宗白华的美学观念既深受中国传统诗学的影响，又能有所创见，融会贯通。当代学者林可济论之曰："他既从整体上探索中国美学史中若干一般性的重要问题，又对不同的艺术门类（音乐、绘画、建筑、书法，等等）的特殊规律和具体内容做深入的剖析，所有这些文章，无不文笔灵动、创见迭出、妙趣横生，韵味无穷。"（林可济《漫步在美学和艺术的林间花径——宗白华的〈流云〉、〈美学散步〉、〈艺境〉及其它》）

中国艺术意境结构的特点

在第五节"道、舞、空白：中国艺术意境结构的特点"中，宗白华则借用庄子《养生主》中庖丁解牛的寓言故事来阐发中国艺术意境结构的特点，指出：

中国哲学是就"生命本身"体悟"道"的节奏。"道"具象于生活、礼乐制度。道尤表象于"艺"。灿烂的"艺"赋予"道"以形象和生命，"道"给予"艺"以深度和灵魂。

在这一节中，宗白华跳出了中国古代诗歌和绘画的艺术领域，开始以更具代表性的中国古代舞蹈艺术为例，来阐发其中国艺术意境的特点。在他看来，"舞"是中国一切艺术境界的典型。中国的书法、画法都趋向飞舞，庄严的建筑也有飞檐表现着舞姿。宗白华由舞蹈论及绘画，再论及诗词、书法，在中国传统艺术的各个门类中辗转自如，纵横捭阖，最后归结于："艺术的境界，既使心灵和宇宙净化，又使心灵和宇宙深化，使人在超脱的胸襟里体味到宇宙的深境。"

像《中国艺术境界之诞生》这种学术性颇强的论文，在《美学散步》一书中还有数篇，像《论文艺的空灵与充实》《中国艺术表现里的虚和实》这种，都论及了中国美学的核心问题，百年以降，犹为佳作，读者徜徉其中，美的感悟俯拾皆是，读来令人神清气爽，怎一个"美"字了得！